Garrison Keillor · Jenny Lind Nilsson

Sommerstücke

Garrison Keillor, geboren 1942 in Anoka/Minnesota, gilt in den USA als der bekannteste Radiomoderator. Aus seinen Radiogeschichten über das fiktive und hinterwäldlerische ›Lake Wobegon‹ ist sein erstes Buch entstanden. ›Sommerstücke‹ ist nicht nur sein erstes Jugendbuch, sondern auch das erste mit seiner Frau realisierte Buchprojekt.
Jenny Lind Nilsson ist Musikerin. Das Paar lebt in Wisconsin.

Garrison Keillor · Jenny Lind Nilsson

Sommerstücke

Aus dem Amerikanischen
von Birgitt Kollmann

Deutscher Taschenbuch Verlag

Der Abdruck des Gedichtes »Erfolg ist denen süßest ...« von Emily Dickinson erfolgt mit der freundlichen Genehmigung des Philipp Reclam jun. Verlags und ist dem folgenden Band entnommen: Emily Dickinson, Gedichte. Englisch und Deutsch. Ausgewählt und übertragen von Gertrud Liepe.

Ungekürzte Ausgabe
In neuer Rechtschreibung
Mai 2003
Deutscher Taschenbuch Verlag GmbH & Co. KG, München
www.dtvjunior.de

Titel der amerikanischen Originalausgabe: ›The Sandy Bottom Orchestra‹, 1996 erschienen bei Hyperion Books for Children, New York

Umschlaggestaltung: Jorge Schmidt und Tabea Dietrich
unter Verwendung eines Fotos von Jan Roeder
Satz: Fotosatz Reinhard Amann, Aichstetten
Gesetzt aus der ITC Clearface 11/14˙
Druck und Bindung: Druckerei C. H. Beck, Nördlingen
Printed in Germany · ISBN 3-423-70775-5

Die Greens

Es war ein strahlender Maimorgen, als Rachel Green erwachte. Das Fenster ihres Zimmers stand weit offen, die weißen Vorhänge wehten leicht im Wind, die Sonne malte helle Karos auf die zerknitterte Bettdecke und das Erste, was Rachel wahrnahm, waren der süße Duft von Flieder und die sanften Klänge einer Mozartsinfonie. Die Musik kam aus dem Badezimmer am anderen Ende des Flurs, wo Daddy seinen tragbaren CD-Player angeworfen hatte, der regelmäßig auf dem Spülkasten der Toilette stand, wenn Daddy sich rasierte. Mutter sagte immer, so wie er dabei mit Wasser spritzte, würde er noch eines Tages durch einen Stromstoß enden, aber Elektrizität war nicht gerade ihre starke Seite. Mutter war in der Küche; Rachel wusste es deswegen, weil von unten das Rascheln von Zeitungsseiten zu hören war. Eine Seite nach der anderen – bei Mutter musste eben alles schnell gehen.

Daddys weicher Bariton begleitete summend Mozarts Klarinetten und Rachel fiel wieder ein, wie sauer sie gestern Abend gewesen war, nachdem Daddy gesagt hatte, er glaube nicht, dass sie diesen Sommer in den Ferien verreisen würden – »nein, danke«, hatte er gesagt. Und Mutter hatte gelacht und gefragt: »Kannst du dir uns drei vorstellen, wie wir zwei Wochen zusammen in einem Auto verbringen?«

»Ja«, hatte Rachel geantwortet, »das kann ich sehr wohl. Andere Familien tun es auch. Warum also nicht wir?«

»Weil wir nicht andere Familien sind. Davon abgesehen muss Daddy die Molkereitage am vierten Juli organisieren und ich muss im Gottesdienst spielen und nicht zuletzt aufpassen, dass der Bürgermeister die alte Ramseyvilla nicht in ein Parkhaus verwandelt. Wenn ich verreise, liegt das Gebäude zehn Minuten später in Schutt und Asche.«

»Wir könnten doch nach San Francisco fahren. Letztes Jahr hast du gesagt, dazu hättest du Lust.«

»Im August fahren wir nach Milwaukee und besuchen deine Großeltern. Vielleicht können wir mit ihnen einen Tag in Chicago verbringen. San Francisco ist viel zu weit und die Hotelzimmer sind unbezahlbar.«

Daddy hatte hinzugefügt: »Wieso sollten wir unser gutes Geld dafür ausgeben, irgendwo anders unglücklich zu sein, wenn wir das wunderbar auch hier zu Hause sein können?«

Rachel hatte ihm einen genervten Blick zugeworfen, der so viel wie ›Nicht sehr witzig‹ heißen sollte. »Ich wünschte nur, ihr würdet wenigstens mal darüber nachdenken anstatt von vornherein Nein zu sagen. Was stellt ihr euch eigentlich vor, was ich den ganzen Sommer lang tun soll?« Bei dem Gedanken lief es ihr kalt den Rücken hinunter.

Und dann hatte Mutter etwas darüber gesagt, dass es darauf ankäme, *seine inneren Möglichkeiten* zu entwickeln, und dass man den wahren Wert eines Menschen am besten daran erkennen könne, ob er in der Lage sei, sich ohne Hilfe von außen zu beschäftigen und zu unterhalten. *Seine inneren Möglichkeiten* entwickeln – das war auch der Grund dafür, dass sie keinen Fernseher hatten. Fernsehen schaffe nämlich eine Konsumhaltung et cetera, et cetera und so weiter und so fort und bla bla bla.

Rachel sah sich in ihrem Zimmer um. Die Tagesdecke und eines der Kissen und diverse Kleidungsstücke lagen in einem Haufen am Fußende ihres Bettes. Der Wecker zeigte 7:32. Das kleine Bücherregal aus Ahornholz war voll gestopft mit Büchern und Noten, noch mehr Noten stapelten sich neben Rachels Geigenkasten auf dem kleinen Spieltisch. Bücher, Ordner und Hausaufgaben lagen auf dem Schreibtisch aus hellem Holz verstreut, zusammen mit Bergen von Zeitungsausschnitten. Mutter schnitt ständig irgendwelche Artikel aus, die sie interessant fand. Rachels Jeans und ein blaues T-Shirt hingen über dem Stuhl und die Kommode war übersät mit Haarbürsten, Haarbändern, Stiften, Parfumproben und allem Möglichen. Es war ein ziemliches Chaos, aber man konnte auch unmöglich etwas davon wegwerfen.

Sie starrte an die Zimmerdecke. Ein paar Wochen noch in der achten Klasse und dann durfte sie einen endlosen Sommer lang in Sandy Bottom, Wisconsin (*4500 Einw., eine aufstrebende Gemeinde*) dahinvegetieren, wo es absolut gar nichts zu tun gab. Natürlich, wenn man den Geruch von Chlor mochte, konnte man ins Charles Shank Memorial gehen, das öffentliche Schwimmbad, wo die Jungen einem auf die Figur glotzten, oder man konnte in die öffentliche Bibliothek gehen und die Enzyklopädie durchblättern – wie wär's mit einem langen Artikel über Sophokles? Oder den Südpol? Vielleicht Sojabohnen? Natürlich gab es auch die Ferienspiele für Jugendliche, aber Rachel war nicht sportlich. Entweder man war's oder man war's nicht – und Rachel war's eben nicht. Manchmal wünschte sie sich eine Sportart auszuüben, aber die Mädchen, die Softball spielten, waren derart humorlos dabei und wurden stocksauer, sobald man einen Flugball fallen ließ. Spielte man wirklich einmal mit, stand man da und war fast krank vor Angst, dass einem der Ball zugeworfen werden könnte, und wenn es wirklich passierte, ließ man ihn vor lauter Schreck fallen und alle rollten mit den Augen und stöhnten und fragten: »Wie hast du das bloß geschafft?? Der Ball ist doch direkt auf dich zugeflogen!!«, und dann drehten sie sich um, als hätte man sich eines *bewussten zerstörerischen Aktes* schuldig gemacht.

Manchmal wünschte Rachel, sie hätte einen älteren Bruder, der ihr beibringen könnte, wie man Softball spielte, aber sie war ein Einzelkind. Ein seltsamer Ausdruck, *Einzelkind.* Klang so ähnlich wie *allein stehende Frau.* Als wäre es ein unnatürlicher Zustand.

Die Wymans nebenan hatten ein Wohnmobil gemietet, mit dem sie nach Wyoming fahren würden, um zwei Wochen lang in den Grand Tetons zu campen. Carol Wyman war von klein auf Rachels beste Freundin gewesen. Nachdem ihr älterer Bruder Mike bei der Küstenwache angeheuert hatte, war Carol jetzt auch ein Einzelkind. Rachel wünschte, Carol würde sie einladen mitzukommen in die

Grand Tetons und würde ihr vorschwärmen, wie *cool* es sein würde, so zu viert durch die Gegend zu fahren, und Rachel würde sagen: »Ach, ich weiß nicht, ich hab ziemlich viel zu tun«, und Carol würde flehen: »Bitte, bitte, komm mit!«, und Rachel würde antworten: »Na gut, meinetwegen.« Und dann ginge es los. Aber Carol hatte sie nicht eingeladen und Rachel glaubte auch kaum, dass sie es noch tun würde.

Carol schien überhaupt ziemlich zurückhaltend in letzter Zeit. Sie war immer noch Rachels beste Freundin, aber Rachel war sich nicht mehr so sicher, ob sie noch Carols beste Freundin war. Manchmal kam es ihr so vor, als hätte Carol viele beste Freundinnen und als sei sie, Rachel, degradiert worden und zählte nur noch zur Riege der zweitbesten Freundinnen oder vielleicht auch nur zu den Hofdamen oder Hilfsfreundinnen. Carol war immer beschäftigt. Sie war die Spitzenstürmerin im Mädchenfußballverein der Sandy Bottom High School gewesen, der an wichtigen Meisterschaften teilgenommen und gegen bedeutende und starke Teams aus Milwaukee und Madison und Green Bay gespielt hatte und auf den zweiten Platz gekommen war. Carol hatte mitgespielt, als die Schule *Das Tagebuch der Anne Frank* als Theaterstück aufgeführt hatte – Rachel hatte nur hinter den Kulissen mitgewirkt –, und jetzt hatte sie einen tollen Sommer als bester Shortstop der Softballliga der Juniorenmädchen von Minnesota County vor sich. Warum also sollte Carol eine Langweilerin wie Rachel überhaupt zur Freundin wollen?

Rachel schüttelte ihre Kissen auf, zog die Decke bis unters Kinn hoch und stellte sich vor, sie habe Leberkrebs. Eine Schwester beugte sich lächelnd zu ihr hinunter und flüsterte: »Deine Mutter ist gekommen!«, und Mutter betrat das Krankenzimmer und brach in Tränen aus. »Oh, Rachel, mein Liebling, wie kann ich das nur je wieder gutmachen? All die Jahre habe ich dich vernachlässigt. Könnte ich sie doch nur zurückholen! Wir würden wunderbare Dinge machen. Wir würden zusammen in die Ferien fahren!«

Das Problem mit den Greens und ihren Ferien war, dass Mutter und Daddy so verschieden waren, dass sie einander auf Reisen nur unglücklich machten. Daddy hasste es, von zu Hause fortzumüssen. Er hasste Autobahnen, er hasste Flugzeuge, und fremde Städte machten ihn nervös und rastlos. Mutter hingegen sah Reisen als einzigartige erzieherische Gelegenheit an. Sie bereitete sich gründlichst darauf vor und gab einem jede Menge Bücher zu lesen, in denen die wichtigsten Stellen mit gelben Klebezetteln markiert waren. Sie arbeitete eine detaillierte Reiseroute aus und achtete immer streng darauf, dass man auch bloß nichts ausließ und alles ansah, was es zu sehen gab. Aber alles, was der arme Daddy wollte, war, in einer ruhigen Hotelhalle zu sitzen, seinen Kaffee zu trinken, Zeitung zu lesen und darauf zu warten, dass die Ferien zu Ende gingen, so dass er nach Hause fahren und das tun könnte, was er am allerliebsten tat, nämlich die Molkerei von Sandy Bottom zu leiten.

Seit drei Jahren war Daddy Direktor der Sandy Bottom

Dairy. Damals war Mr. Sorenson in den Ruhestand gegangen und nach Arizona gezogen. Daddy liebte seine Arbeit. Wenn er durch den Betrieb ging, freuten sich alle Angestellten. Er kannte ihre Namen und die ihrer Kinder, er hatte eine Gewinnbeteiligung eingeführt und die Krankenversorgung verbessert. Er war ein guter Chef und ein cleverer Geschäftsmann. Mr. Sorenson hatte die Firma vierzig Jahre lang auf seine Weise geführt – für ihn bestand das Geschäft darin, Milch, Sahne und Butter zu verkaufen, außerdem Eis in vier Geschmacksrichtungen (Vanille, Schokolade, Erdbeere und Nuss) und drei Sorten Käse (Colby, Cheddar und Schweizer Käse), und als die Joghurtwelle kam, knurrte er nur, Joghurt schmecke völlig fad und er würde sich darauf nicht einlassen. Dann wurde Daddy sein Nachfolger und die Molkerei stieg in das Geschäft mit Joghurt und Joghurteis ein und brachte eine neue Linie mit teurem Eis unter dem Namen Bluebird auf den Markt mit sechs neuen Geschmacksrichtungen, darunter Aida (Karamell, Waffelstückchen und Pistazie), Ludwig van Blueberry und Madame Butterfly Brickle, die sich wie verrückt verkauften – rund dreihunderttausend Liter allein im vergangenen Juni, und dieses Jahr könnten sie auf eine Million Liter kommen. Daddy geriet total aus dem Häuschen bei diesen Dingen. Die Molkerei hatte einen blitzblanken Neubau unten am Fluss errichtet, in der Nähe des Holzplatzes, und siebenundzwanzig neue Leute dafür eingestellt.

Daddy liebte es, Leute in der neuen Anlage herumzuführen, ihnen die großen Behälter aus rostfreiem Stahl zu zeigen und ihnen vorzuführen, wie die Zutaten so gleichmäßig gemischt wurden, dass garantiert in jedem Bissen Aida ein Waffelstückchen war, ohne dass das Ganze ein einziger Mansch wurde. Warum sollte er also zwei Wochen lang in San Francisco leiden, wenn er bei der Arbeit vollkommen glücklich war?

Daddy brütete ständig neue Ideen aus und vor drei Jahren hatte er beschlossen, dass die Molkerei jedes Jahr zum Unabhängigkeitstag am vierten Juli ein großes Fest ausrichten würde, mit Würstchen und Eis gratis für alle, mit Feuerwerk und einem großen Konzert. Letztes Jahr hatte die Chatfield Brass Band gespielt und für dieses Jahr war das Dairyland Sinfonieorchester engagiert worden.

»Stellt euch das nur mal vor«, hatte Daddy gesagt, »klassische Musik hier in unserem Sandy Bottom! Ist das nichts?« Wenn er nicht gerade arbeitete, liebte er es, mit einem Glas Wein in der Hand im kleinen Wohnzimmer zwischen Regalen voller Bücher auf dem alten roten Sofa zu liegen und Beethovens Sechster Sinfonie oder einem Violinkonzert von Prokofjew oder Mozartarien mit Anna Moffo zu lauschen und seine Gedanken treiben zu lassen. Das war seine Art zu reisen.

Rachel rollte sich aus dem Bett und reckte und streckte sich laut gähnend. Wie konnte man die beiden bloß dazu überreden, irgendwohin zu fahren? Letzten Sommer waren sie nach Italien geflogen. Mutters beste Freundin aus Collegezeiten, Phoebe Hanson, lebte in Florenz. Sie war Kunsthistorikerin, groß, trug ihr blondes Haar zu einem Zopf geflochten, war lässig und gescheit, unverheiratet und kinderlos und lebte in einer sonnigen Zweizimmerwohnung (geräumige Küche mit Sofa, winziges Schlafzimmer) in Höhe der Stadtmitte am linken Ufer des Arno. Sie behandelte Rachel wie eine Erwachsene, interessierte sich für ihre Meinung und vertraute ihr Geheimnisse an. Rachel hatte bei Phoebe gewohnt, während Mutter und Daddy in einem kleinen Hotel in der Nähe der Kathedrale untergebracht waren. Jeden Morgen waren Phoebe und Rachel über den Ponte Vecchio geschlendert, eine alte Steinbrücke, auf der ein Goldschmied neben dem anderen war, und hatten sich in ein Café gesetzt, Kaffee getrunken und Geschichten erfunden über die Passanten. Sie nannten es das Romanspiel. »Die da drüben ist eine Wäscherin, die auf dem Weg ist, sich ein Los zu kaufen. Sie hat einen schwulen Sohn und außerdem Zahnschmerzen«, sagte Phoebe über eine alte Frau, die in einen schwarzen Schal gehüllt über die Straße huschte. Rachel sah einen Jungen auf einem Rad mit einem Rucksack auf dem Rücken und sagte: »Der da hat eine Mathearbeit verhauen und traut sich nicht es seinem Vater zu sagen und heute Abend will er mit seiner Freundin ins Kino und weiß nicht, wo er das Geld für die Karten hernehmen soll.« Stundenlang konnten sie so dasitzen.

Mutter klapperte derweil die Museen ab und betrachtete kilometerweise Kunst, während Daddy in der Hotelhalle saß, die Londoner *Times* las und darauf wartete, dass es in Florenz Nachmittag und in Wisconsin Morgen wurde, damit er sein Büro anrufen konnte, um mit Florence, seiner Sekretärin, über die aktuellen Verkaufszahlen und den neuesten Klatsch zu reden. Unterdessen saßen Phoebe und Rachel in der Nähe der Piazza in einem Straßencafé und sahen zu, wie Ströme von Touristen vorbeizogen – Deutsche und Franzosen, Japaner, Engländer und Amerikaner. »Der da vorn ist Sozialkundelehrer und sie Kosmetikerin und sie ist sauer auf ihn, weil er auf sie sauer ist, weil sie gestern diese Blumentöpfe gekauft hat, und sie müssen noch vier Tage bleiben und die ganze Zeit werden sie darüber streiten, wessen Idee es war, überhaupt hierher zu kommen.« Rodolfo, der Kellner, brachte Rachel Kaffee *con grande latte* – mit viel Milch – und sie sagte: »*Grazie, signore*« und er machte ihr Komplimente über ihre gute Aussprache. Es war die tollste Reise, die man sich vorstellen konnte.

Über Rachels Kommode hing in einem Goldrahmen die Reproduktion eines Gemäldes von Ghirlandaio, das sie sich aus Italien mitgebracht hatte und das eine Gruppe von Engeln zeigte. Die Engel blickten aufgeregt zur Seite, so als ob von außerhalb des Rahmens jemand mit Eistüten daherkäme. Auf Rachels kleinem Schreibtisch standen zwei silberne Kerzenleuchter mit langen weißen Kerzen. Abends zündete sie sie manchmal an und stellte sich vor wieder in dem Café zu sein und sich mit Rodolfo zu unterhalten.

Grazie della serata – danke für den Abend. *Il piacere è stato mio* – das Vergnügen war ganz meinerseits.

Aber Daddy war total geschafft von der Italienreise. Er machte sich ständig Sorgen wegen Taschendieben, Lebensmittelvergiftungen, Ladenbesitzern, die ihn übers Ohr hauen wollten – und vor allem darüber, dass sie den Rückflug verpassen könnten. Als endlich der Tag gekommen war und sie im Flugzeug saßen, nachdem er sie viel zu früh zum Flughafen gekarrt und kontrolliert hatte, ob auch wirklich alle Gepäckstücke dabei waren, sah er ganz bleich aus. Schweißtropfen perlten von seiner Stirn, und als sie die Wolkendecke durchstießen, wurde er stocksteif. Während der gesamten neun Stunden, die sie über den Atlantik flogen, und auch noch während der zwei Stunden bis Milwaukee saß er schweigend da, wie erstarrt, sein Atem ging ganz flach, sein Herz pochte heftig, und jedes Mal wenn das Flugzeug einen kleinen Hüpfer machte oder schaukelte oder ein seltsames Geräusch aus dem Bauch der Maschine zu hören war, schloss er die Augen und umklammerte die Armlehnen. Als das Flugzeug endlich in Wisconsin aufsetzte, sah er aus wie ein Geist.

»Mir reicht's«, sagte er. »Auf absehbare Zeit will ich kein Flugzeug mehr von innen sehen. Ich sterbe lieber zu Hause.«

Es bestand also wenig Hoffnung, dass sie noch einmal nach Italien kommen würden. Auch San Francisco war ausgeschlossen. Es gab nichts, worauf man sich freuen konnte. Carol würde den ganzen Sommer lang beschäftigt sein und Rachel saß mit zwei Spinnern zu Hause fest.

Die Badezimmertür ging auf. »Das Bad ist frei!«, rief Daddy beim Hinuntergehen. Rachel flitzte hinüber, putzte sich die Zähne, stellte sich kurz unter die Dusche und wusch sich die Haare mit Mutters Aloe-Shampoo. Dann zog sie eine schlichte weiße Baumwollunterhose an. Einmal hatte sie sich in einem Laden in Milwaukee einen raffinierten Slip mit Spitzenbesatz ausgesucht, aber Mutter hatte gemeint, es sei lächerlich, für ein bisschen Spitze mehr zu bezahlen, und darauf bestanden, dass sie ihn zurücklegte. Rachel föhnte ihr kurzes schwarzes Haar und wünschte sich, sie hätte dicke Locken, ähnlich wie Carol. Ihr Kleiderschrank war voll gestopft mit Klamotten, aber an allem war etwas verkehrt. Die Hosen waren entweder zu kurz oder zu lang, die Hemden hatten die falsche Farbe, und was sie gern angezogen hätte, befand sich garantiert in dem Berg schmutziger Wäsche am Fuß der Kellertreppe.

Schließlich entschied sie sich für khakifarbene Hosen und ein dunkelblaues T-Shirt und ging träge die Treppe hinunter.

Daddy lehnte mit einem Becher Kaffee in der Hand an einem Bücherregal im kleinen Wohnzimmer und lauschte einer Cellosuite von Bach. »Guten Morgen!«, rief Rachel ihm zu und Daddy schaute auf. Seine Augen glänzten feucht, Bach ging ihm manchmal wirklich sehr nahe.

Am Küchentisch saß Mutter, groß und hübsch. Ihr langes schwarzes Haar war zu einem Knoten gedreht, aus dem sich einzelne Strähnen lösten. Ihr rechter Fuß schlug rhythmisch auf die Fliesen. Sie trug ihren alten grün karierten Bademantel, trank Kaffee und schrieb wütend auf einem gelben Notizblock. Der *Sandy Bottom Register* lag aufgeschlagen vor ihr.

»Morgen«, sagte Rachel.

»Guten Morgen, mein Engel«, antwortete Mutter ohne aufzusehen.

Rachel nahm sich Joghurt aus dem Kühlschrank, löffelte einen Teil in eine Schüssel und streute Vollkornflocken darüber.

»Jetzt guck dir das an!«, schimpfte Mutter und pochte mit dem Bleistift auf die Zeitung. »Kannst du das glauben? Hier steht, dass in der High School nächstes Jahr der Spanischunterricht abgeschafft werden soll!«

»Wenn man sowieso nie irgendwohin fährt, wozu soll man dann Fremdsprachen lernen?«, fragte Rachel.

Mutter überhörte die Frage. »Früher haben sie Latein *und* Französisch *und* Deutsch *und* Spanisch angeboten, dann wurde alles bis auf Spanisch gestrichen und jetzt soll das auch noch abgeschafft werden! Dieser Trottel von einem Bürgermeister versucht eine neue Anleihe durchzupeitschen, um eine halbe Million Dollar für neue Bordsteinkanten und Rinnsteine auszugeben, aber sie sind nicht in der Lage, fünfundzwanzigtausend für einen Spanischlehrer aufzubringen. Es ist der blanke Wahnsinn! Die Arbeit der öffentlichen Bibliothek wird paralysiert, die wenigen schönen Gebäude, die sie haben, reißen sie ab, um stattdessen Parkhäuser zu bauen – es ist zum Heulen. Und jetzt gehen sie hin und werfen die letzte Fremdsprache, die überhaupt auf der High School gelehrt wird, auch noch über Bord. Was bleibt denn überhaupt noch? Wollen sie die Schule dichtmachen und den Kindern Laptops kaufen und sie ans Internet anschließen?«

»Was bedeutet paralysieren?«

»Lähmen.«

»Aha.«

Rachel kaute auf ihren Vollkornflocken herum und schielte auf Mutters Notizblock. Natürlich, sie schrieb einen Brief und er war an den Herausgeber des *Register* gerichtet. O nein, dachte Rachel, nicht schon wieder. Ein Brief jagt den anderen.

»Ich sage dir«, fuhr Mutter fort, »dieser Bürgermeister hat zu viel rotes Fleisch gegessen und sein Hirn ist voller Talg. Das ist sein Problem. Sein IQ liegt etwa bei Zimmertemperatur, und wenn irgendjemand es wagt, sein Urteilsvermögen infrage zu stellen, rastet er aus. Er ist schlicht und einfach ein seniler Krimineller!«

Seniler Krimineller! Diese Formulierung schien Mutter zu gefallen. Sie griff nach ihrem Bleistift und kritzelte eifrig weiter. Ihrem Gesichtsausdruck nach zu urteilen würde sie mindestens vier Seiten füllen.

Daddy kam aus dem Wohnzimmer. Sein Rasierwasser duftete nach Limetten. Er beugte sich hinunter und küsste Rachel hinters Ohr. Dann küsste er Mutter und sagte: »Guten Morgen, General.« Er schüttete Vollkornflocken in eine Schüssel und machte dabei ein so angewidertes Gesicht, dass Rachel lachen musste. »Was gibt's?«, fragte Mutter ohne den Blick von ihrem Brief zu heben. Daddy liebte Spiegeleier mit Würstchen und dick mit Butter bestrichenes Toastbrot, aber sein Cholesterinspiegel war zu hoch und Mutter hatte ein Veto eingelegt: Nichts Gebratenes mehr für Daddy.

Rachel grinste ihren Vater an. »Die Vollkornflocken sind ausgezeichnet heute Morgen«, sagte sie.

»Das freut mich zu hören«, antwortete er. »Die von gestern schmeckten wie Sägemehl.«

»Die hier sind viel besser, sie sind nämlich angereichert«, frotzelte Rachel.

»Ich bin drauf und dran, meine Sachen zu packen und die Stadt zu verlassen!«, schimpfte Mutter. Sie schaute sie beide an. »Ich meine es ernst. Ich bin dermaßen wütend.« Sie nahm eine Zigarette aus der Schachtel und zündete sie an. Heute war der Tag, an dem Mutter anfangen wollte sich das Rauchen abzugewöhnen. Das hatte sie seit zwei Wochen verkündet.

»Das haben wir gemerkt«, sagte Rachel.

Daddy kaute auf seinen Vollkornflocken herum.

Mutter stieß den Schreibblock beiseite. »Bürgermeister Broadbutt ist wild entschlossen die alte Ramseyvilla abzureißen und er hört auf niemanden, der anderer Meinung ist!«

»Broadbent, mein Liebes. Eugene Broadbent heißt der Bürgermeister.«

»Breitarsch würde besser passen, aber wie auch immer. Jedenfalls ist er nicht bereit abzuwarten, bis wir einen Plan ausgearbeitet haben, wie man die Villa, die das absolut letzte architektonische Schmuckstück dieser Stadt ist, als Kunstzentrum nutzen könnte. Nein, er muss sie unbedingt abreißen und die Welt mit einem weiteren Parkhaus beglücken! Vandalen in Anzügen, das sind sie, nichts weiter!« Mutter schlug mit der Faust auf den Tisch, dass die Schüsseln zu tanzen begannen.

Daddy seufzte. Er hasste Auseinandersetzungen. Er konnte es nicht ertragen, wenn Menschen in Streit gerieten.

»Du kannst keine Wunder vollbringen, Liebling. Die Ramseyvilla ist bestimmt großartig, aber sie steht seit Jahren leer und ist in denkbar schlechtem Zustand. Die Leitungen sind verrottet, die Elektrik ist unbrauchbar und es gibt jede Menge Wasserschäden. Wenn du erst einmal anfängst das Haus zu renovieren, ist ein Ende nicht abzusehen. So eine Ruine ist ein Fass ohne Boden. Es ist billiger, sie zu ersetzen.«

»Dieses Gebäude kann niemals ersetzt werden!«, antwortete Mutter. »Es wurde 1895 gebaut. Das große Sandsteinrelief über dem Eingang, die Mosaikböden, das Wandgemälde in der Eingangshalle, das die Begegnung zwischen französischen Seefahrern und Indianern zeigt...« Mutter schüttelte traurig den Kopf. »Er kann es gar nicht erwarten, bis er Leute mit Brecheisen reinschicken kann, die alles kurz und klein schlagen!«

»Ich weiß, dass du es nicht ausstehen kannst, wenn ich das sage«, wandte Daddy ein, »aber du würdest viel mehr erreichen, wenn du dich auf eine Sache beschränken und nicht immer an allen Fronten gleichzeitig kämpfen würdest.« Er lächelte Mutter lieb an. Sie schaute streng zurück.

»Ich jedenfalls werde mich nicht zurücklehnen und zusehen, wie Spanisch als Unterrichtsfach abgemurkst wird, ohne dass ich einen Pieps von mir gebe.« Sie sah Rachel an. »Ich möchte, dass du heute Geige übst. Gestern Abend habe ich dich spielen hören. Du kannst viel mehr aus dem Stück herausholen. Du musst es insgesamt schneller, feuriger spielen.«

Oje, es würde wohl wirklich ein endlos langer Sommer werden. Mutter würde sich in der Zeitung austoben, Daddy würde in der Molkerei schuften und abends Bach hören, bis ihm die Tränen kamen. Als ob es nicht schon schlimm genug wäre, das größte Mädchen der achten Klasse zu sein, dürr, flachbrüstig, mit dünnen schwarzen Haaren und Füßen wie Kähnen – musste man dazu auch noch Eltern haben, die nicht ganz dicht waren? Schaut uns doch an: Daddy arbeitet bis zum späten Abend, dann kommt er nach Hause, flüchtet sich in seine CD-Sammlung und wedelt mit einem Bleistift vor den Lautsprechern herum, während Mutter vor einem Stapel Zeitungsausschnitte am Küchentisch campiert und allen möglichen Leuten böse Briefe schreibt. Und wenn wir uns zum Essen hinsetzen, dann langt sie hinüber, greift sich einen Ausschnitt und liest ihn vor. Vielleicht etwas über eine wissenschaftliche Studie, die nachweist, dass selbst intelligente Menschen ihre geistigen Möglichkeiten nur zu einem Prozent ausnutzen, etwas über Pflanzenschutzmittel oder darüber, wie gesund Leinsamen ist. In einer normalen Familie setzt man sich zum Essen an den Tisch und alle sind fröhlich, und die Eltern reden über ganz normale, freundliche, lustige Dinge anstatt böse Reden über die Dummheit aller anderen zu schwingen. Eine normale Familie hat einen großen Fernseher im kleinen Wohnzimmer und ein kleines Klavier mit einem Hochzeitsfoto der Eltern und einem Usambaraveilchen darauf im großen Wohnzimmer, aber Mutters Flügel besetzte das Esszimmer wie ein gestrandeter Wal. Und wenn sie Chopin oder Beethoven oder Brahms spielte, dröhnte die Musik durch die Heizungsrohre, dass die Böden bebten und die Türen in den Scharnieren vibrierten. Manchmal hatte Rachel gute Lust, Mutter anzubrüllen, sie möge bitte, bitte aufhören.

Im letzten Herbst hatte Daddy einen neuen Verkaufsleiter eingestellt, Jerry Mason, der von Minneapolis nach Sandy Bottom gezogen war. Jerry war ein großer, fröhlicher Mann mit Bart, der gern sang und deswegen dem örtlichen Gesangverein beitrat, den Mutter auf dem Klavier begleitete. So hatten sie sich angefreundet. Jerry hatte eine Tochter, Valerie, die so alt wie Rachel war. Eines Tages hatte Rachel sie nach der Schule zu sich nach Hause eingeladen. Valerie, hübsch und sportlich, kam herein, Mutter begrüßte sie und Valerie sagte: »Rachel und ich waren die Einzigsten, die heute die Matheaufgaben richtig hatten!« – Das konnte Mutter natürlich nicht so stehen lassen. O nein. »Die *Einzigen,* meintest du wohl«, verbesserte sie.

»Ach ja«, antwortete Valerie, »stimmt.«

»*Einzig* ist an sich schon ein Superlativ«, fügte Mutter hinzu.

»Ich verstehe«, sagte Valerie.

»Ich hoffe, es stört dich nicht, wenn ich dich korrigiere«, sagte Mutter.

»Nein«, sagte Valerie, aber natürlich störte es sie. Jeder Mensch musste sich doch blöd vorkommen, wenn die Mutter einer Freundin ihm Grammatikfehler nachwies. Was war denn so schlimm daran, wenn man »Einzigste« sagte? Jeder wusste doch, was gemeint war. Aber was die Grammatik anging, kannte Mutter kein Pardon. »Schlampigkeit ist wie ein Unkraut«, pflegte sie zu sagen. »Sie darf gar nicht erst Wurzeln schlagen.« Dann hatte Rachel Valerie mit nach oben nehmen wollen, um ihr ihre Skizzen von der Italienreise zu zeigen. Als sie am kleinen Wohnzimmer vorbeikamen, warf Valerie einen Blick hinein und sah Daddy, wie er dastand, mit den Armen wedelte und die Berliner Philharmoniker dirigierte. Valerie blieb stehen und starrte ihn an. Mit einem breiten Grinsen wandte er sich gerade den Streichern zu und riss die Arme hoch, als er die beiden Mädchen im Flur stehen sah. Er war nicht im Geringsten verlegen.

»Hört euch mal diese Stelle an! Der letzte Teil des Adagios! Ist das nicht wundervoll?«

Da hatte sich Valerie zu Rachel umgedreht. »Ich habe ganz vergessen, dass ich ja nach Hause muss«, sagte sie. Seitdem hatte sie Rachel gemieden. Es war eindeutig, dass sie dachte, die Greens wären verrückt. Wenn Rachel in der Schule »Hi« zu Valerie sagte, lächelte sie gequält und sah weg.

Durch das Eckfenster der Küche sah Rachel, wie Angie Wyman hinter dem Kopf der Mutter auftauchte, gerade so, als käme sie aus Mutters rechtem Ohr, in weiten rosa karierten Shorts und grünem Sweatshirt mit dem Emblem des Softballvereins. Sie hatte eine Papiertüte in der Hand, ein Messer und Handschuhe und wollte offensichtlich dem Löwenzahn zu Leibe rücken. Die Wymans waren in jeder Beziehung eine völlig normale Familie. Angie und Fred liebten es, sich auf dem Sofa zu lümmeln, dicke Portionen Eis zu schlecken und ihre Lieblingsserien im Fernsehen zu sehen. Mutter sagte immer, dass Fernsehen die Menschen verblöde. Aber wenn die Wymans fernsahen, erinnerten sie Rachel an zufriedene Katzen, die schnurrend in ihrem Körbchen liegen und sich das Mäulchen lecken. Angie zog Rachel zu sich hinunter und umarmte und drückte sie – Angie musste immerzu jemanden in die Arme nehmen und während der Werbeblöcke fragte sie, was man so machte, und wenn man antwortete: »Ich übe ein neues Stück auf der Geige ein«, war Angie hellauf begeistert. »Toll. Du bist der begabteste Mensch, den ich kenne, Rachel.«

Angie staunte, dass eine Vierzehnjährige Geige spielen konnte. Mutter staunte nicht, nicht das kleinste bisschen. Sie beobachtete einen mit Adleraugen, um sicher zu sein, dass man nur nicht nachließ. Immer war sie hinterher, dass man besser wurde. Wenn sie einen dabei erwischte, dass man Däumchen drehte, zog sie gleich Emily Brontës *Sturmhöhe* aus dem Regal und sagte: »Dies ist einer der großen klassischen Romane, musst du wissen. Ich hab ihn gelesen, als ich etwa in deinem Alter war.«

Ein ganzer, langer Sommer mit einer Mutter, die jedermanns Grammatikfehler verbesserte, und einem Vater, der im Wohnzimmer *La Bohème* dirigierte, in einer Stadt, in der niemals irgendetwas los war. Man konnte nicht einmal irgendwo sitzen und das Romanspiel spielen. Die Leute, die vorbeigingen, kannte man ohnehin viel zu gut.

Komischer Vogel

Nach dem Frühstück stopfte Rachel ihre Bücher in die Schultasche, gab Daddy und Mutter einen Kuss und ging quer über den Hof zu dem großen weißen Haus der Wymans hinüber. Im selben Moment kam Carol mit ihrem blauen Rucksack heraus und so machten sie sich gemeinsam auf den Schulweg: Bis zur Main Street gingen sie die Prairie Avenue hinunter mit ihren riesigen Ulmen, die einen Baldachin über der Straße bildeten, dann auf der Brücke über den Sandy Bottom River, durch das Stadtzentrum hindurch, am Park und dem Orchesterpavillon vorbei bis hinüber zur Sandy Bottom Junior High School. Carol war schon ganz aufgeregt bei dem Gedanken an den kommenden Sommer. Einmal war da natürlich die Reise in die Grand Tetons und dann freute sie sich darauf, als Shortstop für die O'Connell Jewelers zu spielen und vielleicht an den Spielen für die Endausscheidung im Bundesstaat Wisconsin teilzunehmen. »Du solltest es wirklich mal probieren«, sagte sie zu Rachel. Klar, dachte Rachel, und anschließend kandidiere ich für den Gouverneursposten. Wenn sie im Sportunterricht Softball spielten, gehörte sie regelmäßig zu den Letzten, die ausgewählt wurden. Meistens musste sie dann im nahen Centerfield spielen, wo der zweite Baseman für sie einspringen konnte.

»Wäre das nicht toll, wenn wir zusammen im Verein

spielten?«, sagte Carol und legte Rachel den Arm um die Schultern. »Dann wären wir Mannschaftskameradinnen! *Wir sind die O'Connells und wir siegen im Nu, wir haben Köpfchen und die Klunker dazu, wir haben Rubine und auch Diamanten, ihr seid nichts als ein paar alte Tanten.«*

Rachel musste lachen.

»Gestern haben wir uns den ganzen Abend lang solche *cheers* zum Anfeuern der Mannschaft ausgedacht. Der Spruch, den ich dir eben gesagt habe, stammt von Valerie.«

Als sie bei der Schule ankamen, bogen gerade die großen orangefarbenen Busse auf den Parkplatz ein, mit denen die Schüler von außerhalb zur Schule kamen. Rachel hatte Angst vor einigen der Jungs vom Lande. Einmal hatte sie gesehen, wie sie einem der Mädchen von hinten an den BH-Träger griffen und ihn dann plötzlich zurückschnappen ließen. Alle hatten gelacht. Und selbst wenn man versuchte so zu tun, als machte einem das gar nichts, spürte man doch, wie man knallrot wurde. Carol drängte sich durch die Menge der aussteigenden Schüler und Rachel folgte ihr. Sie gingen zum Haupteingang hinüber, zwischen den großen Marmorsäulen hindurch und an einer in das Portal eingelassenen Messingplatte vorbei, der Gedenktafel für ehemalige Schüler, die im Krieg gefallen waren, und schließlich in die Eingangshalle hinein, in der sich bereits Hunderte von Schülern drängten. Viele von ihnen begrüßten Carol, aber nur wenige bemerkten Rachel.

Rachel verabschiedete sich von Carol, ging zu ihrem

Schließfach und nahm ihr Schreibheft und die Englischhausaufgaben heraus.

An der Innenseite der Schranktür klebte ein Foto von Carol, grinsend, die Stupsnase gekraust, das sandfarbene Haar hübsch und wirr, und unten stand in Carols Handschrift: »Für Rachel, meine beste Freundin für immer und ewig. Carol.« Bitte hör nie auf meine beste Freundin zu sein, dachte Rachel. Auch wenn ich unsportlich bin, meine Eltern etwas sonderbar sind und wir einen Flügel haben, wo bei anderen Leuten der Esstisch steht.

Die Glocke schellte und Mrs. Erickson stand neben ihrem Pult und wartete darauf, dass die Schülerinnen und Schüler sich zum Englischunterricht auf ihre Plätze setzten. Im khakifarbenen Rock und mit gestärkter weißer Bluse, die Beine übereinander geschlagen, das blonde Haar zu einem Bauernzopf geflochten, lehnte sie am Pult. Alles an ihr war vollkommen. Weder ermahnte sie die beiden Mädchen, die als Letzte noch in einer Ecke standen und flüsterten, noch nahm sie den armen Lonnie Glenn zur Kenntnis, der atemlos und mit einem halben Schokoriegel im Mund ins Klassenzimmer gestolpert kam. Sie ließ nicht die Spur von Ungeduld erkennen, sondern stand einfach da, intelligent, absolut gelassen, bis allein durch die Würde, die sie ausstrahlte, allgemeines Schweigen eingetreten war.

Dann stellte sie die Beine nebeneinander, legte die Hände hinter dem Rücken zusammen und begann: »Guten Morgen zusammen. Heute wollen wir mit der Unterrichtsreihe ›mündliche Überlieferung‹ beginnen, und zwar mit Geschichten, die irgendein Gegenstand bei euch zu Hause erzählen könnte. Eure Aufgabe für heute war es, euch vorzustellen, ihr wäret ein solcher alltäglicher Gegenstand, zum Beispiel ein Stuhl, ein Teller oder ein Bild, und seine Geschichte zu erzählen.«

Rachel saß an einem Pult mitten in der ersten Reihe und so fiel ihr Blick direkt auf Mrs. Ericksons Gürtelschnalle, eine breite Messingschnalle mit einer Perlmutteinlage wie bei einer Gitarre. Ob Mrs. Erickson Gitarre spielte? Sie sah eher wie eine Harfenistin oder Cellistin aus, dachte Rachel.

»Jeder von euch sollte für heute siebenhundert Wörter schreiben, und da es um erzählte Geschichten gehen soll, würde ich euch bitten laut vorzutragen, was ihr geschrieben habt«, sagte Mrs. Erickson. »Sharon?«

Hinter Rachel saß Kathy Stickney. Sie beugte sich vor und flüsterte: »Sollten wir das für heute machen?«, so als hörte sie zum ersten Mal davon. Kathy war wirklich nicht die Hellste, dachte Rachel – aber eine, die mit Daryl Darwin ging, konnte auch nicht alle Tassen im Schrank haben. Aber Kathy war Carols Cousine, also bemühte Rachel sich freundlich zu ihr zu sein. Sie kritzelte auf einen Zettel: »700 Wörter, erzählt von einem Gegenstand im Haus – war gar nicht so schlimm!«, und reichte ihn nach hinten.

Sharon Tennesen war klein, untersetzt und ein ernsthaftes Mädchen. Ihr Aufsatz hatte den Titel »Das Tischtuch erzählt«. Die Spitzentischdecke der Tennesens erinnerte sich an denkwürdige Mahlzeiten, aber Rachel fand die Erzählung nicht besonders interessant, lauter Erntedank-

und Weihnachtsfeste und jedes Mal gab es Truthahn. Das musste man Mutter lassen, wenn es um Feste ging, war sie sehr originell: Letztes Jahr hatte sie einen Farmer dazu gebracht, für sie eine Gans mit Mais und Süßholz zu mästen. In irgendeinem Buch hatte sie darüber gelesen. An Heiligabend fuhren Mutter und Rachel hinaus, um die Gans abzuholen. Der Farmer ging hinters Haus, man hörte zwei laute, anklagende Schläge, ein schreckliches Quaken und dann ein großes, gansloses Schweigen. Auf dem Heimweg versuchte Rachel nicht zu weinen, aber es fiel ihr schwer, kein Mitleid mit dem armen Tier zu haben, das vor wenigen Minuten noch gelebt und Mais gefuttert hatte und jetzt gerupft und kalt in braunem Packpapier hinten im Auto lag. Zu Hause füllte Mutter die Gans und legte sie in einen großen Bräter. Und während der Vogel im Ofen briet, saß sie am Küchentisch und schrieb einen langen Brief an die Zeitung, in dem sie darlegte, wieso die Subventionierung der Privatschulen schlicht und einfach das Ende des gesamten Erziehungswesens bedeuten würde. Dann spielte sie noch ein paar Préludes von Chopin und später servierte sie die mit Wildreis und Kastanien gefüllte Gans. Beim Essen stritten sie und Daddy sich lang und breit darüber, ob sie, als sie das erste Mal zusammen ausgingen, Bachs *h-Moll-Messe* oder die *Matthäuspassion* gehört hätten. Rachel konnte das Süßholz bei der Gans nicht herausschmecken, doch Mutter behauptete, sie könne es.

Rachels Aufsatz hatte den Titel: »Was das Klavier zu erzählen weiß«, und während erst Lonnie seine Geschichte vorlas (seine Familie aus der Sicht ihres Ford Explorer) und anschließend Valerie, Julie und Barbara, die alle drei zur Softballmannschaft gehörten, an der Reihe waren, fühlte sie sich etwas unsicher beim Gedanken an das, was sie geschrieben hatte. Valeries Aufsatz war gut – sie beschrieb darin, wie ihr Fernsehgerät die Familie beim Fernsehen beobachtete. Rachel dachte, dass ihr Aufsatz über das Klavier vielleicht etwas angeberisch klingen mochte, weil es um Mutters Flügel ging, der aus Österreich stammte. Ihr Gesicht zuckte leicht und ihr Herz klopfte schneller, als Mrs. Erickson ihr lächelnd zunickte und sie sich von ihrem Platz erheben, vier Schritte nach vorn gehen, sich umdrehen musste und alle Augen auf sich gerichtet sah. Lieber Gott, wenn doch jetzt der Feueralarm losginge! Lonnie grinste sie an, die Hände hinter dem Kopf verschränkt. Die Softballmädchen lächelten dämlich, Daryl versuchte sie auf sich aufmerksam zu machen, um sich dann einen dicken, unsichtbaren Popel aus der Nase zu ziehen. Rachel hielt sich ihre Seiten vors Gesicht und legte los.

Was das Klavier zu erzählen weiß

Ich bin ein Flügel, 2,70 m lang und schwarz, und wenn ich auch nicht mehr so glänze wie einst, so sehe ich doch immer noch sehr eindrucksvoll aus und man sagt, mein Klang sei besser als je zuvor. Mein Name ist Bösendorfer und er ist in Goldbuchstaben oberhalb der Tastatur eingeprägt worden. Das war 1896 in Wien, wo ich gebaut wurde. Damals gab es in

Österreich einen Kaiser und Sigmund Freud war ein unbekannter Nervenarzt. Ich wurde sorgsam und mit viel Liebe von Handwerkern gebaut, die stolz auf ihre Arbeit waren. Gekauft hat mich ein Herr Walter Weidman, der mich seiner Frau schenkte. In ihrem Haus in Frankfurt blieb ich bis 1938, als die Familie vor den Nazis fliehen musste und nach Milwaukee zog. Ich wurde auf einem Dampfer nach Amerika gebracht und kam mit dem Zug nach Milwaukee. Leider ging es den Weidmans in Amerika nicht gut. Herr Weidman starb im Jahr nach ihrer Ankunft und danach spielte Frau Weidman nie mehr auf mir. Ich kam ins Haus einer Cousine, wo sich niemand wirklich für Musik interessierte und ich eigentlich nichts weiter als ein Möbelstück war, bis ich 1970 von einem Mann namens August Mueller gekauft wurde, einem Fleischgroßhändler.

Bei dem Wort »Fleischgroßhändler« lachten alle und Rachel wurde rot. Aber das war nun mal Großvaters Beruf gewesen, bis er sich zur Ruhe setzte. Was war daran lustig? Hatte sie einen verkehrten Ausdruck verwendet? Selbst Mrs. Erickson lächelte ganz leise. Rachel las schneller:

August Mueller hatte eine Tochter, Ingrid, die an der Musikhochschule Klavier studierte, und der Vater war sehr besorgt, weil sie einen jungen Mann kennen gelernt hatte, Norman Green, der in sie verliebt war. Norman studierte Englisch und Musikgeschichte an der Universität. Er spielte ein wenig Geige, hatte aber nie Zeit zum Üben. Jeden Morgen auf dem Weg zur Uni kam Norman am Gebäude der Musikhochschule vorbei und die Klänge, die aus den geöffneten Fenstern der Übungsräume strömten, machten ihn glücklich. Besonders der Klang eines bestimmten Klaviers hatte es ihm angetan.

Als die bildschöne Pianistin mit dem langen schwarzen Haar am Ende ihrer Studienzeit öffentlich vorspielte, saß Norman in der ersten Reihe und lauschte ihr, wie sie Rachmaninow und Chopin spielte.

August Mueller war stolz auf seine Tochter und wollte nicht, dass sie die Musik aufgab. Er hatte Angst, Norman wäre vielleicht nicht kultiviert genug für Ingrid. So beschloss er, dem jungen Paar einen Flügel zu schenken, der so groß und wundervoll war, dass es ihnen unmöglich sein würde, die Musik irgendwann zu vergessen. Wann immer sie sich umwandten, musste ihnen der Flügel ins Auge fallen.

Ein großer Kran schaffte mich in die erste gemeinsame Wohnung der beiden, ein Apartment im dritten Stock eines Hauses im Zentrum von Madison. Das Apartment war winzig und ich nahm das ganze Wohn- und Esszimmer ein.

Wenn Ingrid und Norman Feste feierten, dann saßen ihre Freunde auf dem Bett oder in der Badewanne, während Ingrid Chopin spielte, bis Norman sagte: ›Nun komm schon, Ingrid, das hier ist eine Party!‹, und dann spielte sie *Beautiful Brown Eyes* und *Red River Valley* oder *There is a Tavern in the Town* und alle sangen mit.

Als sie mit ihrer neugeborenen Tochter nach Sandy Bottom zogen, bekam ich meinen Platz im Esszimmer, und wenn ich gespielt werde, hört man mich im ganzen Haus. Und ich kann alles hören, was im Haus geschieht. Aber ein Klavier versteht es, Geheimnisse zu hüten, und erzählt nicht herum, was es weiß, obwohl ich von vielen, vielen Ereignissen erzählen könnte, von glücklichen und von traurigen. Nein, ein Klavier ist dazu da, Musik zu machen, und die Musik kann viel Traurigkeit vertreiben. Und wenn Menschen über etwas traurig oder fröhlich sind, dann macht das die Musik nur noch schöner. Je älter ich werde, umso besser klinge ich, und je älter ich werde, umso mehr weiß ich.

Ende

Rachel taten alle Muskeln im Gesicht weh, als sie aufgehört hatte, ihre Ohren sausten und sie war verlegen. Warum nur hatte sie so viel erzählt? Sie ging die vier Schritte zurück zu ihrem Pult und setzte sich.

»Das war sehr gut«, sagte Mrs. Erickson, »vielen Dank. Todd?«

Ein Paar Basketballstiefel mit offenen Schnürsenkeln stapfte von hinten rechts vor die Klasse. Todd Gustafson wankte nach vorn wie eine große, traurige Giraffe. Schnell und kaum hörbar las er etwas über einen Toaster vor.

Rachels Gesicht glühte. Ein Schweißtropfen lief ihr

über die Stirn ins Auge. Sie wünschte, es wäre schon Samstag.

Das war der eine Tiefpunkt des Tages und der andere war der Geschichtsunterricht bei Mr. Gilbert. Mr. Gilbert war auch der Footballtrainer der Schule, und wenn man nicht sportlich war, existierte man für ihn einfach nicht. Die Geschichtsstunden sahen üblicherweise so aus, dass die Schüler abwechselnd Zeitungsartikel laut vorlasen, und schließlich redete man dann über das Frühjahrstraining oder das Ende irgendeiner Hollywoodaffäre.

Heute rief Mr. Gilbert Rachel auf und sie trug einen Artikel aus der *New York Times* über den im Exil lebenden Dalai Lama vor, der in New York vor den Vereinten Nationen gesprochen hatte. Ein Junge, der hinter Rachel saß, fragte dazwischen: »Was für eine Dolly? Dolly Parton?«, und alles lachte, auch Mr. Gilbert.

Es war ein langer Artikel, und als sie zwischendurch einmal aufblickte, sah sie, wie Carol sie mit einem verlegenen Lächeln ansah.

Als sie geendet hatte, meinte Mr. Gilbert: »So, so, aus der *New York Times.* Ganz schön elitär. Hat niemand einen Text, der mehr von hier ist? Etwas, mit dem normale Leute wie wir etwas anfangen können? Wie sieht es mit Baseball aus – hat einer von euch verfolgt, wie die Brewers diese Woche gespielt haben?«

Nach der Stunde lief Rachel mit Carol zu ihrem Fach hinüber. »Wer ist denn dieser Dalai Lama?«, fragte Carol.

»Er ist der geistige Führer des tibetischen Volkes«, antwortete Rachel. »Er lebt in Indien im Exil, weil China Tibet annektiert hat und außerdem versucht die tibetische Kultur zu zerstören.«

»Aha, interessant«, sagte Carol und blickte den Gang hinunter.

»Was machst du eigentlich Freitag?«, fragte Rachel. »Kann ich bei dir übernachten?«

»Freitag geht's, glaube ich, nicht.« Carol lächelte etwas gequält. »Ich hab schon was vor. Tut mir Leid.«

Rachel vermutete, dass Carol mit den Softballmädchen zu einer Party gehen würde. »Ist schon in Ordnung. Kein Problem.«

Auf dem Heimweg stellte sie sich eine Unterhaltung zwischen einer Mitschülerin und deren Mutter vor. »Wie ging es heute in Englisch?«, fragte die Mutter und die Mitschülerin antwortete: »Gut. Aber Rachel Green hat einen so bescheuerten Text vorgelesen, ich konnte es nicht fassen. Es ging um dieses Riesenklavier aus Österreich, das ihre Familie hat, und um ihre Mutter, die klassische Musik macht, und so. Alle fanden es furchtbar hochgestochen. Warum sind die bloß so? Sie halten sich für was Besseres als alle anderen. Und dann in Geschichte ist sie aufgestanden und hat einen Artikel über Tibet vorgelesen. Wir haben uns nur alle angeguckt und uns gefragt, wen das wohl interessieren soll!«, und die Mutter sagte: »Komisch, dass du das gerade erwähnst. In der Zeitung ist heute ein Leserbrief abgedruckt.«

Mutter und das Kunstzentrum

Carol hatte nach der Schule noch ihre Theater-AG, so dass Rachel allein nach Hause lief. Sie würde Geige üben, einen Brief an Phoebe in Italien schreiben und später das Abendessen vorbereiten – Mutter musste um sechs in der Kirche Orgel spielen bei der Generalprobe für eine Hochzeit. Rachel ging kurz in den Kramladen, der Carols Vater gehörte, um nach Briefpapier zu schauen.

Wyman's Five & Dime war ein kleines Geschäft mit einer gemauerten Fassade und einer grünen Markise. In einem der beiden Schaufenster war Dekorationsmaterial für Geburtstagsfeiern ausgestellt, im anderen gab es uralte Schreibmaschinen zu besichtigen. Fred Wyman stand im grün karierten Hemd und khakifarbenen Hosen hinter dem Ladentisch und verpackte gerade etwas für Mrs. Sykes in Geschenkpapier. Die Enden des Geschenkbandes zog er über die Schere zu kleinen Locken. »Hallo, Rachel«, sagte er. »Wie war's in der Schule? Können sie euch noch was beibringen?«

»Ach, das eine oder andere«, antwortete Rachel. Sie begrüßte Mrs. Sykes, die sie mit einer Leidensmiene ansah. Mrs. Sykes war groß, dünn und blass und sah so gut wie immer leidend aus. Mutter hatte einmal gesagt, Mrs. Sykes sähe aus, als habe jemand sie mit vorgehaltener Waffe gezwungen einen ganzen Eimer rohe Muscheln zu essen.

Rachel ging hinüber zu den Regalen mit Briefpapier. Fred führte den üblichen albernen Kram mit Luftballons, Garfield, Snoopy oder mit Schroeder am Klavier, aber er hatte auch Mappen mit cremefarbenem, blassblauem oder zart gestreiftem Briefpapier und Umschlägen mit geblümtem Seidenfutter. Es gab aus Italien importiertes Papier, das rein weiß war und nur am oberen Rand ein ganz filigranes Muster hatte, aber das schien Rachel zu vornehm. Doch dann fand sie Bögen, die die Farbe eines blauen Winterhimmels hatten und mit kleinen Veilchensträußen geschmückt waren. Rachel kaufte eine Mappe davon und ging dann zu der Vitrine mit den Stiften hinüber.

»Sieh mal«, sagte Mr. Wyman zu ihr, »der hier ist schön. Den haben wir heute erst hereinbekommen. Ein Tintenroller mit feiner Spitze.« Er griff in das Glasregal und zog einen leuchtend roten Stift heraus. Rachel nahm ihn und probierte ihn auf einem Notizblock aus mit einer Zeile aus einem Gedicht von Elizabeth Barrett Browning, die ihr gerade in den Kopf kam: Wie ich dich liebe? Lass mich zählen, wie.

»Wie viel kostet der?«, fragte sie.

»Drei Dollar – weil du es bist. Das ist mein bestes Angebot. Du hast die Wahl.«

»Okay, abgemacht.« Sie fischte einen Zehndollarschein aus ihrem Portemonnaie, die Hälfte ihres wöchentlichen Taschengeldes. Jeden Samstag, wenn sie nach ihrer Geigenstunde von Oshkosh zurückfuhren, griff Daddy in seine Tasche, zog einen zerknitterten Zwanzigdollarschein heraus und gab ihn ihr. Nie vergaß er dabei den Satz: »Gib nicht alles auf einmal aus.«

Wyman's Five & Dime befand sich direkt gegenüber der Ramseyvilla, die Bürgermeister Broadbent gehörte, Mutters Erzfeind. Er war Fernfahrer gewesen, hatte Daddy erzählt, aber irgendwann hatte er das Leben auf der Straße satt und kaufte sich die Standard-Oil-Tankstelle im Süden der Stadt. Vor zehn Jahren hatte er dann die Ramseyvilla erworben und später zwei Gebäude, die gleich dahinter standen, ein Lokal und einen Waschsalon, und schließlich noch ein leeres Grundstück neben der Villa, auf dem bisher immer die Schulbusse parkten. Jetzt wollte er alles abreißen und planieren, um auf dem Gelände einen großen Komplex mit einer Tag und Nacht geöffneten Tankstelle, einem Lebensmittelladen, einer Videothek und einer Pizzeria zu bauen. Und das Ganze sollte den Namen *Broadway* bekommen. Mutter nannte es nur das *Broadbutt Plaza.* Rachel fand die Vorstellung gar nicht so übel, auf dem Heimweg von der Schule unterwegs noch ein Stück Pizza essen zu können, aber damit durfte man Mutter natürlich nicht kommen.

Die Fenster der Ramseyvilla waren mit Brettern vernagelt und ringsherum verlief ein rostiger Maschendrahtzaun mit Schildern, auf denen stand: »BETRETEN VERBOTEN« und »DEMNÄCHST HIER – DAS BROADWAY-EINKAUFSZENTRUM«. Nicht, solange Mutter es verhindern konnte – o nein.

Fred Wyman reichte Rachel das Wechselgeld und eine Tüte mit dem Briefpapier und dem Stift. »Deine Mutter ist eine mutige Frau«, sagte er dabei. »Sag ihr, dass mir ihr Brief über das kleine Einkaufszentrum vom Bürgermeister gut gefallen hat.«

Ermutige sie nicht auch noch, dachte Rachel, sonst schreibt sie gleich sechs weitere.

Sie ging nach Hause, und als sie in die Einfahrt einbog, hörte sie, dass Mutter gerade eine Mozartsonate auf dem Klavier spielte. Sie blieb kurz stehen und lauschte, bevor sie ins Haus ging. Durch das Fliegengitter hindurch sah sie die Glasscheibe des Backofens, in dem sich das Esszimmer mit Mutter am Flügel sitzend spiegelte. Wie elegant sie aussah, ihr Kopf bewegte sich leicht mit der Musik, sie saß ganz gerade, ihre Augen waren geschlossen. Als das Stück geendet hatte, ging Rachel hinein.

»Hallo, Süße, wie war's in der Schule?«

»Ganz gut, würde ich sagen. Gibt's was zu essen? Ich bin am Verhungern.«

»Es sind noch ein paar von diesen Reispuffern da und Apfelsaft gibt es auch, aber wir können jetzt nicht in die Küche, weil Mrs. Dortmeyer eben den Boden gewischt hat und er noch nass ist.«

Mrs. Dortmeyer kam jeden zweiten Donnerstag zum Putzen. Sie war eine kräftige Frau mittleren Alters, die mit dem Staubsauger herumlärmte, und wenn sie gegangen war, stank das ganze Haus nach Ammoniak. Sie schaffte es, Mutters Papierstapel regelmäßig so umzuräumen, dass Mutter den größten Teil des Freitags damit verbrachte, irgendetwas zu suchen.

Mutter nahm sich eine Zigarette und zündete sie an. Sie tat einen tiefen Zug und blies den Rauch durch die Nase aus. »Ich muss es endlich aufgeben«, sagte sie und tat einen noch tieferen Zug. Allein beim Gedanken daran, mit dem Rauchen aufzuhören, geriet sie beinahe in Panik. Rachel fand, Mutter sollte es mal mit Hypnose probieren, obwohl es ihr schwer fiel, sich vorzustellen, dass es irgendjemandem gelingen könnte, Mutter zu hypnotisieren. Sie konnte sich nicht besonders gut entspannen.

»Die Probe für die Hochzeit dürfte um sieben zu Ende sein«, sagte Mutter. »In *Light and Easy* ist ein Rezept für Gazpacho – vielleicht hast du Lust, uns das zum Abendessen zu machen. Tu nur nicht zu viel Joghurt hinein. Der Salat im Laden sah furchtbar aus, deswegen habe ich einen Weißkohl gekauft für Krautsalat. Denk aber daran, dass Daddy es nicht gern hat, wenn zu viel Essig an der Sauce ist.«

»Wer heiratet eigentlich?«, fragte Rachel.

»Ich weiß nicht. Die Tochter von irgendjemandem. Emerson oder Anderson oder so ähnlich. Sie hat sich ein Lied von Bob Dylan gewünscht – *Forever Young*. Ich habe ihr gesagt, dass ich keine Schnulzen spiele.«

»Es ist schließlich ihre Hochzeit«, sagte Rachel. »Warum soll sie nicht haben, was sie sich wünscht?«

Mutters Augen wurden ganz schmal und sandten Blitze aus. »Ich bin Organistin, meine Liebe, und keine Unterhaltungskünstlerin im Nachtclub!«

»Musik ist Musik«, sagte Rachel. Mutter räusperte sich vernehmlich.

Rachel ging in ihr Zimmer hinauf und nahm die Geige aus dem Kasten. Sie stellte den Notenständer so ins Zimmer, dass sie sich in dem langen Spiegel sehen konnte, der an der Innenseite der Tür angebracht war. Sie stellte sich vor, sie stünde vor einem großen Publikum auf der Bühne, in einem langen Abendkleid aus weich fließendem Satin, es wäre ihr Debüt in der Carnegie Hall. Sie legte den Bogen auf die Saiten, schaute in den Spiegel, setzte eine ernste Künstlermiene auf und stürzte sich schwungvoll in ein Stück mit dem Titel *Brindisi.* Es war weniger schwierig, als es klang. Ein paar knifflige Stellen gab es, wo der Komponist einem die Noten sozusagen mit vollen Händen hinwarf, aber das meiste floss nur so dahin. Sie dachte daran, wie erfreut Mr. Amidore, ihr Geigenlehrer, nächsten Samstag sein würde, wenn er hörte, dass sie das Stück fehlerfrei spielen konnte. In diesem Moment klopfte es an der Tür.

»Überschlag dich nicht!«, rief Mutter durch die Tür. »Es hört sich an, als würdest du für Gehörlose spielen. Außerdem ist deine D-Saite zu hoch.«

»Ja, schon gut«, murmelte Rachel. Mutter ging und Rachel stampfte mit dem Fuß auf und schnitt der geschlossenen Tür eine Grimasse. Sie spielte das Stück noch einmal, dieses Mal so steif, als käme es aus einem münzbetriebenen Geigenautomaten, aber Mutter hörte nicht mehr zu.

Sie lockerte den Bogen, legte die Geige in den Kasten zurück und legte die Seide herum. Dann nahm sie ihr neues Briefpapier heraus und schrieb: »Liebe Phoebe!«

Seit ihrer Italienreise hatte Rachel oft an Phoebe geschrieben. Es machte Spaß, ihr zu schreiben. Sie konnte ihr alles erzählen, ohne dass sich an Phoebes Gefühlen für sie etwas änderte. Sie musste nicht so tun, als sei sie fröhlich. Rachel konnte wütende Briefe darüber schreiben, dass das Essen zu Hause ungenießbar war und dass die

Klamotten, die ihre Mutter für sie aussuchte, untragbar waren; sie konnte von Mutters langen Leserbriefen berichten, ihren Chopinmarathons, die *Stunden* dauerten, so dass man am liebsten hätte schreien wollen, und von Daddy, der seine Beethoven-CDs auf voller Lautstärke abspielte, während das Gras in die Höhe schoss, der Löwenzahn sich leuchtend gelb auf dem Rasen ausbreitete, die Geländer verrosteten, die Suppe anbrannte, die Holzverkleidung an der Garage sich verzog und abfiel, das Unkraut die Tulpen neben dem absterbenden Flieder erwürgte und jeder, der vorbeifuhr, sagte: »Da kann man mal sehen, was die Greens für Leute sind!« Das alles konnte man Phoebe erzählen, ohne dass sie einem dafür Vorwürfe machte.

Liebe Phoebe!
Draußen ist es warm und sonnig und die ganze Stadt riecht wie ein fetter Kuhfladen. Die Farmer haben nämlich die Felder gedüngt und mein Fenster steht offen. Eigentlich sollte ich üben, aber mir ist schlecht.

Mutter ist mal wieder auf dem Kriegspfad – sie schreibt Briefe. Mit dem Pastor hat sie Krach; er will sie feuern, weil sie sich weigert diese getragenen Stücke zu spielen, die in der Kirche üblich sind. Seit neuestem liegt sie im Clinch mit der Schule, weil sie Spanisch abschaffen wollen, und außerdem hat sie dem Bürgermeister den Krieg erklärt, weil der ein altes Gebäude abreißen will, um dort ein Mini-Einkaufszentrum zu bauen. Mutter begreift anscheinend nicht, dass auch *ich* in dieser Stadt leben muss, schließlich sehe ich die meisten dieser Menschen viel häufiger als sie. Immerhin gehe ich hier jeden Tag zur Schule und die Leute gucken mich schon an, als wollten sie sagen: Vorsicht, da drüben kommt Ingrid Greens Tochter! Sie macht bestimmt eine Menge guter Sachen, aber gleichzeitig ruiniert sie mit links mein Leben.

Daddy ist mir auch keine große Hilfe. Er lächelt nur, zieht sich in seine Höhle zurück und dreht seinen Sibelius auf Flüchten, das ist sein Geheimnis.

Für Mutter ist die Welt von lauter Schwachköpfen bevölkert, die sie kommandieren und denen sie von Zeit zu Zeit eins überbraten muss. Für Daddy ist die Welt wie ein Gemälde von Norman Rockwell, mit wehenden Fahnen und einer Musikkapelle. Ich bin der Realist zwischen den beiden.

Aber einmal abgesehen davon, dass sie versuchen mich zum Wahnsinn zu treiben, geht es mir gut. Am vierten Juli, während der Molkereitage, wird hier ein Orchester spielen. Mr. Amidore, mein Geigenlehrer, hat gesagt, dass sie für ihre Sommerkonzerte Geiger suchen, und er hat mich empfohlen!

Wie geht es dir und was macht Italien?

Ich würde sofort wieder rüberkommen, aber zuerst muss ich mal Italienisch lernen. Buon giorno!

Alles Liebe
Rachel

Sie klebte den Umschlag zu, adressierte ihn, klebte zwei Briefmarken darauf und legte ihn in die große orangefarbene Schale auf dem Tischchen im Eingang, damit Daddy ihn mitnehmen und aufgeben würde. Dann legte sie eine CD auf, auf der Pinchas Zukerman Dvořáks Romanzen für Violine spielte, und drehte den Ton so laut, dass sie die Musik bis in die Küche hören konnte. Dann las sie sich das Rezept für Gazpacho durch und suchte die Zutaten zusammen. Sie kochte einen Beutel mit tiefgekühltem Mais auf, hackte Gurken, Avocados und Knoblauch in kleine Stücke und zusammen mit dem Mais und etwas Limettensaft, Kumin, Paprika und einem Löffel Joghurt warf sie alles in reichlich Tomatensaft und stellte die Suppe zum Abkühlen in den Kühlschrank. Armer Daddy! Gazpacho war bestimmt nicht das, worauf er sich abends freute. Gazpacho mit Krautsalat – für einen Mann, dessen Leibspeise Steak mit Kartoffeln war, nicht gerade ein Festessen. Na ja, nach dem Essen könnte er ja Tschaikowsky hören und dabei seinen ganzen Kummer herauslassen. Die *Symphonie Pathétique*. Es war alles darin enthalten – das ganze Elend eines Mannes, der auf ein saftiges Steak hofft und Gazpacho serviert bekommt.

Das Telefon läutete. Es war Angie, die Mutter sprechen wollte. »Sie ist in der Kirche«, sagte Rachel.

»Ah«, sagte Angie. »Irgendwie ist es ja blöd, bei euch anzurufen, wo ihr doch gleich nebenan wohnt. Wenn ich mich aus dem Fenster lehne, kann ich dir winken. Was macht ihr denn so? Ich wollte euch fragen, ob ihr nicht Lust habt, zum Abendessen rüberzukommen. Ich habe einen Schinkenbraten gemacht, der zu groß ist für uns drei, und außerdem einen großen Rhabarberkuchen.«

Rachel hätte gern angenommen, aber stattdessen sagte sie: »Danke, Angie, aber unser Abendessen steht schon im Ofen. Außerdem haben wir ziemlich viel zu tun heute Abend.« Lügen, Lügen, Lügen. »Aber ich werde Mutter sagen, dass du angerufen hast.«

Alle Verabredungen hatten über Mutter zu laufen. Sie war für die sozialen Kontakte zuständig. Daneben war sie auch Daddys Ernährungsberaterin und bemühte sich seinen Konsum von Dingen wie Schinken und Rhabarberkuchen zu begrenzen. Und schließlich war sie Raucherin. Die Wymans rauchten nicht. Also musste Mutter das Vergnügen der Geselligkeit abwägen gegen die Qual, zwei Stunden lang ohne Nikotin auskommen zu müssen.

Als sie einmal allein zu Hause war, hatte Rachel eine von Mutters Zigaretten probiert. Der Rauch hatte in der Kehle gebrannt, sie wäre fast erstickt und hatte sich hinlegen müssen, damit das Zimmer sich nicht mehr um sie drehte. Das war nach zwei Zügen gewesen.

Im Norden von Wisconsin gab es eine Einrichtung für Leute, die das Rauchen aufgeben wollten. Einer von Daddys Abteilungsleitern, Don Breckenridge, war zwei Wochen lang dort gewesen und war mit einem Schlag geheilt. Kam zurück wie ein neuer Mensch. Sah gut aus, fühlte sich gut. Er erzählte Mutter davon bei der Weihnachtsfeier der Molkerei. »Es ist wunderbar dort, Ingrid, man treibt viel Sport und schwimmt und wandert. Am ersten Tag bekommst du zweiunddreißig Zigaretten und die Zahl wird dann jeden Tag halbiert. Am siebten Tag bist du sauber. Sie bringen dir Entspannungstechniken bei. Etwa am zehnten Tag hast du gar nicht mehr das Bedürfnis zu rauchen. Ich kann es dir nur wärmstens empfehlen.« Mutter hatte ihn misstrauisch angesehen, gerade so, als wollte er ihr eine ganze Wagenladung Dachziegel andrehen. Don sang im Kirchenchor der methodistischen Zionsgemeinde, und seit er nicht mehr rauchte, sang er noch einmal so gut. »Aber schließlich singe ich ja auch nicht«, hatte Mutter abschließend gesagt, »ich bin Musikerin.«

Mutter war seit eineinhalb Jahren Organistin der Zionsgemeinde. Man hatte sie angestellt, nachdem ihre Vorgängerin, Mrs. Ferguson, auf Glatteis gestürzt war und sich die Hüfte gebrochen hatte. Das war auf den Stufen der Kirche gewesen und der Kirchenvorstand hatte panische Angst, Mrs. Ferguson könne ihn auf eine hohe Schadenersatzsumme verklagen, weil er Schuld an der vereisten Treppe hatte. Der Küster, Mr. Slocum, hatte nämlich im Zorn gekündigt und der Kirchenvorstand hatte es versäumt, jemanden anzuheuern, der den Schnee räumte und Sand streute. Als dann die alte Dame aus dem Krankenhaus einen Brief an den Kirchenvorstand schrieb, in dem sie die Hoffnung äußerte, man werde die reizende Mrs. Green als Kirchenmusikerin einstellen, bekam Mutter den Posten innerhalb von null Komma nichts, ohne dass irgendwelche Fragen gestellt wurden. Mrs. Ferguson hatte Mutter bei verschiedenen Essen im *Ladies Club* Chopin spielen hören und wusste, was für eine hervorragende Musikerin sie war.

Die meisten der Chormitglieder waren derselben Meinung und die Chorproben am Mittwochabend wurden auf einmal lauter und fröhlicher, als sie es sonst gewesen waren. Mutter sang ganz andere Sachen mit ihnen, gregorianische Gesänge oder katholische Lieder wie Mozarts wundervolles *Ave Verum,* die nie zuvor in der Zionsgemeinde zu hören gewesen waren.

Aber einige der älteren Leute protestierten. Die Stücke waren zu schwierig für sie und Mutter war eine strenge Chorleiterin. Sie übte unerbittlich und ließ den Chor die Lieder so lange wiederholen, bis sie zufrieden war. Und wenn jemand falsch sang, sah sie ihn an und sagte: »Sie singen falsch!« Manche Leute fanden das unhöflich. Einige der älteren Chormitglieder hatten seit Jahren falsch gesungen und es war nie ein Problem gewesen; sie konnten es eben nicht besser. Jetzt wurde ihnen ganz mulmig, wenn Mutter die Partituren austeilte und sie die unbekannten Stücke sahen. »Das kann ich nicht singen«, flüsterten sie einander zu – und sie hatten Recht, sie konnten es tatsächlich nicht.

An einem Februarabend hob Mrs. Granlund mitten in der Chorprobe die Hand und sagte: »Mrs. Green, entschuldigen Sie meine Offenheit, aber ich bin der Meinung, dass diese Art von Musik nicht in eine methodistische Kirche gehört. Sie mag schön sein für eine Konzerthalle mit professionellen Sängern, aber mir gibt sie nichts. Entweder Sie sind hier fehl am Platz oder ich bin es.« Nach diesen Worten nahm sie ihren Mantel und ging. Damit begann die Meuterei. Eine Woche später boykottierten fünf weitere der älteren Chormitglieder die Probe und Mutter wurde von Pastor Sykes zum Gespräch gebeten.

Er saß hinter seinem Schreibtisch, hatte sein traurigstes Hundegesicht aufgesetzt und sah Mutter über den Schildpattrahmen seiner Brille hinweg an. Die Hängebacken zitterten, die Mundwinkel waren heruntergezogen.

»Es hat eine Menge Beschwerden gegeben«, begann er. »Ich denke, wir müssen darüber reden.«

»Gut«, antwortete Mutter. »Tun wir das.« Sie sagte ihm, dass diejenigen, die sich beschwert hatten, genau die waren, von denen man es erwarten konnte: nutzloses Volk, Faulenzer, Leute, für die der Chor so etwas wie ihr privater Club war, Leute, denen es weniger um die Musik ging als darum, in Chorgewändern in der ersten Reihe zu sitzen, wo sie von allen gesehen wurden.

Pastor Sykes trommelte mit den Fingerspitzen auf seinen Schreibtisch. »Die Aufgabe der Kirche ist es, Menschen willkommen zu heißen, und nicht, ihnen das Gefühl zu geben, minderwertig zu sein.«

»Heißen Sie sie willkommen, solange Sie wollen, aber es bleibt eine Tatsache, dass manche Leute nicht die Bohne singen können.«

Pastor Sykes lächelte Mutter gequält an. »Lassen Sie es mich einfacher ausdrücken«, sagte er. »Mrs. Granlund ist niemand, den ich gern an die lutherische Kirche verlieren möchte.«

Mutter fragte ihn, ob es das Geld der alten Dame sei, das ihn interessiere.

Pastor Sykes zog scharf die Luft ein und sagte, falls Mutter einen Lehrer für geschicktes Gesprächsverhalten suche, könne er ihr gern jemanden empfehlen. Sie lehnte dankend ab.

Im März traf sich der Kirchenvorstand zu einer Sitzung, bei der die »Musikfrage« diskutiert wurde. Eines der Mitglieder, Bürgermeister Broadbent, sagte, ihm persönlich falle es während Mutters Orgelvorspiel schwer, fromme Gedanken zu haben, und er sei sehr besorgt wegen des Grolls und des bösen Blutes, die durch Mutter in den Kirchenchor getragen worden seien.

Seit Mutter mit ihrer Kampagne zum Kauf der Ramseyvilla mit dem Ziel ihrer Umwandlung in ein Kunstzentrum begonnen hatte, war Bürgermeister Broadbent stocksauer auf sie. Mutter und Jerry Mason hatten einen Plan ausgearbeitet für ein kleines historisches Museum, ein Atelier für Kunstunterricht, ein kleines Theater sowie eine Kunstgalerie. Bürgermeister Broadbent wollte aber lieber sein Einkaufszentrum. Eine Woche nachdem der *Register* einen Artikel über die Pläne für ein Kunstzentrum gedruckt hatte, in dem Mutter und Jerry dahin gehend zitiert wurden, wie sehr ein solches Zentrum die Stadt aufwerten und welchen Auftrieb es der Wirtschaft geben würde und so weiter und so fort, veröffentlichte die Zeitung einen Brief des Bürgermeisters. Darin bezeichnete dieser das Kunstzentrum als »hirnrissiges Projekt«, mit dem der Steuerzahler dazu gebracht werden solle, »eine private Spielwiese für drei oder vier Leute in der Stadt zu finanzieren, die sich gern schräge Musik anhören oder irgendwelchen Schrott anschauen, den jemand an die

Wand genagelt hat und Kunst nennt«. Der Broadway-Komplex hingegen, so der Bürgermeister weiter, würde Arbeitsplätze schaffen und das Stadtzentrum beleben helfen. Er wünsche sich, dass »die Nörgler, die Neinsager, die Schickimickiradikalen, die von der Gemeinde erwarten, dass sie ihre Fantasien finanziert«, wegzögen und die anständigen, schwer arbeitenden Bürger in Ruhe diese Stadt Sandy Bottom genießen ließen, die so wundervoll sei und noch wundervoller wäre ohne die radikalen Elemente.

Pastor Sykes lehnte sich vor, lächelte Mutter an und schlug ihr vor sich regelmäßig mit Mitgliedern des Andachtskomitees zusammenzusetzen und diesen vorzutragen, welche Musik sie für die Gottesdienste ausgewählt habe. Das Komitee würde dann zustimmen oder ablehnen.

»Das scheint mir eine vernünftige Lösung, Mrs. Green«, sagte Pastor Sykes.

»Nur zu gern«, antwortete Mutter, »wenn Sie mich dafür Ihre Predigten redigieren lassen.« Sie sagte es ganz gelassen und der Pastor verlor die Fassung. Er riss sich die Brille von der Nase, beugte sich weit vor und zischte: »Ich bin nur dankbar, dass ich mit Ihnen nicht verheiratet bin!«, worauf Mutter antwortete: »Ehrlich gesagt, Jim, auf die Idee wäre ich nie gekommen.« Mutter hatte immer das letzte Wort. Was ihm aber noch mehr an die Nieren ging, so hatte Mutter später zu Daddy gesagt, war die Tatsache, dass sie auf der Orgelempore während seiner Predigten gern ein Buch las. Sykes war ein schwerfälliger Redner, dessen Predigten etwa so flüssig waren wie ein Berg Ziegelsteine, und wenn er aufblickte und sah, wie Mutter sich zurückgelehnt hatte und sich mit einem Roman von Jane Austen oder dem Kreuzworträtsel in der Sonntagszeitung vergnügte, schwoll ihm der Kamm.

Fred Wyman war es schließlich, der Mutter vor der Kündigung bewahrte. Er stand auf und sagte, seiner Meinung nach sei Mrs. Green ein Gewinn für die Gemeinde und eine Person ihres Könnens sei in Sandy Bottom schwerlich zu finden. Es sei richtig, sagte er, dass es Beschwerden gegeben habe, aber ebenso richtig sei es, dass viele Leute der Ansicht seien, Mrs. Green sei genau das, was der Gemeinde gefehlt habe. Er brachte alle so weit, dass sie sich mehr bemühen wollten miteinander auszukommen, einschließlich Mutter.

Trotzdem kochte Mutter vor Wut, als sie an jenem Abend nach Hause kam. Sie bereitete sich eine Kanne Alfalfatee und fing an mit Daddy über Sandy Bottom zu diskutieren. Es war eine Diskussion, die Rachel schon viele Male gehört hatte.

Mutter: »Ich habe die Nase voll von Leuten, die sich nicht trauen eine eigene Meinung zu haben. Diesen Leuten will ich es auch nicht recht machen. Sie brauchen jemanden, der sie mal aufrüttelt, das tut ihnen nur gut.«

Daddy: »Aber du knöpfst sie dir immer alle auf einmal vor und anschließend bist du deprimiert.«

Daddy hatte Recht. Wenn Mutter ganz sie selbst war, spielte sie Chopin so sanft und so elegant, dass man glaubte, man sei in einem Warschauer Salon, mit Kronleuchtern an der Decke, mit blassen Damen in Kleidern aus blauem Satin und mit langen schwarzen Locken, mit tapferen Offizieren der Kavallerie, die über den Balkon in den Saal sprangen, und mit sterbenden Poeten, die in ihre Taschentücher husteten. Und wenn sie aufhörte zu spielen, war sie fröhlich und witzig und es machte Spaß, mit ihr zusammen zu sein. Aber wenn sie deprimiert war, rührte sie ihren Flügel tagelang nicht an, qualmte, mochte sich selbst nicht leiden und schimpfte darüber, wie sie ihr Leben vergeudete.

Mutter: »Ich sage dir, Norman, dreizehn Jahre in dieser Stadt sind genug. Mir reicht es. Wir sitzen hier fest in diesem Kaff mit lauter bornierten Leuten, deren einziges Bestreben im Leben es ist, *nett* zu sein. Sie sitzen da und sehen zu, wie die Schulen vor die Hunde gehen, und bedanken sich noch lächelnd.«

Daddy: »Es ist ein guter Ort, um Kinder aufzuziehen.«

Mutter: »Aber wozu aufzuziehen? Ich möchte, dass wir Konzerte besuchen, dass wir Bilder in Museen anschauen, dass Rachel in einem Jugendorchester mitspielen kann, und stattdessen sitzen wir hier in diesem Schlammloch – wieso? Wann sind wir so konservativ geworden?«

Daddy: »Es gibt einen sehr großen Gemeinschaftssinn hier. Das findest du in der Großstadt nicht. Da gibt es nur Arroganz.«

Mutter: »Auch eine Herde Kühe besitzt Gemeinschaftssinn, Norman. Meine Gemeinschaft ist die weltweite Gemeinde derer, die schöne Dinge lieben, und diese Leute leben nicht hier. Hier gibt es nur Leute mit kleinem Geist und riesigen Rasenmähern.«

Daddy: »Du bist unfair, Ingrid. Es sind gute Leute. Warte

nur bis zum vierten Juli, wenn das Orchester spielt. Du wirst sehen, wie Leute zum ersten Mal in ihrem Leben Mozart hören und absolut hingerissen sind.«

Mutter: »Ha! Vielleicht fünfzehn Sekunden lang. Dann drehen sie sich zu ihrem Nachbarn um und fragen: ›Und wie beißen die Fische dieses Jahr?‹«

Daddy: »Ich gebe es auf.«

Als Rachel an diesem Abend ins Bett ging, lag sie lange wach und grübelte darüber nach, was wäre, wenn Mutter Daddy dazu überredete, in eine Großstadt wie Minneapolis oder Milwaukee zu ziehen. In Sandy Bottom war sie eine Außenseiterin, aber sie hatte wenigstens Carol, und wenn sie umzögen, käme sie in eine fremde Schule mit lauter Kindern, die bereits beste Freunde hatten und niemanden mehr brauchten, und dann wäre sie völlig ausgeschlossen. Bitte, lieber Gott, dachte sie, mach, dass Mutter sich benimmt, und mach auch, dass die Leute nicht mehr sauer auf sie sind.

Carol

Der nächste Schultag war schlimm. In Sport spielten sie Softball. Rachel wurde auf die erste Base gestellt, und als die anderen ihr den Ball so fest zuwarfen, dass er vor ihr aufsprang, konnte sie ihn nicht fangen. Das andere Team schrie und lachte, während Rachels Mannschaft stinksauer war. Mrs. Erickson gab einen Aufsatz zurück über ein Buch, das sie gelesen hatten, und darin waren drei Fehler rot markiert – statt *Immigrant* hatte sie *Immigrand* geschrieben, dann hätte es *wegen der schlechten Bedingungen* heißen müssen und nicht *wegen den schlechten Bedingungen* und in dem Satz ›*Der Roman ist eines der eindrucksvollsten Bücher über Einwanderer, das ich kenne*‹, hatte Mrs. Erickson das ›das‹ rot eingekringelt und an den Rand geschrieben: ›Ist *Bücher* nicht Mehrzahl?‹ Beim Mittagessen saß Carol bei den Softballmädchen, die miteinander redeten und lachten, während Rachel allein in einer Ecke saß. Lonnie schickte ihr einen Zettel rüber, auf dem »Gehst du mit mir ins Kino?« stand, und als sie ihn mit der Antwort »NEIN« zurückschob, stieß sie an ihr Glas und Orangensaft spritzte auf ihr Heft, das sie Mrs. Erickson mit den Verbesserungen zurückgeben sollte. Ein absolut beknackter Tag.

Auf dem Nachhauseweg kam sie bei Wyman Five &

Dime vorbei und sah, dass geschlossen und die Jalousie vor der Eingangstür heruntergelassen war. Eigenartig, dachte sie.

Als sie zu Hause ankam, sah sie Fred in seiner Garage. Er war dabei, an einem Fahrrad ein Rad zu wechseln. »Ich hab mir für heute freigenommen«, sagte er. »Den ganzen Morgen über hatte ich keine Kunden und da habe ich mir gedacht, ich kann ebenso gut nach Hause gehen und mich nützlich machen.«

Im Haus fand sie eine Nachricht von Mutter auf dem Tisch.

> Bin bis um fünf in der Kirche. Falls Jerry anruft, sag ihm, dass ich nächste Woche jeden Abend außer Mittwoch Zeit habe. Ich habe Reis und Bohnen hingestellt – könntest du dich darum kümmern? Danke!
>
> PS: Ich erwähne es nur ungern, aber dein Zimmer ist zum Katastrophengebiet erklärt worden, der Präsident hat Soforthilfe bewilligt. Mit anderen Worten: Wie viel soll ich dir zahlen, damit du bitte bei dir aufräumst?
>
> Lieben Gruß
> Mutter

Rachel setzte Wasser auf für den Reis und die Bohnen, nahm ein Paket tiefgekühlte Bratwürste aus dem Gefrierschrank und fummelte zwei heraus, eine für sich und eine für Daddy. Dann ging sie hoch in ihr Zimmer. So schlimm sah es gar nicht aus. Sie hob ein paar Kleidungsstücke auf, die auf dem Boden verteilt waren, und warf sie auf einen Haufen, den sie später zur schmutzigen Wäsche in den Keller bringen würde. Dann zündete sie die Kerzen an, nahm ihr Briefpapier und den Stift heraus und schrieb an Phoebe.

Mutter ist mal wieder in einer ihrer vegetarischen Phasen – dieses Mal eher spirituell begründet – und ist zu dem Schluss gekommen, das Rauchen sei bei ihr ein spirituelles Problem. Also gab es gestern zum Abendessen Gazpacho – Daddy nennt es Dritte-Welt-Essen – und dazu Krautsalat mit Joghurt. Nächste Woche kommt sie wieder mit etwas Neuem. Ich bin ohnehin schon dünn genug. Wenn Daddy und ich samstags nach Oshkosh fahren zu meiner Geigenstunde, gehen wir hinterher in ein Restaurant und bestellen uns Steaks. Daddy nennt das unsere Rote-Kreuz-Flüchtlingsmahlzeit. Aber Mutter ist wie einer dieser Farne, die sich von Luft ernähren. Sie ist in Topform und legt sich mit jedem in der Stadt an, der ihr in die Quere kommt. Auf dem Heimweg habe ich den Bürgermeister getroffen, der gerade aus seinem LKW stieg; als er mich sah, kletterte er gleich wieder hinein, damit er nicht zu grüßen brauchte. Nach diesem Brief, in dem er Mutter als »radikales Element« bezeichnet hatte, hat sie ihrerseits wieder einen Brief geschrieben, in dem sie ihn als »einen dieser Herren, für die Asphalt eine Lösung für jedes Problem darstellt«, bezeichnet. Aber das ist noch längst nicht alles. Als Carol die Tage zu mir kam, konnte sie nicht einen einzigen Satz sagen – Mutter hat ununterbrochen über die Erhaltung des historischen Erbes geredet. Und dann kam auch noch Daddy mit seinem Thoreau an und begann laut vorzulesen – während Mutter immer weiter von der Erhaltung des historischen Erbes sprach –, so als ob es absolut normal wäre, dass zwei Leute gleichzeitig über völlig verschiedene Themen redeten! Mittlerweile sind wir beinahe die verrückteste Familie in der Stadt. Der Preis geht schon bald an uns. Demnächst übertreffen wir sogar die Dribbles.

Die Dribbles lebten in einem dunkelgrünen Wohnwagen auf einem freien Feld nördlich des Flusses. Das Gelände ringsherum war übersät mit verrosteten Kühlschränken, Flüssiggastanks und ausgeschlachteten Autos, auf deren Rücksitzen bereits das Unkraut wucherte. Vielleicht, so dachte Rachel manchmal, waren die Dribbles mal so wie die Greens gewesen – ein bisschen sonderbar, aber doch respektabel, bis sie durch irgendeine Pechsträhne über den Rand gedrängt wurden.

Vielleicht war es ja nicht ausgeschlossen, dass auch die Greens eines Tages mit einem Wohnwagen irgendwo auf einer Wiese standen und vor einem Gaskocher sitzend dicke Bohnen aus der Dose aßen. Was, wenn Mutter plötzlich ausflippte? Manchmal kam es einem so vor, als sei sie schon fast so weit – an diesen Tagen, an denen sie nur dasaß und aus dem Fenster starrte und kaum den Mund aufbekam. Was, wenn das große Experiment mit Joghurt und Luxuseis scheiterte und die Molkerei dichtmachen musste? Die Dinge konnten sich ganz schnell ändern. Schiffe konnten versinken, Flugzeuge abstürzen und angesehene Familien konnten auf der Straße landen. Großvater Mueller hatte zwar Geld, aber Mutter und Daddy waren stolz und würden sich vielleicht nicht helfen lassen.

An diesem Abend verkündete Daddy, dass er einen wunderbaren jungen Dirigenten für das Konzert am vierten Juli angeheuert hatte. Cornish hieß er, Adam Cornish. Er hatte in der vergangenen Saison als Gastdirigent das Sinfonieorchester von Oshkosh dirigiert. Er stammte aus Boston, war erst fünfundzwanzig und ein aufgehender Stern am Musikhimmel. Daddy hatte heute mit ihm gesprochen, er war gerade in New York, wo er ein Vorsingen abnahm für eine Oper, die er in Colorado dirigieren würde. Doch im Sommer hatte er noch freie Termine und er war gern bereit die vier Freiluftkonzerte mit dem Dairyland Sinfonieorchester zu dirigieren – in Sandy Bottom, Menomonie, Oshkosh und Eau Claire. Ein gewisser Robbins würde die Musiker auswählen, die meisten aus Milwaukee und Madison, aber auch ein paar aus der Gegend – Daddy lächelte Rachel an. Die Molkerei würde für alle Kosten aufkommen und jetzt hatten sie auch noch einen wunderbaren Dirigenten.

»Sei dir da mal nicht so sicher«, sagte Mutter. »Du hast diesen Adam Cornish damals in Oshkosh nicht erlebt. Ich schon. Dieser Mann ist ein Metzger. Es war ein reines Bach-Programm. Er hat einfach kein Gehör. Jede Menge Haar, aber kein Gehör.«

»War das der, den du Haarball genannt hast?«, fragte Rachel.

Daddy lachte unsicher. »Jeder kann mal einen schlechten Abend haben. Er hat einen interessanten Lebenslauf und wird hoch gelobt.«

»Von wem?«, fragte Mutter. »Von seinem Friseur?«

Rachel lachte, aber Daddy überhörte die Bemerkung. »Wir haben uns am Telefon gut unterhalten. Adam ist ein junger Mann, der davon überzeugt ist, dass man klassische Musik zu den Leuten bringen muss, die normalerweise keine Konzerte besuchen. Außerdem kostet er nicht die Welt und ist offen für Vorschläge.«

»Ich könnte ihm einen Vorschlag machen«, sagte Mutter. »Er sollte Haare an seinen Taktstock kleben und Anstreicher werden. Er hat genau die richtigen Armbewegungen dafür.«

Am nächsten Morgen, als Rachel und Carol zur Schule liefen, fragte Carol: »Möchtest du immer noch heute bei mir übernachten?«

»Natürlich!«, antwortete Rachel.

»Ah ja«, sagte Carol und richtete den Blick auf den Bürgersteig. Sie kickte einen Stein vor sich her.

»Stimmt was nicht?«, fragte Rachel.

»Nein. Es ist nur, dass du nicht mehr so – ach, ich weiß selbst nicht. Du bist nicht mehr so freundlich wie sonst.

Als ob du ganz in deiner eigenen Welt lebst. Das ist ja auch in Ordnung. Ich dachte nur, wenn du lieber nicht bei mir schlafen möchtest, würde ich mir was anderes vornehmen.«

Rachel fühlte sich, als habe sie einen Schlag ins Gesicht bekommen. »Möchtest du nicht, dass ich komme?«, fragte sie leise.

»Doch«, sagte Carol, »klar.«

»Dann möchte ich's auch.«

Das war eine seltsame Unterhaltung, dachte sie, während Mr. Gilbert seinen Vortrag über den Bürgerkrieg herunterleierte. Noch in der Mathematikstunde bei Miss Mortenson ging sie ihr immer wieder durch den Kopf. Vielleicht hatte Carol ja gestern Abend mit Valerie gesprochen und die beiden hatten beschlossen, dass sie unbedingt heute Abend beieinander schlafen mussten, bis es Carol auf einmal eingefallen war, dass sie schon mit Rachel ausgemacht hatte, dass sie bei ihr übernachten würde. Valerie hatte »Ach, wie blöd« gesagt und Carol »So was Dämliches!«. War es so gewesen? Und dann hatte Valerie vielleicht noch gesagt: »Sie ist irgendwie seltsam in letzter Zeit, findest du nicht? So grüblerisch«, worauf Carol gesagt hatte: »Ja, finde ich auch.« Ob das dahinter gesteckt hatte?

Carol, so schien es Rachel, steckte jetzt ständig mit Valerie zusammen. Rachel sah sie gemeinsam die Schule verlassen, wenn sie in ihren kurzen Hosen und Sweatshirts zum Softballtraining gingen, große Taschen mit Bällen und Schlägern hinter sich herzogen und ununterbrochen redeten, so wie sie und Carol immer miteinander geredet hatten.

Rachel dachte an all die Sommer, die Carol und sie zusammen verbracht hatten. Das war, bevor Carol ernsthaft angefangen hatte Softball zu spielen und bevor Valerie Mason zugezogen war.

Wenn Rachel als kleines Mädchen an schönen Sommertagen morgens in ihrem Overall auf die Straße ging, dann saß Carol meistens schon da auf ihrem Dreirad. In ihren grünen Cordhosen und einem T-Shirt mit Mickymaus-Aufdruck, die Augen fest auf die Hintertür der Greens gerichtet, wartete sie geduldig, bis Rachel erschien. Sie lächelte, sagte »Hi« und auf ging's. Und wenn Rachel herauskam und Carol noch nicht da war, dann schlüpfte sie blitzschnell durch das Loch in den Fliederbüschen und setzte sich auf die Stufen vor Carols Hintertür und wartete.

Sie hatten für ihre Puppenfamilien aus einem Waschmaschinenkarton ein Haus gebaut und die Puppen in Carols Bollerwagen spazieren gefahren. Sie hatten Kaufladen gespielt, sich gegenseitig bedient und einander Kleidung verkauft. »Probieren Sie doch dies einmal an«, hatte Rachel gesagt und Carol hatte ihr T-Shirt aus- und ein anderes angezogen. »Oh, ich finde, Grün steht Ihnen sehr viel besser als Rot, wirklich.« – »Meinen Sie?« – »Aber sicher. Es bringt Ihren Teint viel besser zur Geltung.« An anderen Tagen hatten sie Büro gespielt im Keller der Greens, mit Firmenpapier von der Molkerei und Gummistempeln und allem Möglichen. Sie stempelten »Storniert« oder »Bezahlt« und »Wichtig – Sofort öffnen« auf Blankobögen, schrieben das Datum und ihre Namen darunter und legten die Post in Drahtkörbe, die mit ›Eingang‹ und ›Ausgang‹ bezeichnet waren. Anschließend gingen sie manchmal in Daddys kleines Zimmer, um ein Konzert zu besuchen. Carol war Miss Upshaw und Rachel Louise Monbouquette, zwei alte Freundinnen aus New York, die stets elegante Abendkleider und die neuesten Parfums trugen. Rachel legte eine Schallplatte mit Sopranarien auf und die beiden Mädchen setzten sich auf zwei Stühle den Lautsprechern direkt gegenüber. Miss Upshaw pflegte zu sagen, dass die Sängerin einfach *wundervoll* sei, während Miss Monbouquette sie ganz *grauenvoll* fand, geradezu *unerträglich.* Zum Spiel gehörte es, dass Carol reizend und wohlerzogen war und Rachel lauter Gemeinheiten über die Sopranistin sagte – dass sie sänge wie eine gesengte Katze, dass ihr Vibrato wie die Sirene des Krankenwagens klänge oder dass sie sich anhöre, als habe sie Bohnen in der Nase –, solange, bis Carol vor Lachen prustete und sie irgendetwas anderes spielten. Es fiel ihnen immer etwas ein.

Auch noch, als sie zehn, elf und zwölf waren und Carol in der Softballmannschaft mitspielte, kam sie nach den Spielen gleich nach Hause und suchte Rachel. Dann nahmen die zwei ihre Fahrräder, packten sich Proviant in die Satteltaschen und fuhren zur alten Mühle, die flussaufwärts außerhalb der Stadt lag. Dort setzten sie sich neben die Überreste des alten Dammes und sahen zu, wie das Wasser durch die hölzernen Rinnen strömte und schäumend und dampfend unten ankam. Sie aßen ihre Sandwiches und redeten. Redeten und redeten und redeten. Sie lagen auf dem Rücken, schauten in den Himmel, sahen den Sommerwolken zu, die durch die Zweige der Eiche zogen, und redeten stundenlang. Wenn sie mit Carol zusammen war, wusste Rachel so viel zu sagen und Carol ging es ebenso, es sprudelte nur so aus ihnen heraus. Angie sagte immer: »Ich habe noch nie jemanden so viel reden hören wie euch zwei«, aber so war das eben mit Freundinnen. Eine steckte die andere an. Rachel und Carol erzählten einander ihre peinlichsten Augenblicke und ihre dunkelsten Geheimnisse, sie redeten darüber, was sie tun würden, wenn sie genau wüssten, dass niemand es je erfahren würde, sie sprachen über den Tod, darüber, was sie machen würden, wenn dies der letzte Tag ihres Lebens sei, und überlegten, was sie einpacken würden, wenn sie allein auf einer einsamen Insel leben müssten und nur sechs Dinge außer Essen und Kleidung mitnehmen dürften. Und endlos sprachen sie darüber, was sie später mal werden wollten.

Was willst du werden, wenn du groß bist? Jeden Tag war es etwas anderes. So war es auch gedacht. Jeden Tag erfand man eine komplett neue Geschichte darüber, wie man sich die Zukunft vorstellte. Gestern wollte man Tänzerin am Broadway werden, in New York leben und studieren, in *A Chorus Line* mittanzen und von Hollywood entdeckt werden, so wie einst Shirley MacLaine, und eine Rolle in einem Film bekommen – nicht in einem Musical, sondern in einem ernsthaften, dramatischen Film. Aber das war gestern, heute wollte man lieber Herzchirurgin werden und sich auf Herztransplantationen an Kindern spezialisieren, nach Afrika gehen und arme Kinder mit Herzklappenproblemen in entlegenen Dörfern operieren. Aber gleichzeitig wäre man auch eine großartige Tänzerin und würde vielleicht von Hollywood entdeckt, und wenn sie einem eine Rolle in einem Film anböten, würde man ablehnen – unmöglich, man sei schließlich hergekommen, um Leben zu retten.

Aber was war mit ihnen geschehen? Hatten sie sich nichts mehr zu sagen? War es einfach so, dass jede Freundschaft sich irgendwann erschöpfte, dass man alte Freunde einfach ablegte und sich neue suchte? Rachel hoffte, dass es nicht so war. Mutter und Phoebe waren seit fünfundzwanzig Jahren, seit ihrer Collegezeit, Freundinnen und sie hatten einander immer noch viel zu sagen. An Silvester hatte Mutter bei Phoebe angerufen, und obwohl es in Italien bereits vier Uhr morgens war, hatten sie stundenlang geredet – für einhundertdreißig Dollar.

Aber für Rachel und Carol schien der Zug abgefahren zu sein. Sie waren immer zusammen gewesen, gerade wie siamesische Zwillinge, egal was die eine machte, die andere war dabei – und auf einmal dreht man sich um und weiß nicht, wo die andere geblieben ist.

Ein Brief von Phoebe, abgestempelt am neunten Mai in Florenz, wartete auf Rachel auf der Küchentheke, als sie nach Hause kam. Es war die Antwort auf Rachels vorvorletzten Brief, in dem sie gefragt hatte, ob sie bei Phoebe wohnen könnte, wenn ihre Eltern sich scheiden ließen. Das hatte sie geschrieben, nachdem Mutter und Daddy eine ihrer heftigen Auseinandersetzungen gehabt hatten zum Thema ›Leben in der Großstadt contra Leben in Sandy Bottom‹.

Liebe Rachel!
Danke für deinen Brief. Deine Eltern werden sich nicht scheiden lassen, das kann ich dir versprechen. Sie sind so verschieden wie Tag und Nacht, aber sie lieben einander. Sie sind in Sandy Bottom gestrandet wie Frösche in einem Weizenfeld, aber sie haben sich einen Lehmtümpel geschaffen und so kommen sie ganz gut zurecht. Sie führen ein Leben, das ihnen jeden Tag eine Menge Freude schenkt. Sieh dich nur mal um, dann wirst du eine Menge ganz normaler Leute sehen, die schrecklich deprimiert sind und nur zu höflich es laut zu sagen. Deinen Eltern geht es sehr gut.

Jedenfalls kommt es mir so vor. Mach dir also nicht allzu große Sorgen, okay? Aber davon abgesehen bist du hier jederzeit herzlich willkommen. Ich werde oft auf der Straße von Leuten gefragt, wann du wieder kommst – von Leuten, die ich gar nicht kenne, Taxifahrern, Kellnern, dem Mann auf der Post. Was soll ich ihnen antworten?

An diesem Abend ging Rachel zu Carol hinüber, um dort zu übernachten, und es war ganz toll. Sie waren wieder wie Schwestern. Bis halb zwei morgens sahen sie sich *My Fair Lady* an und aßen Käsepopcorn und dann kuschelten sie sich in ihr Bett und flüsterten miteinander.

»Du siehst genau wie Audrey Hepburn aus«, sagte Carol. »Ist echt wahr.«

Rachel streckte ihr die Zunge heraus. »Du lügst wie gedruckt.«

»Aber es stimmt. Du hast genau ihre Haare und ihre Augen.«

Rachel schaute zur Decke hoch. »Was mir Angst macht, ist die Vorstellung, wie meine Mutter zu werden. Ich kann sie nicht ausstehen. Ständig liegt sie mit jemandem im Clinch, nie kann sie einen in Ruhe lassen. Dauernd ist sie hinter einem her: ›Hast du deine Hausaufgaben gemacht? Was liest du gerade? Ich habe dich heute noch nicht üben gehört.‹ Und so weiter. Sie ist so von sich selbst überzeugt. Sie kann sich absolut nicht vorstellen, dass andere Leute, so wie ich zum Beispiel, die Welt vielleicht völlig anders sehen als sie. Sag mir mal ganz ehrlich – wenn du auf einer Skala von eins bis zehn ankreuzen könntest, für wie verrückt du meine Mutter hältst, was würdest du ihr geben? Eine Neun?«

»Nein. Vielleicht eine Sechs, oder eine Sieben. Aber ich mag sie trotzdem.«

»Tatsächlich?« Rachel rollte sich auf die andere Seite und starrte Carol an.

»Deine Mutter ist unheimlich gescheit. Ich finde sie ganz schön cool.«

»Du musst mir versprechen, dass du es mir sagst, wenn ich je über Vier hinauskomme. Machst du das?«

»Du meinst, ich soll dich mal am Ärmel zupfen, wenn du anfängst lange Briefe an die Zeitung zu schreiben?«

»Genau das«, sagte Rachel. »Versprich es mir.«

»Valeries Vater sagt, deine Mutter sei der klügste Mensch, den er kennt.«

Rachel schaute wieder an die Decke. Die Erwähnung von Valerie versetzte ihr einen Stich. Es war albern, aber so war es halt. Sie wünschte, Valerie würde wegziehen. Nach Madagaskar zum Beispiel. Oder krank werden. Nichts wirklich Ernstes, vielleicht eine Sumachallergie. Oder sie könnte etwas essen, wovon ihr die Eingeweide anschwellen würden, so dass sie in der Mayo-Klinik eine Dünndarmtransplantation erhielte, und wenn sie nach Hause käme, müsste sie sechs Monate lang stillliegen.

»Ist was?«, fragte Carol.

»Nein, nichts. Ich habe nur nachgedacht über das, was du gesagt hast.«

Sie kuschelten sich aneinander, ihre Köpfe berührten sich. Carol legte einen Arm um Rachel und flüsterte: »Weißt du was? Selbst wenn wir beide mal wegziehen, wenn wir groß sind, und uns kaum noch sehen, dann werden wir trotzdem immer Freundinnen sein. Das weiß ich genau.«

Rachel schämte sich. »Bitte sag niemandem, was ich über meine Mutter gesagt habe«, flüsterte sie.

Carol versprach es.

Unten bei Angie und Fred war es schon lange still. Rachel lag da und hörte zu, wie Carol einschlief. Ihre Lippen öffneten sich, ihr Atem wurde tief und langsam. Carol war ein ganz normales Mädchen – sie konnte einen Softball gerade werfen, alle mochten sie gern, sie hatte hübsches blondes Haar und einen Busen und nachts lag sie nicht schlaflos da wie die verrückte Rachel.

Manchmal half es, sich vorzustellen, wo man auf dem Schulweg überall vorbeikam – am Laden von Wymans, dann an Western Auto, an der Bäckerei Hilliard mit der grellen Geburtstagstorte, auf der riesige grüne Zuckergussfische von der Glasur hochsprangen, an der Bank und dem Musikgeschäft Bon Ton, an Downings Farben- und Tapetengeschäft, an der Short Stop Bar, dann an Harrys Schuhgeschäft und schließlich am River View Café. In anderen Nächten half es, die Namen aller Staaten, die die USA bildeten, aufzusagen, angefangen mit Washington, Idaho, Montana, North Dakota, Minnesota, Wisconsin, Michigan – einmal quer oben rüber –, und sich dann an die Namen der Hauptstädte zu erinnern: Olympia, Boise, Helena, Bismarck, St. Paul, Madison, Lansing, und wenn das alles noch nicht half, konnte sie noch sehen, wie oft sie das ganze Alphabet durchgehen konnte mit den Namen von Komponisten: Albinoni, Bach, Chopin, Debussy, Elgar, Franck, Grieg, Händel, Ives, Joplin, Khachaturlan, Liszt … ihr Rekord lag bei drei Mal, wobei sie sich bei jeder Runde fünf Auslassungen zugestand, weil es einfach keine Komponisten mit Q oder X oder Z gab, die man kennen musste, und auch nicht sehr viele mit I, J oder K.

Rachel stahl sich leise aus dem Bett, zog einen Bademantel über und ging auf Zehenspitzen in den Flur. Am anderen Ende hörte man Fred und Angie hinter ihrer Schlafzimmertür in einem gleichmäßigen Duett von Bariton und Alt aufsteigend und abfallend schnarchen. Rachel schlich die Treppe hinunter, auf der dicker brauner Teppichboden mit goldenen Flecken lag, an Wänden vorbei, an denen dicht an dicht Fotos von Carol und ihrem Bruder als Babys hingen, und sah sich im dunklen Wohnzimmer um.

Angie arbeitete stundenweise in der Bücherei, aber viele Bücher gab es in diesem Haus wirklich nicht und die wenigen, die es gab, sahen nicht so aus, als würden sie je gelesen. *Die Familienenzyklopädie der westlichen Zivilisation* oder *Tausend beliebte Gedichte* – von dieser Art waren sie.

Im Bücherregal entdeckte Rachel eine Schublade und öffnete sie. Briefe lagen darin. Sie nahm einen heraus. Das tut man nicht, dachte sie, das gehört sich nicht. Trotzdem ging sie damit ans Fenster und las ihn. Es war ein Brief von Angie an ihre Schwester Cheryl in Oregon. Er trug das Datum vom vierundzwanzigsten Mai, das war vorgestern gewesen, und war in Angies ungelenker Handschrift geschrieben.

Liebe Cheryl,
es tut mir so furchtbar Leid, dass du und Chuck Probleme habt, glaub mir. Du Ärmste. Aber vergiss nicht, in jeder Ehe gibt es Höhen und Tiefen und man muss einfach tun, was man kann, um die schweren Zeiten durchzustehen und die guten Zeiten zu genießen. Und wenn man wütend ist, darf man die Dinge nicht so direkt sagen, dass man sie später nicht zurücknehmen kann. Ich weiß, das hört sich an, als ob unsere Mutter spräche, aber es stimmt tatsächlich.

Fred denkt darüber nach, den Laden zu verkaufen und sich um Arbeit hier in der Molkerei zu bemühen. Seit Anfang des Jahres ist das Geschäft furchtbar schlecht gegangen. Eine Zeit lang hatten wir schon befürchtet, wir müssten das Haus verkaufen und Konkurs anmelden, aber dann hat sich Freds Familie endlich (nach drei Jahren Gerangel!) über die Aufteilung des Vermögens seiner Mutter geeinigt. Wir haben unseren Anteil bekommen und das war unsere Rettung.

Carol wächst so schnell heran, dass du sie vermutlich kaum wiedererkennen würdest. Fred ist weiterhin sehr engagiert in der Kirche und ich will nächste Woche mit der Gartenarbeit anfangen. Letztes Jahr hatten wir zu viele Tomaten und zu wenig Mais, außerdem will ich noch einmal einen Versuch machen, Koriander anzupflanzen. Manche Leute sagen, dass Pferdemist helfen soll.

An dieser Stelle endete der Brief. Rachel schob ihn zurück in die Schublade. Sie hatte keine Ahnung gehabt, dass die Wymans Geldsorgen hatten. Konkurs? War das nicht das, was Leuten passierte, die keinen Cent mehr besaßen und ihr Silber versteigern lassen mussten, die nur noch von Makkaroni mit Käse leben und die Tür vor dem Gerichtsvollzieher verriegeln mussten? Und trotz alledem klang Angie so fröhlich. »Man muss die schweren Zeiten durchstehen und die schönen Zeiten genießen.« Armer Fred, arme Angie. Vielleicht sollte sie Daddy bitten Fred einzustellen, aber was wäre, wenn sie dann dahinter kämen, dass sie diesen Brief gelesen hatte? Sie schaute zum Fenster hinaus. Dort drüben stand, wie ein Geisterschiff, keine zwanzig Meter entfernt, ihr eigenes Haus. Bis auf ein schwaches Licht im oberen Flur war es ganz dunkel. Wenn die Wymans fortgingen und neue Leute hier einzögen, dann würden die vielleicht eines Tages hier stehen, zu den Greens hinüberblicken und sagen: »Junge, Junge, die Leute da drüben sind schon sehr ungewöhnlich, stimmt's? Wenn du mich fragst, haben die nicht alle Tassen im Schrank.«

Sie schämte sich, dass sie so etwas Schäbiges und Treuloses denken konnte, aber es war nun mal so. Rachel Wyman müsste man sein, das wäre schön. Eine Mutter zu haben, die einen dauernd umarmte und küsste, statt einer, die immer an einem zog und zerrte, damit man sich noch mehr anstrengte, damit man zu den höchsten Höhen aufstieg. Die alles daransetzte, einen noch mehr zu einem Außenseiter zu machen, als man es ohnehin schon war. Bei den Wymans war es einfach lustig. Fernsehen, Sport, künstliche Aromen im Essen – für sie war das alles völlig in Ordnung. Sie machten sich ein schönes Leben, auch wenn die Zeiten schlecht waren.

Rachel schlich nach oben und schlüpfte wieder unter die Decke zu Carol, die zusammengerollt dalag, so dass nur noch ihr wirres Haar über der Bettdecke mit den blauen und rosa Blumen herausschaute. Rachel dachte über Carol und Valerie nach und darüber, was die beiden beim Mittagessen wohl immer zu bereden hatten. Carol hatte Rachel angeboten ihr beizubringen, wie man richtig Softball spielt, aber die Mädchen aus der Softballgruppe mochten sie nicht, das wusste sie. Sie sahen sie kommen und dachten: »Da kommt die mit der komischen Mutter.« Wenn sie sich in der Cafeteria einmal zu ihnen setzte, erstarb die Unterhaltung, als ob ein Lehrer hinzugekommen wäre. Was wäre, wenn Carol Valerie Geschichten über die Greens erzählte? Nicht auszuhalten. Rachel schmiegte sich dicht an Carol. Bitte, bitte, hab Valerie nicht lieber als mich, dachte sie. Dann schloss sie die Augen. Und irgendwann war es Morgen und Angie stand am Fuß der Treppe und rief, sie sollten nach unten kommen und ihre getoasteten Waffeln essen.

Die Musikschule

Es war Samstag, Rachels Lieblingstag, der Tag, an dem sie immer nach Oshkosh fuhr. Nach dem Frühstück bei Carol ging sie nach Hause und dann stiegen Daddy und sie ins Auto und machten sich auf den Weg zur Musikschule von Mr. Amidore, wo Rachel erst ihre Geigenstunde hatte und später im Streicherensemble mitspielte. Eine Stunde brauchten sie bis Oshkosh, Zeit genug für Daddy, ihr seine neueste CD vorzuspielen. Heute war es die *Suite Française* von Poulenc, ein wirklich hinreißendes Stück, von dem man einfach gute Laune bekommen musste.

»Ich wollte dir gern etwas sagen, Daddy«, begann Rachel, als die Musik geendet hatte. »Versprich mir, dass wir nicht von hier wegziehen.«

»Wer behauptet, dass wir fortgehen?«

»Ich weiß, dass Mutter es gern möchte. Aber ich kann nicht. Wenn ihr unbedingt weggehen wollt, dann müsst ihr mir erlauben bei den Wymans zu leben. Ich bin hier zu Hause.« Rachel fühlte, wie die Tränen in ihr hochstiegen. »Ein paar Rechte habe ich auch. Ich bin ein Mensch, keine Marionette.«

Daddy legte ihr die Hand aufs Knie und tätschelte es beruhigend. »Es ist auch mein Zuhause«, sagte er. »Und das deiner Mutter. Mach dir also keine Sorgen. Schneller, als du denkst, stehen wir in der Tür und winken dir nach, wenn du selbst unser Haus verlässt, um die Schule zu besuchen.«

»Was für eine Schule? Die von der Besserungsanstalt?«

»Ich dachte eher ans College.«

»Sag bloß, du willst dich nicht an dein Lieblingskind klammern?«

»O doch, sosehr es geht. Aber deine Rolle ist es doch eigentlich, dich freizustrampeln, um von zu Hause wegzukommen, oder nicht?«

In Oshkosh setzte Daddy sie vor der Musikschule ab und ging dann zu Fuß los, um irgendwo eine *New York Times* aufzutreiben und Kaffee mit echter Sahne und mehreren gehäuften Löffeln Zucker zu trinken.

Die Musikschule hatte ihre Räume im ersten und zweiten Stock über der Rexall-Apotheke. Neben einem Schaufenster, in dem jede Menge Krücken und Bettpfannen ausgestellt waren, gab es eine Tür mit der Aufschrift MUSIKSCHULE. Wenn man sie öffnete und eine endlose Zahl von Stufen hinaufgestiegen war, stand man wieder vor einer Tür, einer ziemlich schäbigen und angeschlagenen alten Tür. Und wenn man auch sie öffnete und hindurchging, befand man sich plötzlich in einem Meer von Musik. Von einem langen Korridor gingen auf beiden Seiten zahlreiche kleine Übungskabinen ab. Am anderen Ende des Ganges gab es einen Warteraum für Eltern und oben waren die Unterrichtsräume und der Orchestersaal. Die Wände waren so dünn, dass man alles hörte: Tonleitern und Arpeggios, Etüden, die von kleinen Kindern auf dem Klavier heruntergehämmert wurden, tutende Klarinetten, gellende Trompeten, grollende Posaunen und sägende Geigen und Celli. Als Rachel eintraf, saßen drei Mütter im Warteraum, die sich unterhielten und Kaffee aus einer Thermoskanne tranken. Eine von ihnen strickte an etwas, das wie ein Topflappen aussah. Der Vater von irgendeinem Schüler hatte Kopfhörer auf, einen gelben Walkman am Gürtel festgeklemmt und las das *Time Magazine*. An den blassen grün und blau verputzten Wänden, von denen sich schon an mehreren Stellen der Putz löste, hingen Plakate von Pinchas Zukerman, Itzhak Perlman, Garrick Ohlsson, Yo-Yo Ma, James Galway und Gil Shaham. Ein schwarzes Brett in der Ecke war voll mit Karteikarten, auf denen gebrauchte Instrumente zum Kauf angeboten wurden, und Prospekten, die für musikalische Sommerkurse in Interlochen, Meadowmount oder Tangiewood warben.

Rachel ging gleich ins zweite Stockwerk hinauf. Hier oben befand sich Mr. Amidores Arbeitszimmer. Ein Junge mit kurz geschorenem Haar schoss an ihr vorbei und schlug ihr dabei seine Posaune gegen den Arm. »Boing!«, rief er und »Tut mir Leid« und schon donnerte er die Stufen hinunter und zur Tür hinaus. Samstagvormittags ging es immer hoch her in der Musikschule. Von acht Uhr früh bis nachmittags um drei wurde ununterbrochen unterrichtet. Auf den Klappstühlen auf beiden Seiten des Korridors im zweiten Stock saßen Schüler, die die ganze Woche über nicht geübt hatten und jetzt wie besessen spielten, bevor ihre Stunde begann. Es war wie im Tollhaus.

Mr. Amidore nannte seine Schule das ›Oshkosh-Haus für Jugendliche Etüden – kurz: O JE‹. Rachel liebte die Musikschule.

Sie setzte sich neben einen Jungen mit ernstem Gesicht, der seine Bratsche ganz fest hielt, und zwei kleinen Mädchen, die einander immer wieder Blicke zuwarfen und kicherten. Rachel nahm ihre Geige heraus und stimmte sie. Das Kichern hörte auf.

»Mensch, hast du eine schöne Geige!«, sagte die eine.

Rachel lächelte sie an. Dann begrüßte sie den ernsten Jungen: »Hallo, Rex!«

»Hallo, Rachel! Wie geht's?«, fragte der Junge.

Rachel kannte ihn vom Streicherensemble. Er war ein guter Musiker. Zwar konnte er nicht so gut vom Blatt spielen, aber er spielte mit Begeisterung und er spielte richtig, im Gegensatz zu manchen anderen.

»Rex«, sagte sie, »passiert es dir manchmal, dass du deine Eltern ansiehst und bei dem Gedanken an Vererbung Angst bekommst?«

Der Junge musste lachen. »Klar«, sagte er, »täglich. Meine Mutter ist ein Hypochonder und mein Vater so kahl wie eine Bowlingkugel. Ich warte bloß auf den Tag, an dem die Gene zuschlagen.«

Rachel klemmte die Geige unters Kinn und spielte eine knifflige kurze Passage aus *Brindisi*. Zweimal spielte sie sie ohne ein einziges Mal zu patzen, dann legte sie die Geige in den Schoß.

Die kleinen Mädchen waren aus dem Häuschen vor Begeisterung.

»Woraus war denn das?«, flüsterte eine der beiden.

»Aus einem Stück, das *Brindisi* heißt.«

»Wahnsinn«, sagte die andere. Sie flüsterte ihrer Freundin etwas zu. »Woher kommst du?«, fragte eine von ihnen.

»Aus Florenz, Italien«, antwortete Rachel.

Der Junge lachte. Die kleinen Mädchen waren beeindruckt. *Italien,* wiederholten sie andächtig. Rachel musste lächeln. Auch deswegen liebte sie die Musikschule. Es gab dort lauter Kinder, die so waren wie sie selbst. Alle hatten sie von Mahler gehört und wussten, wie eine Mozartsinfonie klang, und niemand hier fand es abartig, ein Instrument zu spielen und es auch noch gut spielen zu wollen. Nicht nur die Pflichtübungen zu absolvieren, sondern sich richtig hineinzuknien und an einem Stück zu arbeiten, der Geige, der Oboe oder dem Klavier sozusagen die Zügel anzulegen, damit das Instrument so klang, wie man selbst es wollte.

Mr. Amidore erschien in der Tür und blies den Rauch von seinem letzten Zug an der Zigarette aus. Er war klein und birnenförmig, hatte einen breiten schwarzen Schnurrbart und langes Haar, das er zu einem Pferdeschwanz zusammengebunden hatte. Er trug schwarze Hosen und eine rot bestickte Weste über einem weißen Leinenhemd.

»Signorina Rachel, *buon giorno«,* begrüßte er Rachel. Er verbeugte sich tief vor ihr und küsste ihre Hand, bevor er ihr in sein Arbeitszimmer folgte.

Der Raum war sonnig, mit großen Fenstern, die nach Osten gingen und den Blick freigaben auf eine Reihe von

Baumgipfeln, die sich im Wind bewegten, sowie zwei Backsteinkirchtürme, auf deren Spitzen Kreuze standen. Im Zimmer, das ein Bild von Paganini sowie eine Farbfotografie des Papstes schmückten, standen zahlreiche Regale voller Noten. Rachel stellte ihre Partitur auf den Notenständer. Mr. Amidore bot ihr ein Lakritzbonbon aus einer blauen Blechdose mit der Aufschrift *Amoroso* an. Er erkundigte sich nach ihrer Mutter und ihrem Vater und sie fragte, wie es Signora Rosa, seiner Mutter, ging.

»Nicht gut, nicht gut«, antwortete er betrübt. »Sie ist« – er tippte sich an die Stirn – »sie ist verrückt. Den ganzen Tag lang liegt sie im Bett. Aber nachts steht sie auf, backt und kocht. Wir leben wie die Zigeuner. Es strengt mich furchtbar an. Aber so ist das Leben. Und nun lass mich hören, wie du spielst.«

Rachel spielte. Wenn man gut war, wurde Mr. Amidore immer ganz aufgeregt und so lief er auch jetzt mit großen Schritten im Zimmer auf und ab, die Hände hinter dem Rücken verschränkt, und nickte im Takt. Am Ende des zweiten Blattes hatte er Tränen in den Augen.

»Du bist mein Genie«, sagte er, »meine Lieblingsschülerin.« Dieses Mal küsste er ihr gleich beide Hände. Rachel fragte sich, ob er dasselbe zu all seinen Schülerinnen und Schülern sagte, aber es war ihr letztlich egal.

Mitten in einem schnellen Abschnitt unterbrach er sie. »*Spiccato!* Lass den Bogen hüpfen! Weg von den Saiten! Schneller!«

Sie versuchte es noch einmal und dieses Mal hüpfte der Bogen auch wirklich, aber dafür taten ihre Hände nicht, was sie sollten, und die Finger ihrer linken Hand verhedderten sich.

»Gut so! Und jetzt noch einmal mit den richtigen Noten!«, rief Mr. Amidore heftig.

Sie spielte noch einmal. »Besser! Mach weiter!« Rachel war nervös, doch Mr. Amidore schien zufrieden. Sie beendete das Stück.

»Wundervoll«, sagte er. »Bald hast du es raus. Aber nun genug des Feuerwerks. Was du jetzt brauchst, ist ein wenig Mozart, würde ich sagen, etwas Feineres, Beseelteres.« Er ging hinüber an ein Regal und zog die Noten für ein Violinkonzert von Mozart heraus.

»Dies hier ist eines der Juwele des Repertoires. Nimm es mit und schau mal, was du bis zur nächsten Woche aus dem ersten Satz machen kannst.« Dann bat er sie eine Etüde zu spielen und anschließend sollte sie noch Tonleitern und Arpeggios in G-Dur, d-Moll, A-Dur, a-Moll und C-Dur üben. Sie spielte die Tonleitern flüssig und die Arpeggios gelangen ihr fast ebenso gut.

Als die Stunde um war, machte Mr. Amidore ein trauriges Gesicht. »Es war schön mit dir, sehr schön«, flüsterte er. »Schüler wie du – ach, ich müsste dich bezahlen. Es entschädigt einen für all die anderen.« Er wies mit dem Kopf zur Tür. »Einige von denen – oh, oh, oh. Keinen blassen Schimmer. Nur Lärm, keine Musik. Nun gut, *arrivederci,* Rachelle.« Ein Kuss auf die Wange und Rachel schwebte zur Tür hinaus.

Sie traf sich mit Daddy in seinem Café, und bevor Rachel zur Probe des Streicherensembles in die Musikschule zurückmusste, aßen sie ihr Rote-Kreuz-Essen. Daddy bestellte Filet Mignon, halb durchgebraten, mit Pommes frites.

»Also das nenn ich Essen!«, sagte er, als die Kellnerin mit seinem Teller kam. Er säbelte ein Stück Fleisch ab und kaute verzückt. »Für deine Mutter ist Essen eine lästige Notwendigkeit, etwas, das man nun mal braucht, um zu überleben. Ihre neueste Marotte ist es, nur noch das Allernötigste zu essen.«

Rachel kaute an ihrem Hamburger. »Hältst du es für möglich, dass wir vielleicht später im Sommer, wenn du nicht zu viel Arbeit hast, zusammen nach Chicago fahren könnten?«, fragte sie. »Im Art Institute gibt es gerade eine wahnsinnig gute Ausstellung skandinavischer Maler. Ich habe in der Sonntagszeitung darüber gelesen«, fügte sie hinzu. »Wir könnten auch noch mal so ein Kinomarathon machen wie in Milwaukee – erinnerst du dich?«

Damals hatten sie drei Filme an einem Tag gesehen, danach hatte Mutter gestreikt, aber Daddy und Rachel hatten noch zwei weitere angeschaut. Fünf Filme hintereinander! *Wiedersehen in Howards End* (für Mutter), *Dracula* (für Rachel) und Charlie Chaplin in *Goldrausch* (für Daddy). Die beiden letzten, die sie allein gesehen hatten, waren *Hamlet* und dann irgendein Schwachsinn über eine wilde Mädchenbande. Der Film hieß *Blondinen mit Klappmessern* und war dermaßen blöd, dass das Publikum pfiff und buhte. Es kam nichts weiter darin vor als Verfolgungsjagden mit Autos und Schießereien, Blondinen, die unablässig Kaugummi kauten, rauchten und andere Mädchen Treppen hinunterschmissen, und schließlich Nahaufnahmen von diesen

Mädchen, die die Blondinen wütend anstarrten, während diese ihr kurzes, grausames Lachen lachten.

»Kommt darauf an«, sagte Daddy. Er war vollauf mit seinem Filet Mignon beschäftigt.

»Ich finde, es würde Mutter richtig gut tun, für ein paar Tage aus der Stadt rauszukommen«, sagte Rachel.

»Mal sehen«, antwortete Daddy.

Das Streicherensemble traf sich nach dem Ende des Unterrichts um drei Uhr im großen Saal im zweiten Stock. Fünfzehn Schüler, die Mr. Amidore für gut genug hielt, um im Ensemble mitzuspielen, saßen in zwei halbkreisförmig angeordneten Reihen. Sie spielten Vivaldi, Bach und Corelli und Rachel fand, es könne nichts Schöneres auf der Welt geben als so elegante Musik zu machen. Sie stellte sich gern vor, sie wären das St. Paul Chamber Orchestra bei der Probe und jeden Moment würde Pinchas Zukerman den Raum betreten und mit ihnen spielen. Sie saß ganz vorn am ersten Pult zusammen mit Linda Maxwell. Gegenüber saß Scott Miller, der erste Cellist und beste Schüler der Musikschule. Scott war sechzehn. Er war groß und schmal und hatte wunderschöne dunkle Augen. Rachel fand, sie habe noch nie jemanden gesehen, der so gut aussah. Das Gesicht war einfach vollkommen und auch sein Haar war perfekt – Scott hatte den Kopf voller dicker, schwarzer Locken. Rachel schaute ihm gern auf die Hände, wenn er spielte, und sah zu, wie anmutig sie über das Griffbrett glitten und den Bogen hielten. Ihr gefiel auch, wie konzentriert er spielte. Er war immer freundlich zu allen, nicht so hochnäsig wie andere. Craig zum Beispiel, einer der Geiger, verzog jedes Mal das Gesicht, sobald jemand eine falsche Note spielte. So war Scott nicht. Seine Mutter begleitete sie manchmal auf dem Cembalo. Sie spielte nicht ganz so gut wie Rachels Mutter, aber jeder mochte sie gern. Vor zwei Wochen hatte Scott mit dem Bogen auf sein Pult geklopft und »Bravo« geflüstert, nachdem Rachel und Linda zusammen ein Duett gespielt hatten. Rachel war rot geworden und hatte zu Boden geblickt.

Heute spielte Mr. Amidore mit ihnen. Er spielte aus dem Gedächtnis, mit geschlossenen Augen und endete mit einem getragenen Air von Bach. Während der Proben des Streicherensembles unterbrach er die Schüler nie, um ihr Spiel zu kritisieren. Diese Stunde diente nicht dem Unterricht, sondern dem Vergnügen. Am Ende sagte er nichts weiter als »Bravo! Vielen Dank!«, verbeugte sich, ging in sein Arbeitszimmer hinüber und schloss die Tür hinter sich.

Rachel legte gerade ihre Geige in den Kasten, als Scott zu ihr herüberkam. »Das hat Spaß gemacht, vor allem der Bach«, sagte er. »Und was hast du so vor im Sommer?«

»Nicht viel. Mr. Amidore hat mich fürs Sommerorchester empfohlen, vielleicht spiele ich ja da mit, wenn sie mich nehmen.«

Er lachte. »Wenn! Ha! Natürlich werden sie dich nehmen, so gut, wie du bist. Ich hoffe, dass ich auch mitspielen kann. Hast du schon eine Ahnung, wo das Orchester auftreten wird?«

»Ach, hauptsächlich in Parks. Ein Konzert wird in Sandy Bottom sein.«

»Tatsächlich? Das ist ja ganz in der Nähe.« Er sah sie fragend an. »Wohnst du in Sandy Bottom?«

Rachel nickte.

»Du bist die Einzige von dort, stimmt's?«, fragte Scott.

»Ja, ich bin der komische Vogel der Stadt«, sagte sie und dabei rollte sie mit den Augen, öffnete leicht den Mund und ließ die Zunge aus dem Mundwinkel hängen. Scott lachte.

»Ich hoffe, wir kommen beide rein. Es wäre schön, wenn jemand dabei wäre, den ich mag.« Er schloss seinen Cellokasten. »Übrigens, kannst du mir nicht deine Telefonnummer geben? Wir könnten uns vielleicht mal treffen im Sommer.«

Er notierte ihre Nummer auf der Rückseite irgendwelcher Noten. Rachel fühlte auf einmal, wie ihr Herz schneller klopfte. Sie wurde rot und starrte auf ihre Schuhe, bevor sie sich abrupt umdrehte, fast gegen eine Wand prallte und dann die Treppen hinunterschwebte.

Daddy saß vor der Musikschule im Auto und lauschte bei geöffneten Fenstern einem Tenor und einer Sopranistin der Metropolitan Opera, die sich bald die Seele aus dem Leib sangen.

»Wie war's im Ensemble?«, brüllte er über den Gesang hinweg.

»Ganz toll!«, brüllte Rachel zurück.

Er reichte ihr einen Zwanzigdollarschein. »Gib nicht alles auf einmal aus«, bemerkte er.

Als sie nach Hause kamen, war wieder ein Brief von Phoebe für Rachel gekommen.

»Liebe Rachel«, stand da in großer, schwungvoller Handschrift.

Der Frühling ist eine wunderbare Jahreszeit in Italien, wenn man mal davon absieht, dass der Geruch von jungem Gras mich krank macht vor Heimweh nach Wisconsin.

Jetzt gerade sitze ich in »unserem« Straßencafé, trinke Cappuccino und sehe Japanerinnen mit großen Sonnenbrillen beim Schuhkauf zu, beobachte Italiener mit Handys, die unablässig telefonieren, und Jungs in deinem Alter, die auf Mopeds an mir vorbeifliegen.

Ich arbeite noch immer in der Fotogalerie von Grete, der Schweizerin mit dem helmartigen Haarschnitt. Sie steht auf Schwarzweißaufnahmen, die die Angst und die Leere des modernen Lebens abbilden. Persönlich ist mir das siebzehnte Jahrhundert lieber, es hatte mehr Charme. Aber was soll's, A & L verkaufen sich ganz gut.

Es sieht so aus, als ob ich im Herbst in die USA kommen könnte; hoffentlich sehen wir uns dann. Mach dir keine Sorgen darüber, anders zu sein als andere – wer will schon normal sein in einer Welt von A & L?

Tausend liebe Grüße.

Rachel ging auf ihr Zimmer und nahm einen Schreibblock heraus. »Liebe Phoebe«, schrieb sie.

Danke für deinen Brief. Ich glaube, heute habe ich mich zum ersten Mal in meinem Leben verliebt.
Sein Name ist Scott.
Er sieht aus wie ein Gott
und er mag mich sehr –
es scheint gar nicht so schwer.
Spielt Cello zudem,
ganz wunderschön.

Daddys Debüt

Die Anzeigentafel an der Bank, die abwechselnd die Uhrzeit und die Temperatur angab, zeigte 29°C. Es war ein glühend heißer Tag, dafür dass es erst Mai war. Rachels Kopf war warm und der Asphalt gab unter ihren Turnschuhen nach. Auf dem Heimweg von der Schule überquerte sie rasch die Van Buren Street, weil sie versuchte ihren Vorsprung vor Carol zu halten, die mit Valerie weiter hinten lief. »Lauf doch mit uns«, hatte Carol gesagt, aber Rachel hatte sich abgewandt.

»Ich hab meiner Mutter versprochen nach der Schule gleich nach Hause zu kommen und zu üben«, sagte sie.

»Musst du jeden Tag üben?«, fragte Valerie.

»Ja«, antwortete Rachel.

»Wirklich?«, fragte Valerie. »Das ist ja komisch. Mr. Olson hat gesagt, es reicht, wenn wir dreimal die Woche üben. Aber ich nehme an, bei der Geige ist es anders.« Valerie gehörte zu den fünfzehn Flötenspielern in der Blaskapelle der Schule, die Rachel einfach schauderhaft fand, was sie allerdings für sich behielt. Meistens konnte man die Melodie gar nicht heraushören, es war ein einziges Pfeifen, Tuten und Quaken. Rachel lief schneller, und als sie an der Ecke Main Street vor einer roten Ampel warten musste, sah sie das rote Licht wie durch ein Kaleidoskop, weil sie

Tränen in den Augenwinkeln hatte. Sie lösten sich und rollten an ihrer Nase hinunter. Sie wischte sie schnell weg, als Carol und Valerie sie einholten und sich neben sie stellten. Carol lachte.

»Nein, wie komisch«, sagte sie. »Zum Totlachen. Erzähl Rachel, was du eben gesagt hast!«

»Erzähl du es«, sagte Valerie und grinste zu Rachel hinüber, als wollte sie sagen: Das verstehst du eh nicht. Das war ein Witz für Eingeweihte.

Carol lachte so sehr, dass sie nicht mehr weiterlaufen konnte. »Na, ist auch egal«, sagte sie und wischte sich die Augen. »Es war so blöd, wahrscheinlich hättest du es gar nicht lustig gefunden. War es eigentlich auch nicht.« Und schon fing sie wieder an zu kichern.

Rachels Gesicht brannte und sie hatte einen Kloß im Hals. »Ich will euren albernen Witz sowieso nicht hören«, sagte sie und wandte sich ab, damit die beiden nicht sahen, dass sie weinte. »Ach, fast hätte ich es vergessen, ich muss noch schnell meinen Vater etwas fragen«, und damit bog sie in die Division Street ein, von der aus nach wenigen Metern die Monroe Street abging, in der der große Backsteinbau der Sandy Bottom Dairy stand.

»Komm doch rüber zu mir, wenn du mit Üben fertig bist!«, rief Carol ihr nach.

»Ich glaube nicht«, sagte Rachel ohne sich umzudrehen. Sie ging an den Schaufenstern der Molkerei mit den großen Pyramiden aus Bluebird-Eiskartons vorbei und tauchte schnell in den schmalen Gang zwischen der Molkerei und der Spedition Gray ein. Neben den Mülltonnen blieb sie stehen. Vielleicht würde Carol ihr ja hinterherlaufen, um zu hören, was mit ihr los sei, würde den Arm um sie legen und sagen: »Oh, Rachel, glaub mir, es tut mir so Leid.« Aber nein, Carol war mit Valerie zusammen und Rachel war allein. Jetzt ließ sie ihren Tränen freien Lauf. Dicke, heiße, salzige Tränen liefen ihr übers Gesicht und sie schaute auf den Boden und ließ die Tränen in den Dreck fallen. Du heulendes Riesenbaby, dachte sie, heulst, weil du eifersüchtig bist. Aber es half auch nicht, wenn sie auf sich selbst wütend war, jetzt weinte sie nur noch mehr. Es tat einfach so furchtbar weh, das war alles. Dass ein Mensch ihr an einem Tag so nah und am nächsten Tag wie ein völlig Fremder sein konnte! Wie konnte Carol nur so dick befreundet sein mit Valerie, die sie, Rachel, Carols beste Freundin, hasste? Es war so offensichtlich, das Valerie Rachel nicht ausstehen konnte – wie war es nur möglich, dass Carol das nicht merkte? Es sei denn, Carol hatte Angst davor, sich einer Langweilerin wie Rachel gegenüber loyal zu verhalten. War es das? Sie war doch ein völlig akzeptabler Mensch, der nun mal zufällig von Zeit zu Zeit eine Geige in die Hand nahm und darauf spielte. Das war vielleicht ungewöhnlich, aber doch auch kein Grund, endgültig aus der Gesellschaft ausgestoßen zu werden, oder doch? Vielleicht können Menschen nur befreundet sein mit solchen, die dasselbe tun wie sie – Softballspieler haben Softballspieler zu Freunden und Geiger sind die besten Freunde von anderen Geigern.

Rachel schlich die Hintertreppe zu Daddys Büro hinauf, von wo aus man auf das Grundstück sah, auf dem Mr. Odegard seine nagelneuen LKWs stehen hatte. Am Treppengeländer vor dem Büro hingen Blumenkästen, in denen Tulpen mit breiten, tiefgrünen Blättern wuchsen, die Florence gepflanzt hatte. Florence war Daddys Sekretärin, eine große, freundliche Frau, die zu ihrer Kirchengemeinde gehörte und Rachels Babysitterin gewesen war. Rachel öffnete leise die Tür, schlüpfte hindurch und schloss sie sanft. Der Schreibtisch der Sekretärin stand ein paar Meter entfernt um die Ecke, so dass Rachel unbemerkt im Bad verschwinden, ihr Gesicht waschen und sich die Augen mit kaltem Wasser kühlen konnte.

»Ja, wen haben wir denn da?«, rief Florence, als Rachel erschien. »Meine Güte, komm her und lass dich anschauen. Du wirst deiner Mutter jeden Tag ähnlicher, und dass deine Mutter die schönste Frau in der ganzen Stadt ist, muss ich dir nicht sagen.« Rachel ging um den großen Eichenschreibtisch herum, auf dem sich prall gefüllte schwarze Ordner stapelten, und stellte sich neben die alte Schreibmaschine. Sie lächelte Florence an, die ihr die Wange tätschelte. »Dein Vater hat erzählt, wie gut du inzwischen Geige spielst. Magst du dein Instrument nicht mal mitbringen und uns etwas vorspielen? Wie wäre das? Ich möchte dich unbedingt hören.«

»Gern, demnächst einmal.« Rachel bemühte sich zu lächeln. Mutter hatte ihr gesagt, sie solle besonders nett sein zu Florence, die keine Kinder hatte und von dem einzigen Mann, den sie je geliebt hatte, verlassen worden war. Vor fünfzehn Jahren, so hatte Mutter ihr erzählt, war

Florence mit einem Mann aus der Stadt, einem Versicherungskaufmann, verlobt gewesen. Der Termin für die Hochzeit hatte schon festgestanden, aber eine Woche vorher (eine Woche!) schrieb dieser Mann ihr, dass er sie nicht liebe, schob den Zettel unter der Tür durch, verschwand nach Kalifornien und ließ Florence mit gebrochenem Herzen zurück. »Du bist gerade so alt, wie das Kind, das sie gern gehabt hätte, heute wäre«, hatte Mutter gesagt. »Ich erzähl dir das nur, damit du sie besser verstehst, wenn sie ein bisschen sentimental wird.«

»Du musst in den nächsten Tagen unbedingt einmal zu mir zum Essen kommen«, sagte Florence. »Nur wir beide. Wir spielen Karten und sehen fern. Was hältst du davon?« Sie stand auf, strich ihr blaues Kleid glatt und sah Rachel an, als würde sie ein Gemälde betrachten. »Du gefällst mir gut mit den kurzen Haaren«, sagte sie. »Es sieht ganz apart aus.«

Daddy stand im vorderen Büro am Kopierer und sah zu, wie Stöße von Papier herauskamen. Er gab Rachel einen flüchtigen Kuss. »Du kannst mir helfen«, sagte er. »Ich habe ein Rundschreiben vorbereitet, um freiwillige Helfer für den vierten Juli zu gewinnen. Es soll noch morgen rausgehen. Ich könnte Hilfe brauchen beim Falten.«

Dreihundert Briefe und alle begannen so: »Liebe Freunde, in diesem Jahr wollen wir den Geburtstag unseres Landes nicht nur mit Feuerwerk und Hot Dogs feiern, sondern gleichzeitig das erste Konzert eines professionellen Orchesters in der Geschichte von Sandy Bottom präsentieren. Das Dairyland Sinfonieorchester wird unter der Leitung des brillanten jungen Dirigenten Adam Cornish spielen. Sie haben die Chance, bei diesem wahrhaft aufregenden Ereignis mitzuwirken ...«

Rachel setzte sich mit einem Stapel Papiere an den Tisch und machte sich daran, sie zweimal zu falten und in Briefumschläge zu stecken. Daddy war Feuer und Flamme für das Konzert, aber Rachel war nicht so überzeugt. Leute, die gern Zuckerwatte aßen, Riesenrad fuhren und einen Dollar bezahlten, um einen Ring über eine Milchflasche zu werfen in der Hoffnung, einen Plüschteddy zu gewinnen, saßen normalerweise nicht gern still, um andachtsvoll einem Orchester zu lauschen. Sandy Bottom war schließlich nicht Oshkosh. Die Greens hatten ein Abonnement für das Oshkosh Sinfonieorchester und besuchten alle sechs Konzerte im Jahr, auch wenn Mutter auf dem Rückweg meistens über den Dirigenten, seine lahmen Tempi und seine schlampigen Phrasierungen schimpfte oder behauptete, der Pianist habe gespielt wie ein Klempner.

Mr. Amidore war der Konzertmeister des Orchesters. Er gab den Ton an und führte die Streicher. Rachel sah ihn zu gern in seinem Smoking, wie er mit geschlossenen Augen spielte und den Dirigenten die meiste Zeit ignorierte. Manchmal, wenn er Rachel im Publikum entdeckte, grüßte er mit einem breiten Grinsen zu ihr hinüber. Im März war er bei der Aufführung eines Violinkonzerts von Max Bruch für den erkrankten Gastviolinisten eingesprungen und hatte hervorragend gespielt – selbst Mutter war der Meinung gewesen –, und als er das zweite Mal herauskam, um sich zu verbeugen, hatte er Rachel zugezwinkert, mit den Augen gerollt und sich den Schweiß von der Stirn gewischt. Das Publikum von Oshkosh hatte stehend applaudiert. In Sandy Bottom aber würden die Leute vielleicht nach dem ersten Satz aufstehen, um irgendwo ein Würstchen zu essen.

Die Tür ging auf. Es war Florence. »Ein Mr. Robbins ist am Apparat«, sagte sie.

»Ah, das ist der Mann, der die Musiker engagiert«, sagte Daddy.

Er hob den Hörer. »Norman Green. Tag, Mr. Robbins, wie geht es Ihnen?« Danach war es lange still. Nach einer Weile sagte er: »Hmhmhmhmhm«, und wiederum nach einer Weile: »Ja, ich verstehe, aber trotzdem ...« Stille. »Also gut«, sagte Daddy. »Wir müssen wohl sehen, was wir tun können. Sind Sie ganz sicher, dass keine Möglichkeit besteht, dass er wenigstens diese eine Aufführung macht?« Schweigen. »Ich verstehe. Aber ich kann dieses Konzert unmöglich abblasen. Wir haben bereits mit der Werbung begonnen. Die Leute hier sind schon ganz gespannt. Es kommen jede Menge Anrufe. Hören Sie, ich rufe Sie gleich morgen früh zurück, ja? Vielen Dank. Wiederhören.«

Daddy legte den Hörer auf, strich sich durchs Haar und stöhnte laut auf.

»Was ist los?«

Daddy zerknüllte ein Blatt Papier und lehnte sich zurück. Er machte eine angewiderte Miene. »Mr. Cornish ist abgesprungen. Gestern hat er abgesagt. Den können wir vergessen. Ich nehme an, er hat anderswo ein besseres Angebot bekommen. Dieser Robbins hat sich schon um einen Ersatz bemüht, aber es sieht nicht gut aus. Niemand hat freie Termine. Er sagt, wir sollten am besten alles absagen.«

Daddy fuhr sich mit der Hand über die Augen.

»Dieser Cornish – er ist halt noch jung. Er will so schnell wie möglich bekannt werden und solche Leute sind oft skrupellos. Was er will, ist einen attraktiven beruflichen Werdegang vorlegen zu können, und was nützt ihm da schon eine gute Kritik im *Sandy Bottom Register* – hm?«

Daddy sah auf einmal erschöpft aus. Rachel ging zu ihm hinüber und legte ihm die Hand auf den Arm.

»Das ist nicht fair. Wie kann er so mir nichts, dir nichts absagen?«

»Es ist mein Fehler. Wir haben das Konzert telefonisch vereinbart, ohne dass irgendein Papier unterschrieben worden wäre, und ich nehme an, er hält es nicht für nötig, sein Wort zu halten gegenüber jemandem aus so einem Kaff.« Daddy schlug mit der Faust auf den Tisch. »Aber eins sage ich dir, wir lassen uns von diesem Menschen den vierten Juli nicht vermiesen!« Daddy sprang auf.

Er richtete sich zu voller Höhe auf, hielt den Kopf ganz hoch, drückte die Brust heraus und rückte seine Krawatte gerade. »Wenn dieser Mistkerl glaubt, er sei der einzige Dirigent in Wisconsin, dann kann ich nur sagen: Ha! Er hält sich wohl für ein Genie und denkt, er kann aus einer Laune heraus einfach aussteigen, aber ich sage ihm: Nur zu, Verehrtester, nur zu! Dann werde ich eben selbst dirigieren!«

Er lächelte, so als hätte er soeben etwas völlig Vernünftiges und Überzeugendes gesagt.

»Du?«, fragte Rachel.

»Klar«, antwortete er. »Unter der Leitung von Norman Green. Klingt doch gut, oder nicht?«

Also nahm Rachel die Briefe wieder aus den Umschlägen heraus und warf die Bögen fort, während Daddy ein neues Schreiben aufsetzte, in dem es nun nicht mehr hieß »unter der Leitung des brillanten jungen Dirigenten Adam Cornish«, sondern »unter der Leitung des Unterzeichners«.

»Aber du hast doch noch nie ein Orchester dirigiert«, wandte Rachel ein.

»Man macht alles irgendwann zum ersten Mal«, antwortete ihr Vater. »Irgendwann hatte auch Leonard Bernstein noch nie dirigiert. Also ging er hin und tat es, ganz einfach. Was ist daran so geheimnisvoll?«

»Daddy, du bist nicht Leonard Bernstein.«

»Ach nein? Und er war nicht Norman Green. Aber ich kann Partituren lesen. Und ich weiß eine Menge über Musik. Was ist denn ein Dirigent? Jedenfalls kein Zauberer. Die Musiker können ihre Noten lesen und sie können ihre Instrumente spielen. Was ich tun muss, ist einzig und allein sie dazu zu bringen, etwas gemeinsam zu machen und in dieselbe Richtung zu marschieren. Und das kann ich.«

»Wie du meinst«, sagte Rachel. Was sie nicht sagte, war: Mit einem Bleistift vor den Lautsprechern herumzuwedeln ist nicht dasselbe wie dirigieren.

Rachel verabschiedete sich von Florence, und als sie die Treppe hinunterging, kam ihr Jerry Mason entgegen. Sie musste stehen bleiben und ein paar Worte mit ihm reden. Er sagte, er freue sich schon auf den vierten Juli. Rachel lächelte ihn an und dachte: Ihre Tochter hasst mich – warum eigentlich? Als Rachel nach Hause kam, hatte Daddy bereits mit Mutter telefoniert und Mutter lief wütend und kettenrauchend in der Küche auf und ab, während auf dem Herd das Essen anbrannte. Rachel schaltete die Platte ab und hob den Topfdeckel: Reis mit Bohnen und Hackfleisch. Mutter war also wieder unter die Fleischesser zurückgekehrt. Rachel kratzte das angebrannte Essen in den Mülleimer. Mutter sah zum Fenster hinaus ohne einen Gedanken an das Abendessen zu verschwenden.

»Ich wusste es, dass irgendetwas schief gehen würde! Warum hat sich dein Vater bloß mit diesem Idioten eingelassen? Natürlich ist dieser Mann ein Lügner. Man darf sich eben nie auf Leute ohne Talent verlassen. Wo will dein Vater jetzt einen Dirigenten auftreiben?«

Sie zog eine neue Zigarette aus der Packung und zündete sie an der alten an. »Diese vermaledeite Mrs. Dortmeyer. Wenn die hier sauber macht, findet man nicht einmal mehr Streichhölzer!«

Mutter ging hinaus, ließ das Fliegengitter mit einem Knall hinter sich zufallen und schritt qualmend und mit verschränkten Armen in der Einfahrt auf und ab. Offensichtlich hatte Daddy ihr noch nicht gesagt, wer Cornish ersetzen sollte.

Rachel setzte sich an den Tisch. Vielleicht hatte Daddy ja

Recht. Was war schon so besonders am Dirigieren? Wenn Haarball es konnte, warum dann nicht Daddy? Neben ihr auf dem Tisch lag die Post von heute. Rachel sah sie durch in der Hoffnung auf einen Brief von Phoebe. Nein, kein Brief aus Italien, aber ein großer brauner Umschlag war dabei, der an Mutter adressiert war. Der Absender lautete: Interlochen – Zentrum für die schönen Künste, Aufnahmestelle, Interlochen, Michigan.

Der Umschlag war offen.

Rachel wusste ein bisschen über Interlochen aus den Prospekten, die am schwarzen Brett der Musikschule hingen. Die Teilnehmer der Sommerkurse dort lebten in kleinen Hütten in Kiefernwäldern und trugen alle eine Uniform aus Cordhosen und hellblauen Hemden. Sie erinnerte sich an ein Foto, das ein großes Orchester aus Jugendlichen ihres Alters zeigte, das vor einem wunderschönen See spielte. Rachel erschrak: Was, wenn Mutter sich dort um eine Stelle beworben hätte und genommen worden wäre? Wenn Daddy und sie sich scheiden ließen? Aber darum ging es gar nicht. Ein Mann namens Hans Bowron schrieb, sie hätten in der Tat einen freien Platz an der Akademie für eine Studienanfängerin im Fach Violine. Eine Anmeldung müsse sofort erfolgen, da die Kurse Mitte September anliefen. Dem Brief waren ein Formular für einen Antrag auf Gewährung eines Stipendiums sowie eine Zusammenstellung der Kurse und ein Schreiben über die Unterbringung in Gemeinschaftsschlafräumen beigefügt.

Die Gittertür quietschte und Rachel stopfte die Unterlagen schnell in den Umschlag zurück und tat so, als würde sie im *Smithsonian Magazine* lesen.

Ihr Gesicht fühlte sich ganz taub an, wie ein Stück Holz. Der Gedanke war so groß, dass er kaum in ihren Kopf passte: Sie dachten daran, sie fortzuschicken. Und zwar nicht nur für ein paar Wochen im Sommer, sondern für ein ganzes Schuljahr.

Mutter öffnete den Gefrierschrank. »Wir müssen wohl noch einmal von vorn anfangen mit unserem Essen. Wir könnten diese Hühnerbrüste auftauen, ein paar Bohnen dazuschütten und das Ganze ein Cassoulet nennen. Wärst du so lieb mir ein paar Zwiebeln zu hacken?«

»Hast du nicht mal gesagt, du fändest vegetarisches Essen spiritueller?«, sagte Rachel.

»Stimmt, das habe ich gesagt. Und es ist auch so«, antwortete ihre Mutter. »Aber wenn ich immer konsequent spirituell gelebt hätte, meine Liebe, dann gäbe es dich nicht. Also, ich schlage vor, wir essen Hühnchen.«

Rachel holte die Zwiebeln aus dem unteren Küchenschrank und schälte und schnitt sie auf dem Brotbrett, während Mutter die Hühnerbrüste in der Mikrowelle auftaute und eine Dose mit weißen Bohnen öffnete.

»Daddy wird vor lauter Sorge noch krank werden.« Sie unterbrach sich, als sie Rachel schniefen hörte. »Du weinst doch nicht etwa?«

Rachel musste wegen der Zwiebeln weinen, aber gleich hinter den Zwiebeltränen standen die Tränen wegen Carol, wegen der Tatsache, dass sie zu den Greens gehörte, und wegen des langen Sommers, der sich immer mehr zu einer einzigen Katastrophe zu entwickeln schien. Und dann noch Tränen deswegen, weil man sie in den Bus setzen und nach Interlochen schicken wollte, wo sie zwischen lauter fremden Leuten leben müsste. Sie starrte auf den Rücken ihrer Mutter, die am Herd stand, und dachte: Warum tut ihr mir das an? Bin ich euch lästig? Oder wollt ihr mich aus dem Weg haben, damit ich nicht zusehen muss, wie eure Ehe kaputtgeht? Sie wischte sich die Tränen mit dem Handrücken weg. Schaut euch doch nur mal an, dachte sie, ein Mann und eine Frau, die kaum noch Zeit haben, miteinander zu reden, die sich beide in ihren eigenen kleinen Welten vergraben, die ständig aneinander herumzerren (sie drängt ihn seinen Cholesterinspiegel zu senken und weniger zu arbeiten, er will, dass sie ihre Kampagnen aufsteckt und aufhört zu rauchen), und jetzt hat er sich in den Kopf gesetzt, dass er ein Dirigent ist. Wenn Mutter das herausfindet, geht sie in die Luft. Und dann fällt sie in eine ihrer finsteren Stimmungen. Ein Katastrophensommer, und wie soll erst der Herbst werden? Wenn Mutter und Daddy sie tatsächlich bitten sollten wegzugehen, würde sie natürlich zustimmen, und dann käme sie nach Interlochen und müsste von neuem versuchen Freunde zu finden. Wochenlang würde niemand mit ihr sprechen, zumindest nicht freiwillig. Alle würden mit denen zusammen sein, die beliebt waren. So lief das eben – es gab eine Bienenkönigin und eine Menge Drohnen. Eines Nachts würde sie auf Zehenspitzen den Gang hinunterschleichen bis zum Zimmer der Bienenkönigin und würde die Drohnen darin hören, die klatschten und Witze rissen und darüber redeten, wie sehr sie dieses liebten und jenes hassten. Sie würde an die Tür klopfen und eine der Drohnen würde öffnen und sie, Rachel Green, erblicken und alle im Raum würden auffallend still sein, so wie die Softballmädchen im Speisesaal, wenn sie sich zu ihnen setzte. »Oh, hi«, würden sie sagen und dann würde sie die furchtbare Wahrheit begreifen: Ihre Andersartigkeit war ein unverwechselbares Merkmal ihrer Persönlichkeit, sie trug sie mit sich, wo auch immer sie hinging. Sie war auf ihrer Haut, in ihrem Haar, wie der Geruch eines Stinktiers. Sie würde ihr anhaften bis ans Ende ihrer Tage. Egal wo sie hinkäme, überall würden die Leute sie ansehen und ihre Mienen würden sich verschließen. Oh, hi.

Mutter schnitt die Hühnerbrüste in Streifen. Lange Zeit sagte sie kein Wort. Dann legte sie das Messer weg und zündete sich eine Zigarette an. »Großvater hat heute angerufen. Er klang so alt und schwach. Er ist sehr niedergeschlagen, weil er immer schlechter hört. Ich mache mir Sorgen um ihn. Mutter geht so auf in ihren eingebildeten Krankheiten, dass sie nicht einmal merken würde, wenn er wegginge und nicht mehr wiederkäme.« Sie ging zum Fliegengitter und blies den Rauch nach draußen. »Heute musste ich daran denken, dass mein Vater, als ich so alt war wie du, sich jemanden gesucht hat, der ein Jahr lang sein Geschäft führte, und dieses ganze Jahr hat er meinem Bruder und mir gewidmet. Er ging mit uns im Park spazieren, er nahm uns mit in Museen und Konzerte und im Sommer fuhr er mit uns nach Frankreich.

Es war ein wunderbarer Sommer. Wir sind herumgereist und schließlich in einem kleinen Ort in der Bretagne gelandet, in Landevennec. Dort haben wir zu Mittag gegessen in einem hübschen Garten mit einem Orangenbaum und ich habe zu weinen angefangen. Als Papa mich fragte, warum ich weinte, habe ich gesagt: ›Weil wir nach Hause müssen.‹« Sie seufzte. Rachel hätte gern etwas gesagt, aber es fiel ihr nichts ein. »Ich weiß nicht, was ich tue, wenn ich meinen Vater verliere«, sagte Mutter und fing an zu weinen. Sie ging nach oben. Rachel dachte: Wunderbar, jetzt muss nur noch Daddy nach Hause kommen und eine Sibelius-Sinfonie auflegen und dann weinen wir alle zusammen.

Daddy kam um halb acht. »Alle Briefe abgeschickt«, sagte er zu Rachel. »Die Brücken sind verbrannt. Es gibt kein Zurück mehr.« Er griff ins oberste Regal, wo er die alkoholischen Getränke aufbewahrte, nahm eine Flasche Rotwein herunter und staubte sie ab. »Die habe ich mal von Großvater Mueller geschenkt bekommen«, sagte er. »Ich habe sie immer für eine besondere Gelegenheit aufbewahrt – und welcher Tag könnte besonderer sein als dieser?« Er drehte den Korkenzieher hinein, klemmte die Flasche zwischen seine Knie und zog den Korken heraus.

Mutter erschien in der Tür.

»Licht meines Lebens, Mutter meines Kindes, Frau meiner Träume!«, rief Daddy und reichte ihr ein Glas Wein. Sie stießen miteinander an.

»Das mit dem Dirigenten tut mir so Leid, Norman«, sagte sie.

»Lass nur«, sagte er. »Kein Problem.«

Rachel stellte das Essen auf den Tisch, Hühnerklein, das inmitten von weißen Bohnen und Zwiebeln schwamm. Der braune Umschlag lag nicht mehr auf dem Tisch; Mutter hatte ihn unauffällig beiseite geschafft. Daddy goss Rachel ein Schlückchen Wein ein und die drei stießen miteinander an.

»Ich habe nicht die Absicht, das Konzert abzublasen«, sagte Daddy. »Der größte Teil des Orchesters ist angeheuert und es ist zu spät, um einen Rückzieher zu machen. Deswegen, Ingrid, habe ich eine Entscheidung getroffen: Ich selbst werde das Orchester dirigieren.« Er setzte sein Glas ab und sah Mutter in die Augen.

»Du?«, fragte sie.

»Ganz genau. Ich.«

»Du machst Witze, Norman«, sagte Mutter.

»Ich mache durchaus keine Witze, Ingrid. Ich behaupte nicht, ein großartiger Dirigent zu sein, aber ich werde es schon schaffen und es gibt im Moment keine Alternative.«

»Ich habe den Verdacht, du meinst es ernst, Norman«, sagte Mutter.

Rachel grinste Daddy an und er grinste zurück.

»Ich bin sicher, es wird gut, Dad«, sagte sie. »Ich bin sicher, dass es ganz toll wird.«

»Mein Debüt«, antwortete Daddy, »und meine Tochter wird unter den Streichern sitzen.«

»Das weiß ich nicht. Bisher haben sie mich noch nicht angerufen. Mr. Amidore hat mich nur empfohlen. Noch bin ich nicht engagiert.«

Mutter griff nach einer Zigarette. »Ich dachte immer, ich wäre diejenige in der Familie, bei der eine Schraube locker ist«, sagte sie, »aber auf einmal habe ich das Gefühl, die Einzige zu sein, die noch bei Verstand ist.«

Nach dem Essen übte Rachel das Mozartkonzert, das Mr. Amidore ihr gegeben hatte. Eine Stunde war im Nu vorüber und um halb zehn wusste sie die ersten beiden Seiten auswendig. Vielleicht würde sie die erste Schülerin sein, die je ein ganzes Konzert in einer Woche auswendig gelernt hatte. Nächsten Samstag würde sie ihren Lehrer überraschen und alle drei Sätze fehlerlos spielen.

Sie räumte die Geige weg, zog ein rosafarbenes Flanellnachthemd an, ging ins Bad und putzte sich die Zähne. Sie betrachtete ihr Gesicht im Spiegel. »Unscheinbar« war der Ausdruck, der ihr dazu einfiel. Wenn sie wenigstens kräftigeres Haar hätte, dann könnte sie es hochstecken wie Valerie, oder wenn sie Locken hätte, dann sähe ihre Nase vielleicht nicht so stupsig aus. Sie schrubbte ihr Gesicht mit einem Waschlappen und rieb es mit viel Gesichtswasser ab. Angie sagte immer, man könne nicht früh genug anfangen seine Haut zu pflegen. Mutter hielt die Kosmetikindustrie für den größten Nepp des Jahrhunderts. Für sie gab es nur Wasser und Seife, Schluss-aus.

Der Gedanke, Sandy Bottom verlassen und in einem Schlafsaal im Norden von Michigan leben zu müssen, machte ihr Angst. So weit wegzugehen – und dann? Was, wenn sich herausstellte, dass sie eine einzige Pleite war?

Eine lausige Geigerin? Für ein Provinznest gut genug, aber unter wirklich begabten, intensiv studierenden Schülern so etwas wie ein Brownie unter lauter Crêpes Suzette? Was dann? Irgendein freundlicher Herr vom Institut in Interlochen würde sie in sein Büro bitten, sie fragen, wie es ihr ginge, sie würde antworten: »Gut«, und er würde erst sagen: »Das freut mich«, und dann: »Ich habe mir gedacht, Rachel, dass dir Kreatives Schreiben vielleicht Spaß machen würde.« Eine schreckliche Wahrheit würde ihr dämmern. Nicht nur dass sie anders als andere war, sie war auch keine besonders gute Musikerin. »Weißt du«, würde der Herr fortfahren, »es ist absolut normal, dass man eine Sache ausprobiert und dann irgendetwas anderes macht, und ich denke, du solltest es mal mit dem Kreativen Schreiben versuchen.«

Kreatives Schreiben. Da stecken sie die Leute rein, die kein Instrument spielen, nicht tanzen, nicht Theater spielen, nicht singen und nicht zeichnen können. Man drückt ihnen einen Stift und ein Blatt Papier in die Hand und lässt sie Gedichte schreiben, und ganz egal was dabei herauskommt, immer werden die Leute sagen: »Sehr interessant, wirklich.«

»Leider«, würde der Herr fortfahren, »haben wir im Moment keine freien Plätze in den Kursen für Kreatives Schreiben. Deshalb solltest du vielleicht das Schuljahr in Sandy Bottom beenden und wir schauen mal, dass wir dich im Herbst in einem Kurs unterbringen. Einverstanden?« Er würde sie auf diese aalglatte professionelle Weise anlächeln, sie zur Tür begleiten. Und dann wäre sie wieder zu Hause. Mutter und Daddy wären enttäuscht von ihr, Carol wäre ihr total fremd geworden – und wen hätte sie als Freundin? Natürlich – Florence. Sie konnte ihre Abende mit Florence verbringen, Karten spielen und fernsehen und lernen, wie man eine einsame, vom Leben enttäuschte Frau wird.

Abschlussprüfungen

Am Mittwoch und Donnerstag fanden die Abschlussprüfungen statt. Daddy ging am Mittwoch schon früh aus dem Haus zu seinem monatlichen Frühstück in der Handelskammer; er sollte dort über Kunst und Kommerz sprechen. Rachel hörte ihn im Badezimmer seine Rede proben – ein eigenartiges Brummen drang durch die Tür. Immer wieder hörte man das Wort Partnerschaft heraus. Mutter saß in der Küche und las den *Register* – ein langer Brief von ihr war darin abgedruckt, mit dem sie auf die Antwort des Schulrats auf ihren ersten Brief über die Bedeutung von Spanisch als Unterrichtsfach reagiert hatte, und nun sah sie ihn auf Kürzungen hin durch. Rachel setzte sich an den Tisch, aß eine aufgebackene Waffel und starrte in ihr Matheheft.

»Schreibt ihr heute eine Arbeit?«, fragte Mutter.

»Heute zwei und morgen zwei«, antwortete Rachel. »Ich dachte, ich hätte dieses Zeugs verstanden, aber jetzt kapier ich überhaupt nichts mehr. Was kommt heraus, wenn man x und y addiert und dann mit minus sieben hoch n multipliziert? Absolut lächerlich! Wen interessiert das schon?«

Rachel schlug ihr Heft zu und stopfte es in ihren Rucksack.

Mutter lachte. »Ich vermute, die Mathematik soll einen lehren Regeln zu befolgen, aber andererseits finde ich, dass das Leben keinen Wert hat, wenn man nicht einige dieser Regeln bricht, und deswegen weiß ich nicht, was ich dir antworten soll. Ich nehme mal an, man muss die Regeln erst kennen, bevor man sie brechen kann. Keine Sorge, du wirst es schon schaffen.«

Dann sagte sie noch, sie habe nachmittags ein Treffen mit der Historischen Gesellschaft und werde erst zum Abendessen zurück sein. »Wir gewinnen immer mehr Leute für unser Kunstzentrum«, sagte sie. »Alle außer diesem Broadbutt.«

»Du meinst Broadbent«, sagte Rachel.

»Wie auch immer«, sagte Mutter und fuhr fort: »Jedenfalls ist er weiterhin entschlossen dieses Neon-Beton-Monstrum zu bauen. Wir haben mittlerweile Angst, dass er in einer Nacht-und-Nebel-Aktion Bulldozer anfahren und die Ramseyvilla abreißen lässt. Deswegen ist Jerry dabei, eine Bürgerwache zu organisieren, die das Gebäude rund um die Uhr bewacht. Wenn wir sehen, dass ein Abrisskommando im Anmarsch ist, schlagen wir Alarm und alle kommen und umstellen das Grundstück mit ihren Autos. Wenn nötig, ketten wir uns selbst an den Zaun an.«

»Viel Glück«, sagte Rachel, die schon in der Tür stand. »Aber leg dich bitte nicht mitten auf die Straße, ja – mir zuliebe!«

»Ich verspreche brav zu sein«, antwortete Mutter.

Als Rachel an diesem Morgen das Haus verließ, sah sie sich nicht nach Carol um, sondern lief allein zur Schule.

Es war offensichtlich, dass heute Abschlussprüfungen waren – im Korridor im Parterre war es deutlich leiser als sonst, es gab kein Gebrüll, keine Albernheiten. Schüler lehnten an den Fächern, blätterten Schulbücher durch, paukten, versuchten das Wissen quasi magnetisch aufzusaugen, es mit ins Klassenzimmer zu nehmen und auf den Prüfungsformularen abzuladen.

Die Abschlussarbeit bei Mrs. Erickson war nicht so schwierig: Sie bestand aus einer Hausarbeit über das Buch *Giants in the Earth,* einen Einwandererroman von Ole Rölvaag, und einer Klausur zu einem Gedicht von Emily Dickinson. »Nehmt euch eine Stunde Zeit, über dieses Gedicht nachzudenken und einen Aufsatz zu schreiben über das, was ihr persönlich darüber denkt – ihr sollt also keine klassische Interpretation des Gedichts leisten, sondern eure Gedanken aufschreiben zu dem, wovon das Gedicht handelt.« Das war eine sehr weit gefasste Aufgabe, die Raum für alles Mögliche bot, man sollte sich einfach darauf einlassen und loslegen. Aber hinter sich hörte Rachel schon aufgeregtes Flüstern: »Was soll das überhaupt heißen? Was sollen wir eigentlich machen?« Rachel senkte den Kopf und fing zu schreiben an. Darum ging es. Sie sollten den Knochen zwischen die Zähne nehmen und losrennen.

Erfolg ist denen süßest
Die ihn niemals errungen.
Den Göttertrank genießet
Wer tiefste Not bezwungen.

Nicht einer aus der heißen Schar
Der heut die Fahne nahm
Weiß zu sagen warum
Es nicht zum Siege kam

Als wer geschlagen – sterbend –
Für sein Ohr nicht bestimmt –
Die fernen Siegesklänge
Gequält und klar vernimmt!

Rachel schrieb: »Die Dichterin sagt, dass ein Mensch etwas erst verlieren muss, um dessen Wert zu erkennen. Ich zum Beispiel weiß, was Freundschaft bedeutet, weil ich weiß, was es heißt, einsam zu sein. Jemand, der viele Freunde hat, hat Angst, sie zu verlieren, und tut vielleicht alles, um sie zu behalten. Er verändert sein Wesen und seine Ansichten, nur um seinen Freunden ähnlicher zu sein. Auf diese Weise wird er aber niemals wirklich erfahren, was er anstrebt und so sehr zu verlieren fürchtet.«

Emily Dickinson schrieb über Vögel, Schlangen und Sonnenuntergänge, so als sei darin alles enthalten, was es zu wissen gelte. Sie schaute aus dem Fenster ihres Elternhauses in Amherst und fand das gesamte Universum in einem Garten mit Obstbäumen und einer Wiese. Sie wusste wirklich, was Freundschaft bedeutet, weil sie so viel allein war. Kleine Dinge waren ihr wichtig. Selbst ein paar Zeilen, mit denen man sich bedankte, mussten auf die richtige Art und Weise geschrieben werden und ein Brief an einen Freund war für sie ebenso wichtig wie ein Gedicht. Sie setzte sich nicht hin und schusterte ihn mal eben so zusammen. Darüber schrieb Rachel, und auch darüber, wie wichtig es sei, die Welt zu betrachten und zu sehen, wie sie tatsächlich war, und nicht nur das zu sehen, was da sein sollte nach allem, was einem beigebracht worden war, und wovon man befürchtete, es könne nicht da sein, wenn man anders dachte, als man es gelernt hatte. Sie schrieb über ihren eigenen Garten, über Carol und darüber, dass man Menschen sehen sollte, wie sie sind, nicht als Teil unserer eigenen Vorstellung, sondern als Wesen mit individueller Schönheit und ganz persönlicher Daseinsberechtigung. Sie schrieb Seite um Seite, es schien ihr ganz gut. Dann sagte Mrs. Erickson: »Die Zeit ist um«, und Rachel hörte auf, obwohl sie noch viel zu schreiben gewusst hätte. Eine gute Prüfung.

Bei Schulschluss schüttete es wie aus Kübeln. Achtzig Schüler drängten sich unter dem großen Steinbogen des Hauptportals und sahen zu, wie der Regen hinunterströmte. Es goss so heftig, dass die Häuser auf der anderen Straßenseite nur noch schemenhaft zu erkennen waren und die Straßenlaternen angingen. Die Jungen grölten, die Mädchen, die in Gruppen dicht beieinander standen, versuchten ihnen keine Beachtung zu schenken und die Jungen grölten noch lauter. Alle paar Minuten raste einer der Jungen bis zur Straße, kam klitschnass zurück und alle lachten. Rachel begriff nicht, wie jemand so blöd sein konnte. Sie stand mit Carol, Valerie und den Wilson-Zwillingen, Megan und Sara, zusammen.

»Meinst du, deine Mutter könnte uns abholen?«, sagte Valerie zu Carol.

»Geht nicht, sie arbeitet heute in der Bücherei.«

Die Zwillinge sagten, ihre Mutter arbeite auch und ihr Vater sei heute den ganzen Tag in Madison.

Alle sahen Rachel an.

Valerie sagte: »Deine Mutter fährt nicht Auto, stimmt's?«

»Was glaubst du denn?«, rief Megan. »Dass sie auf einem Besen reitet?«

Alles lachte und Rachel blickte zur Seite. »Ich würde sie anrufen, aber sie ist bei einer Versammlung.«

»Ich fürchte, dann bleibt nur meine Mutter übrig«, sagte Valerie. »Hat mal jemand Kleingeld?«

Rachel gab ihr eine Münze und Valerie ging hinüber zum Münztelefon neben dem Büro des Direktors.

Als Mrs. Mason eintraf, hatte der Regen nachgelassen. Die Mädchen quetschten sich alle hinten ins Auto, weil der Beifahrersitz voller Blumen war, die Mrs. Mason für ihren Floristikkurs besorgt hatte. Rachel saß in der Mitte, die Füße auf der Getriebewelle, die Ellbogen dicht an ihren Körper gepresst. Valeries Mutter fuhr schnell, und als sie um eine Kurve bog, kippten die Mädchen alle übereinander.

»Fandet ihr Matthew heute nicht auch zu komisch in Sozialkunde?«, fragte Valerie. »Ich bin bald gestorben!« Valerie konnte Matthew Johnson nicht ausstehen.

»Was der wieder für einen Schwachsinn gefaselt hat – nicht zu fassen«, rief eine der Zwillinge. Die vier lachten. Rachel war in Sozialkunde in einer anderen Gruppe.

»Was war denn?«, fragte sie. »Was war denn so lustig?«

»Matthew ist einfach komisch«, antwortete Carol. »Er sitzt ganz hinten in der Klasse und gibt seine Kommentare ab und wir sterben beinahe vor Lachen. Donaldson steht mit dem Rücken zu uns und schreibt etwas an die Tafel und Matthew summt mit dieser dünnen, hohen Stimme vor sich hin und wir ersticken fast.«

»Ah«, sagte Rachel.

Mrs. Mason schaute in den Rückspiegel und lächelte, übersah ein Stoppschild und verfehlte knapp einen blauen Lieferwagen, der laut hupte. Aber Mrs. Mason zuckte nicht einmal mit den Wimpern. »Ach, Valerie, ich hab das Pizzabrot für deine Party abgeholt. Es sind sechs Stück, ich hoffe, das reicht.«

»Danke, Mom.« Valerie wandte sich an Megan. »Denkt ihr daran, eure CDs mitzubringen?«

»Klar. Um wie viel Uhr?«

»Sechs, halb sieben.«

Rachel wurde plötzlich schlecht. Alle Fenster waren geschlossen, die Seitenfenster beschlagen; es schien überhaupt kein Sauerstoff mehr im Auto zu sein. Sie saß steif zwischen Valerie und Megan, versuchte, nicht an sie anzustoßen, und dachte die ganze Zeit: Du darfst auf keinen Fall kotzen. Bloß nicht. Nicht jetzt. Warte!

»Hast du Matthew auch eingeladen?«, fragte Sara und erntete Gelächter.

»Vielleicht kommt er auch ohne Einladung«, fuhr Sara fort. »Sag ihm einfach, es wäre eine Pyjamaparty – dann steht er gleich auf der Matte.«

»Nein, besser, du sagst, es wäre eine Dessousparty«, sagte Megan. Valerie langte an Rachel vorbei und boxte Megan in die Schulter.

Mrs. Mason beobachtete Rachel im Spiegel. Als ihre Blicke sich kreuzten, lächelte Mrs. Mason. »Du bist bestimmt immer sehr beschäftigt mit deiner Musik, stimmt's, Rachel?«

»Ziemlich«, antwortete Rachel. Der Wagen bog in die Einfahrt zwischen den Häusern der Greens und der Wymans. Carol stieg zuerst aus, dann folgte Rachel. Carol blieb stehen, so als wollte sie etwas sagen, aber Rachel lief die Einfahrt hinauf und verschwand im Haus. Es war niemand zu Hause. Gerade als sie ihre Tasche mit den Büchern auf den Tisch legte, läutete das Telefon. Es war Carol.

»Ich wollte dir sagen, dass es mir Leid tut«, sagte sie.

»Schon gut«, sagte Rachel.

»Es tut mir ehrlich Leid. Der Grund, weswegen du nicht eingeladen bist, ist der, dass es eine Party für die Softballmannschaft ist. Aber trotzdem war es gemein, vor dir darüber zu reden. Tut mir Leid.«

»Ach, das hat mir nichts ausgemacht«, antwortete Rachel kühl. »Es ist mir ganz egal.«

»Na ja, trotzdem, mir tut es Leid.«

»Es macht mir doch nichts, ob ich zu einer Party eingeladen werde oder nicht. Darüber bin ich schon lange weg. Es berührt mich gar nicht.« Du lügst wie gedruckt, dachte sie bei sich.

»Du bist nur auf einmal so still geworden und da dachte ich, du wärest vielleicht gekränkt«, sagte Carol.

»Ha!«, sagte Rachel, »ich doch nicht. Ich hab eine Elefantenhaut.«

»Rachel, stimmt irgendetwas nicht?«

»Nein, wieso?«

»Du wirst manchmal so still. Als ob du plötzlich nicht mehr da wärst. Du sitzt da und auf einmal ist es, als wärst du verschwunden. Ich wünschte, ich wüsste, worüber du nachgedacht hast.«

»Ich denke über vieles nach«, sagte Rachel. »Ich habe nur niemanden, mit dem ich darüber sprechen kann, das ist alles.«

Es war gemein gewesen, das zu sagen; Carol war verletzt. Rachel spürte das an der Art, wie Carol sagte: »Oh, das tut mir Leid.« Rachel wünschte, sie könnte den Satz zurücknehmen, aber das ging nicht. Vielleicht war er ja auch wahr gewesen. Jetzt stand er jedenfalls zwischen ihnen.

»Worüber kannst du mit mir nicht reden?«, fragte Carol.

»Viele Dinge.«

»Zum Beispiel?«

»Ist unwichtig.«

»Nein, sag's mir.«

»Wenn ich mit dir darüber sprechen könnte, würde ich es tun. Aber es geht einfach nicht. Warum also weiter davon reden?«

Rachel ging hinauf in ihr Zimmer und fühlte sich ganz elend wegen Carol. Es war nett gewesen von Carol, sie anzurufen, dachte sie, aber noch netter wäre es gewesen, wenn sie schon im Auto etwas gesagt hätte. Aber vielleicht waren ja diese Softballmädchen Carols wahre Freunde und was nützte es dann noch, sich Gedanken zu machen?

Sie öffnete ihre Schultasche und machte sich an die Hausarbeit für Mrs. Erickson. Sie hatten *Giants in the Earth* im Unterricht gelesen und sollten jetzt über den Helden und die Heldin des Buches schreiben, Per und Beret Hansa, arme Einwanderer aus Norwegen, die in der Ödnis von Süddakota gelandet waren. Hätte die Geschichte auch anders verlaufen können? So lautete das Thema.

Es war ein sehr trauriges Buch. Per, der Farmer, kommt in einem Schneesturm ums Leben, als er versucht den lutherischen Pfarrer zu holen, der Pers krankem Freund Hans Olsa das Abendmahl bringen soll. Rachel fand, Per und Beret hätten schon ein wenig Glück verdient nach allem, was sie durchgemacht hatten. Sie schrieb also eine neue Version, in der Per sich auf Skiern durch den Schneesturm kämpft und prompt auf den Arzt trifft, der gerade auf dem Weg zu ihnen ist. Der Arzt gibt dem Kranken ein neues Serum, das ihn wieder gesund macht. Und als im Frühling der Schnee schmilzt, finden Per und Beret Spuren von Gold in ihrem Keller, wo der Frost den Boden aufgebrochen hat. Als er tief in der schweren, schwarzen Erde gräbt, findet Per mehrere Goldklumpen, die ziemlich viel wert sind, genauer gesagt sechstausend Dollar, was für die damalige Zeit ein Haufen Geld war. Genug jedenfalls, um der Familie zu ermöglichen nach Minneapolis zu ziehen und ihren Sohn Peder Victorious Geigenstunden nehmen zu lassen.

Am Donnerstagmorgen wurde Daddy regelrecht sentimental, als er daran dachte, dass dies Rachels letzter Schultag sei. Das Ende der achten Klasse. »Im Herbst beginnst du schon mit der High School«, sagte er. »Kaum zu glauben. Ich weiß noch, wie ich dich zum ersten Mal in den Kindergarten gebracht habe. Als wir hineingingen, standen da schon lauter weinende Kinder, die von ihren Müttern getröstet wurden. Du hast zu mir hochgeschaut und gesagt: ›Ich glaube, du musst jetzt gehen‹, und dann bist du den Flur bis zum Büro von Mrs. Shaver entlanggelaufen ohne dich auch nur einmal umzusehen.«

»Und du bist in Tränen ausgebrochen«, sagte Mutter.

»Und ob«, sagte Daddy. »Natürlich.«

Die Geschichtsprüfung bei Mr. Gilbert war so einfach, dass Rachel nach zehn Minuten damit fertig war. Die Aufgabe bestand aus lauter Fragen, die im Multiple-Choice-Verfahren zu beantworten waren: *Der Bürgerkrieg begann 1861 und endete 186 – (a) 2 (b) 9 (c) 5 (d) 4.* Bei Mr. Gilbert war (c) in rund 75 Prozent der Fragen die richtige Antwort; er war ein Mann mit festen Gewohnheiten. Er saß hinter seinem Pult, die Füße hochgelegt, schnitt sich die Fingernägel oder las die Lokalzeitung von Milwaukee, während er von Zeit zu Zeit gesalzene Erdnüsse aus einer großen Tüte naschte, die er in seiner Schublade aufbewahrte. Rachel überflog den Test. *Welche der folgenden Männer waren keine Generäle des Nordens im Bürgerkrieg? (a) George McClellan (b) Ambrose Burnside (c) Dwight D. Eisenhower (d) George Custer.* Die Fragen wurden immer alberner. Der arme Gilbert musste sie noch gestern Nacht vorbereitet haben. Sie stellte sich vor, wie er nach Hause gekommen war, nachdem er achtzehn Löcher Golf gespielt hatte, wie er seine Schläger verstaute, sein Abendessen in die Mikrowelle stellte, ein Video einlegte, auf der Couch aß und irgendwann einschlief, dann um drei Uhr früh aufwachte, das Flimmern auf dem Bildschirm sah und es ihn plötzlich durchfuhr: O Gott! Ich muss ja noch die Prüfung vorbereiten!

Rachel beendete den Test und schob ihn beiseite. Dann nahm sie ihr Mathebuch heraus, schlug das Kapitel über komplexe Brüche, ihre schwache Seite, auf und vertiefte sich in das erste Problem, als sie auf einmal den großen Schatten von Mr. Gilbert über sich spürte.

»Es ist nicht erlaubt, die Antworten nachzuschlagen«, blaffte er sie an.

Sie sah verwundert auf. »Ich bin fertig!«, sagte sie.

»Es ist gegen die Regeln. Ich muss mich sehr über dich wundern.« Damit nahm er den Test von ihrem Pult und riss ihn in Streifen, die er ihr anschließend hinwarf.

»Das hier ist mein Mathematikbuch«, sagte Rachel. Hinter ihr begann ein allgemeines Flüstern.

»Es ist mir ganz egal, was für ein Buch das ist«, sagte Mr. Gilbert. »Es ist euch nicht erlaubt, in irgendein Buch zu schauen, bis ihr den Test abgegeben habt. Hast du deinen Test abgegeben? Nein. Also bekommst du ein F.«

»Aber es war doch mein Mathebuch!« Rachels Stimme war dünn und zittrig.

»Ich habe nicht die Absicht, mit dir zu diskutieren«, sagte Mr. Gilbert. »Es gibt so etwas wie Regeln. Man blättert einfach nicht in irgendwelchen Büchern, solange man seinen Test noch neben sich liegen hat. Ich weiß ja nicht, was für ein Buch du da hast. Soweit ich weiß, kann es auch dein Geschichtsbuch sein.« Er rollte davon, nahm wieder seinen Platz hinter dem Pult ein und versenkte sich von neuem in seine Zeitung.

Es war nicht zu fassen. Der Test war überhaupt kein Test. Es bestand überhaupt keine Notwendigkeit zu pfuschen und er brauchte sich das Buch nur anzusehen, um zu wissen, dass es ein Mathematikbuch war. Sie nahm die Streifen ihres Tests, stand auf und stellte sich neben das Pult des Lehrers. Ihr Herz klopfte und sie ermahnte sich energisch, jetzt bloß nicht zu weinen, auf gar keinen Fall. Dann sagte sie: »Mr. Gilbert?«

Er ließ seine Zeitung sinken und sah sie kühl an.

»Mr. Gilbert, das ist ungerecht. Ich hatte den Test beendet und war dabei, Mathematik zu lernen. Ich möchte, dass meine Arbeit bewertet wird.«

Sie holte tief Luft.

Der Lehrer legte die Zeitung weg. »Hör mir mal zu, mein Fräulein«, sagte er. »Warum gehst du nicht hiermit zum Direktor?« Er nahm ein Blatt Papier, kritzelte ein paar Zeilen darauf und faltete es zusammen. »Hier«, sagte er. »Geh damit zu Mr. Foster.« Er hielt ihr den Zettel hin und griff nach dem in Streifen gerissenen Test. »Den nehme ich an mich«, sagte er.

»Nein«, sagte Rachel. »Ich möchte, dass er das sieht.«

Sie marschierte den leeren Gang mit den vielen Schließfächern hinunter, durch das düstere grüne Treppenhaus und schließlich ins Büro, wo Miss Nelson, die Sekretärin, sie träge durch ihre strassbesetzte Brille ansah und ihr mit einer Kopfbewegung bedeutete, in der Warteecke Platz zu nehmen. Rachel setzte sich. Eine halbe Stunde lang saß sie da und beobachtete Miss Nelson, die dünnste Frau, die sie je gesehen hatte, wie sie auf ihre Schreibmaschine einhämmerte. Die breiten Plastikarmreifen klapperten, das braune Haar mit den Dauerwellen wippte und alle paar Anschläge schob Miss Nelson sich die Brille zurecht.

Endlich kam Mr. Foster, einen Berg von Papieren und Heftern unter dem Arm. Er war ein kleiner Mann mit sorgenvoller Miene, drahtigen schwarzen Locken, die über der Stirn schon dünner wurden, einer schwarzen Hornbrille und fast keinem Kinn. Er hörte sich Rachels Version des Vorfalls an. Dann betrat Mr. Gilbert total gereizt den Raum und sagte, er dachte, er habe gesehen, wie Rachel in ihr Mathematikbuch geschaut und die Antworten auf ihrem Fragebogen geändert habe – »ihr Mathematikbuch oder was es auch war, es kann ja auch ihr Geschichtsbuch gewesen sein«, sagte er. Was für ein gemeiner Lügner er war, dachte Rachel. Er wusste ganz genau, dass es ihr Mathebuch war, und er wusste ebenfalls, dass sie keine Antworten verändert hatte.

»Ich habe keine Antworten verändert«, sagte sie und reichte Mr. Foster den zerrissenen Test. Er legte die Teile zusammen und untersuchte die Antworten. »Es scheint mir in Ordnung«, sagte er. »Ich sehe nicht, dass irgendwo etwas ausradiert oder geändert worden wäre.« Er sah Mr. Gilbert an. »Ich nehme an, es handelt sich um ein Missverständnis.«

»Nicht auf meiner Seite«, sagte Mr. Gilbert.

Die Krönung des Ganzen war, dass sie schließlich nur ein B für die Arbeit bekam, obwohl alle Antworten richtig waren. Das würde aber nichts daran ändern, dass sie als Gesamtnote für den Kurs trotzdem ein A erhielte. Mr. Gilbert rollte mit den Augen und schrieb ein B unter den Test, während Mr. Foster Rachel eine Entschuldigung schrieb, weil sie jetzt zu spät in die Mathematikstunde kam, die schon fast vorüber war. Sie musste nach der Stunde noch dableiben, um die Arbeit zu schreiben, die sich als weniger schwierig herausstellte, als Rachel befürchtet hatte. Als Rachel ihr Schließfach ausräumte, war das Schulgebäude wie ausgestorben. Das war nun das Ende des Schuljahres gewesen. Was für ein Tag! »Tschüs, mein altes Fach«, sagte sie. »Hoffentlich bist du nicht allzu einsam ohne mich.« Sie ließ die Tür mit einem lauten Knall hinter sich zufallen. »Tschüs, Schule. Vielleicht siehst du mich nie wieder.« Ihre Schritte hallten durch den Korridor wie in einer Filmszene: Die Heldin geht ihrer Wege.

Als Rachel nach Hause kam, schrubbte Mrs. Dortmeyer auf allen vieren den Küchenfußboden. Sie drehte den Kopf und sagte: »Hallo, Rachel, dich habe ich ja schon eine Ewigkeit nicht mehr gesehen.« Rachel setzte ihre Schultasche auf dem Küchentisch ab. Mutters Siebensachen waren darauf verstreut – der Entwurf für das Kunstzentrum, ein paar Briefe und Zeitungsausschnitte über das Erziehungswesen.

Das Telefon läutete. Rachel war nicht in der Stimmung,

mit jemandem zu reden. Mrs. Dortmeyer nahm den Hörer ab. »Für dich, Rachel«, sagte sie.

»Ich kann jetzt nicht. Bitte sagen Sie, ich rufe zurück«, flüsterte Rachel, aber Mrs. Dortmeyer schrubbte schon wieder und der Hörer lag auf der Küchentheke. Rachel wischte sich über die Augen und putzte sich die Nase mit einem Papiertaschentuch. Dann nahm sie den Hörer und meldete sich. Es war Daddy. »Herzlichen Glückwunsch!«, sagte er. »Wie ist es gelaufen? Wieder lauter ›As‹?«

»Alles gut gegangen«, sagte Rachel. Die Sache mit Mr. Gilbert erwähnte sie nicht. Daddy würde sich nur aufregen.

Als sie aufgelegt hatte, saß Mrs. Dortmeyer bei einer Tasse Kaffee am Küchentisch. Sie tat einen gehäuften Löffel Zucker hinein, rührte um und sagte: »Sag mal, mein Mädchen, geht ihr manchmal in das Moon Shadow Café, da oben bei Lake City? Wirklich nett da. Man kann ein schönes Steak essen, ein paar Bierchen schlucken und im Hinterzimmer gibt's Musik und Tanz. Schön hergerichtet alles, mit neuem Teppich und so. Und freitagabends gibt's von sieben bis zehn ein Sonderangebot für uns Damen – zwei Getränke zum Preis von einem. Ich bin sicher, deine Eltern wären hin und weg. Sind die schon mal da in der Gegend gewesen?«

»So gut wie nie, meistens bleiben sie zu Hause«, antwortete Rachel. Sie konnte sich beim besten Willen nicht vorstellen, dass ihre Eltern ein Lokal an der Landstraße besuchten, um Steaks zu essen und etwas zu trinken.

»Ich sag dir, die wären begeistert«, sagte Mrs. Dortmeyer.

Dann stellte sie ihre Kaffeetasse ins Spülbecken, begab sich wieder auf alle viere und machte sich von neuem an den Küchenfußboden.

Rachel wünschte, sie würde sich beeilen und gehen. Es war gut und schön, eine gewissenhafte Putzfrau zu haben, aber andererseits dauerte es immer Stunden, bis sie fertig war. Man konnte sie einfach nicht ignorieren, wie sie sich mit viel Getöse von Zimmer zu Zimmer vorarbeitete, endlos mit dem Staubsauger herumlärmte und alles besah, was herumlag. Das ganze Leben der Familie war praktisch vor ihr ausgebreitet. Sie kannte alles in Rachels Zimmer, sah Mutters Papiere, nahm Daddy CDs hoch und stellte sie, wie es gerade kam, in die Regale zurück. Sie sah ihre schmutzige Wäsche. Einmal hatte sie ein rotes Hemd zusammen mit weißen Sachen in die Waschmaschine gesteckt, so dass Daddy anschließend rosa Unterwäsche hatte. »Ich kann unmöglich in rosa Unterwäsche herumlaufen«, hatte er gesagt. Mutter hatte nur gelacht und gemeint: »Klar kannst du das. Es sei denn, du findest eine andere Putzfrau für mich.«

Mrs. Dortmeyer war fertig mit dem Fußboden und kippte das Wasser aus. Der beißende Geruch des Putzmittels zog durch die Küche. »Tja, das war's wohl für heute.«

Mutter kam nach Hause, als Mrs. Dortmeyer gerade fünf Minuten weg war. Sie legte den Leinenbeutel mit ihren Unterlagen auf den Klavierschemel, ging in die Küche, zündete sich eine Zigarette an und sah sich um. »Was nimmt diese Frau eigentlich zum Putzen? Es stinkt hier wie auf einer Giftmülldeponie!«, sagte sie. »Was Mrs. Dortmeyer in den Ausguss kippt, würde wahrscheinlich ausreichen, um die ganze Stadt mit Bauchspeicheldrüsenkrebs zu versorgen. Ich kaufe pfundweise Natronseife zum Putzen und sie schleppt mir Hektoliter von ihrem Gift ins Haus. Dieser Frau bin ich einfach nicht gewachsen.«

Rachel wünschte, Mutter würde fragen, wie ihre Prüfungen gewesen seien, damit sie ihr erzählen konnte, wie sie Mr. Gilbert die Stirn geboten hatte, aber Mutter befand sich wie üblich in ihrer eigenen Welt.

Abends ließ Mutter wieder einmal das Essen anbrennen. Sie spielte Rachmaninow, während sich die Küche mit Rauch füllte, und behauptete später, sie habe nichts riechen können außer Mrs. Dortmeyers Ammoniak, also sei es nicht ihre Schuld. Als der Rauchmelder anging, riss Rachel den Ofen auf, Daddy schwenkte nasse Tücher und dann aßen sie bei weit geöffneten Fenstern das, was noch zu retten gewesen war. Es war ein schweigsames Abendessen. Mutter kochte noch immer vor Wut über Mrs. Dortmeyer, Daddy erzählte ein bisschen von einem interessanten Problem bei der Verpackung von Joghurt und niemand erwähnte den vierten Juli.

Nach dem Abendessen parkte Mutter die Schreibmaschine auf dem Küchentisch und starrte eine Weile in den Garten, wo sich das Unkraut grün und üppig in den Blumenbeeten breit machte. Dann richtete sie sich kerzengerade auf, spannte einen Bogen ein und hämmerte drauflos. Der Tisch bebte, die Wörter marschierten über die Seite wie eine Armee zorniger Ameisen.

»Wen knöpfst du dir denn jetzt wieder vor?«, fragte Rachel.

»Wie bitte?«

»Wen du dir jetzt wieder vorknöpfst, hab ich gefragt.«

»Wenn du wissen willst, an wen ich schreibe – ich schreibe Mr. Broadbent, um ihm zu sagen, dass ihm und seinesgleichen diese Stadt nicht gehört und dass er eines schönen Tages das Kunstzentrum von Sandy Bottom betreten und froh sein wird, dass *ich* mich durchgesetzt habe und nicht er.«

Rachel ging auf ihr Zimmer. Mutter hatte offensichtlich wieder einen Anfall von Schreibwut; nach der Eingabe an den Bürgermeister würde sie vermutlich einen Brief an den *Register* schreiben und dann noch einen an Pastor Sykes.

Daddy hatte sich ins kleine Wohnzimmer zurückgezogen. Zwei Minuten lang spielte er etwas von Beethoven, dann hörte die Musik plötzlich auf und es erklang ein Lied von Schubert, das wiederum nach der Hälfte von einer Prokofjewsinfonie abgelöst wurde.

Rachel stand mit der Haarbürste in der Hand vor dem Spiegel und versuchte zu entscheiden, ob sie mit einem Seitenscheitel besser aussähe, als Mutter von unten heraufbrüllte: »Rachel, Telefon!«

Rachel lief ins Schlafzimmer ihrer Eltern und nahm dort den Hörer ab.

»Rachel Green?« Es war die Stimme eines Mannes.

»Ja, am Apparat.«

»Mein Name ist John Robbins. Ich rufe aus Milwaukee an. Ich habe deinen Namen von Rudy Amidore. Hättest du Zeit, diesen Sommer an vier Konzerten mit dem Dairyland Sinfonieorchester mitzuwirken?«

Er nannte ihr die Daten. Oshkosh, Eau Claire, Menomonie – und das erste in Sandy Bottom am vierten Juli.

»Ja«, sagte Rachel, »ich glaube, dass ich an allen Tagen noch frei bin.«

»Gut. Dann schicke ich dir den Vertrag und einen Zeitplan. Wir können die Musiker nach Tarif bezahlen, das heißt fünfundsiebzig Dollar für jedes Konzert oder dreihundert für die ganze Reihe, wovon fünfundsiebzig Dollar abgehen als Gewerkschaftsbeitrag. Das heißt, es bleiben noch zweihundertfünfundzwanzig Dollar, von denen die erste Hälfte am fünfzehnten Juli, die andere Hälfte am dreißigsten gezahlt wird.«

»Einverstanden«, sagte Rachel. »Vielen Dank.«

Sie legte auf. Ihr Herz klopfte wie wild. Als sie die Treppe hinunterstürmte, nahm sie immer zwei Stufen auf einmal.

»He! Stellt euch das vor! Sie haben angerufen! Sie nehmen mich! Ich spiele im Orchester mit!«

Daddy sprang von seinem Sessel auf und umarmte sie. »Ich habe mich schon lange gefragt, wann du endlich anfangen würdest deine Eltern finanziell zu unterstützen. Jetzt kann ich den Job in der Molkerei an den Nagel hängen und mich für die Dirigentenklasse einschreiben!« Mutter umarmte Rachel und sagte: »Bravo, meine Süße! Das muss gefeiert werden – jetzt gibt es erst einmal Eis für uns alle.«

Rachel fühlte sich absolut himmlisch – zwei ganze Minuten lang. Dann, gerade als alles einfach so unglaublich schön war – ihr erster Auftritt! –, stellte sie sich mit einem Mal vor, wie es sein würde: Daddy würde auf dem Podest stehen, schwankend, die Arme wie Windmühlenflügel bewegend, während das Orchester machte, was es wollte, und ganz Sandy Bottom zusah, glotzte, die Musiker würden unter Daddys lauten Zurufen ein Mozartkonzert herunterreißen, die Hunde würden jaulen und Mutter daneben stehen und nur noch schreien: »Falsch! Völlig falsch!« Endlich würde die Musik mit einem gewaltigen Getöse enden, alle würden sich schieflachen und Rachel würde nach Milwaukee ziehen und ihren Namen in Ramona Gray ändern. Bitte, lieber Gott, hab Erbarmen mit uns, flehte sie. Es ist schon schlimm genug, solche Außenseiter zu sein. Bitte mach, dass wir uns nicht zu allem Überfluss auch noch blamieren.

Eine grässliche Unterrichtsstunde

Rachel erwachte. Draußen war es noch dunkel und auch in ihrem Zimmer war es dunkel bis auf einen schmalen Streifen Licht, der vom Flur her unter der Tür hindurchschimmerte. Stimmen waren zu hören. Rachel setzte sich im Bett auf und lauschte angestrengt. Daddy stöhnte im Badezimmer. »Ich glaube, ich sterbe«, hörte sie ihn sagen. »Oder Schlimmeres.« Sie sah auf die Uhr; es war drei Uhr früh.

»Du hast nur etwas Falsches gegessen«, sagte Mutter.

»Keine Ahnung, was es ist, aber...« Der Rest ging in einem lauten Stöhnen unter. Dann wurde die Badezimmertür geschlossen, man hörte Wasser laufen und dann wieder dieses Stöhnen. Rachel öffnete ihre Tür und sah in den Flur hinaus. Am anderen Ende des Gangs stand Mutter in einem langen weißen Nachthemd. Ihr Haar fiel offen auf den Rücken. »Was ist mit ihm?«, fragte Rachel. »Soll ich den Arzt rufen?«

»Nein, nein. Er hat sich nur den Magen verdorben. Dir ist nicht schlecht, oder?« Rachel schüttelte den Kopf. »Gut. Mir auch nicht. Dann muss es etwas gewesen sein, das nur er gegessen hat. Wie auch immer, es muss einfach raus, mehr kann man da nicht tun, also geh ruhig wieder schlafen.«

Am folgenden Morgen blieb Daddy im Bett. Mutter brachte ihm ein Tablett mit Tee und Toast, aber er sagte, allein von dem Anblick müsse er schon würgen. Als Rachel an die Tür klopfte, hörte sie ein schwaches »Ja?« und ging hinein. Daddy blinzelte aus seinen Decken hervor mit rot geränderten Augen, das Haar zerzaust, und sah mürrisch und Mitleid erregend aus. Sie beugte sich über ihn und strich ihm übers Haar. »Ich habe einen neuen Ausdruck von Mutter gelernt: rückwärts frühstücken – hast du den schon mal gehört?«

»Nicht sehr witzig«, sagte Daddy.

»Ich habe auch nicht behauptet, dass es witzig ist«, antwortete Rachel. »Aber Mutter hat mir lauter Ausdrücke gesagt, die alle dasselbe wie kotzen bedeuten. Zum Beispiel reihern, kübeln oder die Fische füttern.«

»Hör bloß auf!«, sagte Daddy, aber immerhin sah er zu ihr auf und lächelte. »Irgendwann, wenn sich deine Mutter mal so richtig hundeelend fühlt, dann erzähle ich dir, wie es war, als sie zum ersten Mal Bier getrunken hat. Eine sehr farbenprächtige Geschichte.«

»Geht es dir wieder besser?«, fragte Rachel.

»Ich fühle mich absolut reif fürs Pflegeheim«, antwortete er. »Aber es wird schon wieder.«

Er war zu schwach, um sie nach Oshkosh zu fahren, also warf sich Mutter nach dem Frühstück in schwarze lange Hosen und eine türkise Bluse und holte das Auto aus der Garage. Rachel bemerkte, dass Mutter ihre Zigaretten auf der Küchentheke liegen gelassen hatte. Sie rief Daddy ein munteres »Tschüs« über die Treppe zu und hörte seine matte Antwort.

Mutter war eine gute Autofahrerin, aber sie hielt nicht

viel davon, durch die Gegend zu schleichen und die Landschaft zu genießen. Mutter fuhr, um irgendwo anzukommen, und sie fuhr schnell, und wenn sie eine freie Strecke vor sich sah, dann gefiel es ihr, zu fliegen. Während sie durch den Ort fuhr, zog sie unter dem Sitz ein schwarzes Kästchen hervor, etwa so groß wie ein Autoradio, und steckte ein Kabel in den Zigarettenanzünder.

»Was ist das?«, fragte Rachel.

»Das braucht dich nicht zu kümmern«, sagte Mutter.

»Ist das ein Radarwarngerät?«, fragte Rachel weiter.

»Ich sagte, es braucht dich nicht zu kümmern«, antwortete Mutter.

»Aber es ist doch ein Radarwarngerät, oder?«

»Das ist es«, sagte Mutter, »und ich habe nicht die geringste Lust, mit dir darüber zu diskutieren.«

»Ich bin nur überrascht, das ist alles. Seit wann hast du es?«

Mutter platzierte das Kästchen auf dem Armaturenbrett und drückte auf einen roten Knopf, woraufhin ein rotes Licht aufleuchtete und ein schriller Pfeifton ertönte. »Seit Dienstag«, sagte sie.

»Sind die Dinger nicht illegal?«, fragte Rachel.

»Theoretisch ja«, antwortete Mutter.

»Theoretisch illegal? Was soll das denn bedeuten?« Die Unterhaltung begann Rachel Spaß zu machen. Es war wunderbar, wenn man etwas fand, worüber Mutter nicht reden wollte. »Ich dachte, etwas ist entweder legal oder es ist illegal – oder nicht?«

Sie hatten die Stadtgrenze von Sandy Bottom erreicht

und ein langes, gerades Stück Landstraße zwischen ausgedehnten Mais- und Sojafeldern lag vor ihnen. Mutter gab Gas.

»Mein Liebes«, sagte sie. »Es gibt in Wisconsin ein paar Kleinstädte, die sich gern ein bisschen Geld damit verdienen, dass sie einen Polizisten sich im Feld verstecken lassen an der Stelle, wo die Geschwindigkeitsbegrenzung nicht bei fünfzig, sondern schon bei dreißig Meilen liegt, und dieser Polizist schießt Autofahrer ab, als wären es Tauben im Park. Dieses Kästchen ist schlicht und einfach eine kugelsichere Weste für Tauben, das ist alles.«

Sie näherten sich einem großen Buick, an dessen Steuer ein kleiner alter Mann saß, der kaum übers Lenkrad schauen konnte und mit fünfundvierzig Meilen die Stunde dahinfuhr. Mutter zog an ihm vorbei ohne vom Gas zu gehen. Sie fuhr jetzt fast siebzig. Als Nächstes überholten sie einen Traktor, der eine Düngerstreumaschine hinter sich herschleppte, und einen alten grünen Transporter mit einem Aufkleber, auf dem stand: ÜBERHOLEN SIE RUHIG – ICH KAUFE IHREN SCHROTT AUF. Hinter dem Steuer saß ein Mann mit langem Pferdeschwanz, der ihnen zuwinkte, als sie vorbeifuhren.

»Wetten, dass der aus dieser alten Hippiekommune drüben bei Sunrise ist«, sagte Mutter. »Nette Leute, aber ehrlich gesagt habe ich dieses ganze Kommunenwesen nie verstanden. All die gescheiten Leute, die nicht die geringste Ahnung von Landwirtschaft oder Schreinerei hatten und auf einmal versuchten organischen Anbau auf schlechtem Boden zu betreiben und in ärmlichen Hütten ohne Heizung und warmes Wasser hausten. Die meisten Gruppen waren nach kurzer Zeit zerstritten und lösten sich auf ohne irgendein konkretes Ergebnis. Aber sie waren Idealisten, das muss man ihnen zugute halten.«

»Wo wir gerade von Idealisten sprechen«, warf Rachel ein. Mutter stöhnte. »Findest du nicht«, fuhr Rachel unbeirrt fort, »dass jemand, der mit einem Gesetz unzufrieden ist, versuchen sollte das Gesetz zu ändern anstatt es einfach zu ignorieren?«

»Mein liebes Kind«, sagte Mutter, »die Geschwindigkeitsbegrenzungen von Wisconsin sind wie das Schulsystem – sie zielen auf den kleinsten gemeinsamen Nenner ab. Es sind Geschwindigkeiten für Leute, die nicht mehr alle beisammenhaben. Jeder Mensch mit normalem Reaktionsvermögen und einiger Erfahrung kann locker mit höherer Geschwindigkeit fahren.«

»Gilt das dann auch für mich, wenn ich anfange zu fahren?«

Mutter seufzte, nahm den Fuß vom Gas und der Tacho sank langsam auf siebzig, fünfundsechzig, sechzig. »Lass uns von etwas anderem reden«, sagte sie.

Rachel hätte gern nach Interlochen gefragt, aber sie wollte nicht gern verletzt oder vorwurfsvoll klingen und Mutter völlig in die Defensive treiben oder beunruhigen, also redeten sie stattdessen über Mozart und ihre Lieblingswerke von ihm. »Sein *Ave Verum* – glaub mir«, sagte Mutter, »wenn meine Leute im Chor den Mund aufmachen und das *Ave* singen, schmelze ich dahin. Selbst wenn einige falsch singen, hab ich Tränen in den Augen.«

Sie kamen zwanzig Minuten zu früh in Oshkosh an. Mutter parkte vor der Musikschule, ging mit hinein und schrieb im Büro einen Scheck für die nächsten zwei Unterrichtsstunden aus. »In etwa einer Stunde bin ich wieder hier«, sagte sie. »Und nachher will ich beim Streicherensemble zuhören.«

Rachel wartete im Gang auf Mr. Amidore, und als sie gerade ihre Geige aus dem Kasten nahm, kam Scott Miller mit seinem Cello hereinspaziert und grinste sie an.

»Hallo, Scott. Du hast ein neues Cello, stimmt's?«, sagte sie. »Mensch, sieht das schön aus! Ist es viel besser als dein altes?«

»Mir kommt es zumindest so vor«, sagte er. Er hielt das Cello ans Licht, damit sie es besser ansehen konnte. Er zupfte die Saiten. »Niemand weiß genau, wer es gebaut hat, aber es stammt aus Italien, aus dem neunzehnten Jahrhundert und hat einen ganz vollen, warmen Klang. Es spielt sich praktisch von selbst.«

Dann sah er kurz den Gang hinauf und hinunter, beugte sich vor und sagte: »Ich habe gehört, dass du fürs Sommerorchester engagiert worden bist. Stimmt das?« Rachel nickte. »Ich auch«, sagte er.

»Du auch?!«, schrie sie fast und wurde gleich rot. »Ich meine, es war ja klar, dass sie dich nehmen würden, wo du doch so gut bist. Toll! Ich kann es kaum noch erwarten.«

Scott sagte: »Es wird interessant sein, mit so vielen unterschiedlichen Typen zu spielen. Bei den Cellisten soll einer dabei sein, der immer nach Fisch riecht und beim Spielen mitsummt. Er färbt sein Haar schwarz, aber im

Licht sieht es angeblich violett aus. Er raucht gern kleine schwarze Zigarren und trinkt Portwein aus einem Flachmann. Und er nennt jeden Schätzchen – außer man ist noch keine vierzig, dann sagt er ›mein Kind‹. Ich glaube, die Musiker sind alle aus Milwaukee. Oder aus Madison. Sie werden uns wahrscheinlich für ein paar Hinterwäldler halten.«

»Na und?«, antwortete Rachel. »Das ist ihr Problem, nicht unseres.« Sobald sie es ausgesprochen hatte, dachte sie: Vorsicht – Mutteralarm. Du klingst schon gerade so wie sie.

»Es war nur Spaß«, sagte Scott. Er ging ein paar Schritte zur Seite. Hoffentlich hatte sie ihn nicht verletzt. Manchmal rutschte ihr die Zunge aus und dann war sie ihrer Mutter allzu ähnlich, zu direkt, gerade so, wie wenn Mutter zu einem Sopran im Chor sagte: »Sie singen falsch«, und nicht, wie ein anderer an ihrer Stelle vielleicht sagen würde: »Tut mir Leid, vielleicht liegt es an mir, aber ich frage mich, ob es nicht gut wäre, wenn ein paar von uns den letzten Ton noch mal überprüfen könnten, damit wir ihn auch ganz sicher in der Mitte und nicht irgendwo am Rand treffen – okay?« Manche Leute würden es so ausdrücken. Mutter sagte einfach: »Sie singen falsch«, weil es auch so war, keine Frage. Falsch ist falsch. Aber wenn die Sopranistin gekränkt war, wenn sie die Direktheit als feindselig empfand, dann sollte man doch lieber diplomatisch sein, oder?

Rachel wartete darauf, dass Mr. Amidore die Stunde, die um zehn begonnen hatte, beendete. Sie hielt ihre Geige wie eine Gitarre und zupfte *Old MacDonald Had a Farm* in Oktaven. Scott Miller war so nett und freundlich – sie konnte es noch gar nicht fassen, dass sie zusammen im Sommerorchester spielen würden! Aber warum er sich wohl Gedanken darüber machte, dass jemand ihn für einen Provinzler halten könnte? Und falls jemand das wirklich tat – na wenn schon! Es kam doch nur darauf an, wie man spielte. Das war das Großartige an der Musik, man konnte immer einen guten Spieler von einem schlechten unterscheiden, ohne jeden Zweifel. Schon nach zwei Minuten konnte man sagen, ob jemand wirklich spielen konnte oder ob er nur so tat – wenn man aber gut spielte, dann war es völlig egal, ob einem die Haare zu Berge oder die Ohren abstanden, dann war man einfach ein Musiker.

Um elf Uhr flog die Tür auf und ein Junge mit einer blonden Mähne kam mit hängendem Kopf heraus, den Geigenkasten schlaff in der linken Hand. Schniefend nahm er seine Jacke vom Haken. »Bis nächste Woche, Josh«, sagte Mr. Amidore. Er sah Rachel an, die Lippen zusammengepresst, die Augen schmal. »Komm herein, Rachel.« Er drehte sich um. Der Junge sah ihm hinterher, verzog das Gesicht und streckte die Zunge heraus.

»Fettes altes Schwein«, murmelte er.

Von Zeit zu Zeit hatte Mr. Amidore einen Anfall von schlechter Laune. Dann nörgelte er herum, weil man angeblich die Geige verkehrt hielt, hielt es nicht für nötig, einen zu loben, wenn man gut spielte, und wenn man Fehler machte, riss er einem bald den Kopf ab. Heute war anscheinend so ein Tag.

Rachel war ganz aufgeregt gewesen bei dem Gedanken, ihren Lehrer damit zu überraschen, wie gut sie das Mozartkonzert spielen konnte, aber nun überkamen sie Zweifel. Sie nahm ihren Platz beim Fenster ein, wo ein paar Sonnenstrahlen auf den Fußboden fielen. Mr. Amidore schlug auf dem Klavier das A an und Rachel stimmte ihre Geige. Mit großen Schritten ging er im Zimmer auf und ab, er räusperte sich, putzte sich die Nase. Heute fragte er nicht nach ihren Eltern; er schien andere Dinge im Kopf zu haben.

Er ließ sie ein paar Tonleitern spielen und sagte dann: »Gut, das reicht, nun lass mich hören, wie du mit dem Mozart zurechtgekommen bist. Hoffentlich besser als Josh mit seinem Vivaldi. Der Junge übt überhaupt nicht und dann kommt er her und reißt das Stück irgendwie herunter, trampelt geradezu darauf herum, verschwendet meine Zeit. Aber wenn ich ihm dann was sage, bricht er zusammen. Ach was, lass schon hören.«

Sie lächelte ihn sanft an. »Mr. Amidore, ich wollte mich noch bei Ihnen bedanken, dass Sie mich für das Sommerorchester empfohlen haben. Man hat mich angerufen und eingeladen bei den Konzerten mitzuspielen. Ich bin so glücklich. Vielen Dank!«

»Keine Ursache, gern geschehen«, antwortete er, »aber jetzt zu Mozart.«

Rachel stellte ihre Noten auf den Notenständer, öffnete sie aber nicht. Sie hatte sich gedacht, dass Mr. Amidore bestimmt beeindruckt sein würde, dass sie den ersten Satz bereits auswendig spielen konnte. Sie hob den Bogen und begann zu spielen, wurde aber sofort unterbrochen. »Was soll denn das sein? John Philip Sousa? Fang noch einmal an.«

Sie legte den Bogen auf die Saiten und spielte die Phrase etwas sanfter.

»So nicht! Lauter!«

Sie spielte sie lauter und fuhr dann fort. Aus dem Augenwinkel sah sie, wie er den Kopf schüttelte, spielte aber weiter. Auf einmal hielt sie inne. Ihr Kopf war leer. Was kam als Nächstes? An welcher Stelle war sie? Sie versuchte noch einmal neu zu beginnen, aber wieder war da diese Leere in ihrem Kopf und ihre Finger wurden steif.

»Was ist los mit dir? Spiel!« Mr. Amidore kam zu ihr hinüber. »Aha! Warum sind deine Noten geschlossen? Du kennst das Stück doch noch gar nicht. Noch mal von Anfang an!« Er öffnete die Partitur auf der ersten Seite und stieß mit dem Finger auf den ersten Takt.

Rachel wünschte, er würde etwas leiser sprechen und nicht so dicht hinter ihr stehen. Sie konnte ihn seufzen hören und außerdem roch sein Rasierwasser so penetrant. Sie fing noch einmal an und schaffte es bis zum Ende der Phrase, dann packte er ihr Handgelenk, dass der Bogen kreischend über die Saiten rutschte. »Großer Gott, wie hältst du eigentlich den Bogen? Habe *ich* dir etwa beigebracht dich so am Bogen festzuklammern? Wie ein Falke, der eine tote Ratte in den Klauen hält? Doch wohl nicht! Sieh doch nur selbst, wie steif deine Finger sind, und deine rechte Schulter ist völlig krumm! Wie eine Hexe siehst du aus! Unmöglich, so kannst du doch nicht spielen! Eine sterbende Mücke bringt noch mehr Klang hervor als du! Schau her: So ist es richtig.«

Mr. Amidore nahm ihren Bogen und machte es ihr vor. Es sah auch nicht anders aus als das, was sie gemacht hatte, dachte Rachel.

»Okay, fang noch mal an, aber dieses Mal schaust du in deine Noten. Du kannst doch nichts auswendig lernen, was du noch nicht einmal spielen kannst.«

Rachel spielte. Mr. Amidore rang die Hände. »Schau dich doch nur an! Der Bogen wedelt nur so herum, geradeso gut könnte man mit nassen Spaghetti spielen. So schaffst du nie ein ordentliches Spiccato! Spiccato! Weißt du überhaupt, was das bedeutet? Das heißt, dass der Bogen auf den Saiten springt. Er darf nicht an den Saiten kleben! Du musst ihn springen lassen!« Seufzend wandte er sich ab. Rachel nahm noch einmal den Bogen hoch und spielte und dieses Mal erlaubte er ihr den Satz zu Ende zu bringen. Dann ließ er sich neben einem Stoß Noten auf das Sofa fallen und seufzte wieder.

»Hast du dieses Konzert schon einmal gehört? Bestimmt hast du das und trotzdem spielst du es, als wäre es von Brahms. Das hier ist Mozart. Leicht, elegant, jugendlich, unschuldig – nicht irgendein großes romantisches Konzert, bei dem man schon mal über die Saiten rutschen darf. Und was sollte dieses Katzenvibrato?«

Tränen der Demütigung stiegen in Rachel auf, aber sie zwinkerte ein Mal und schaffte es, sie zurückzudrängen.

Mr. Amidore sah sie traurig an. »Bin ich zu streng mit dir? Es tut mir Leid, aber Geige zu spielen ist nicht einfach.

Du musst bereit sein zu arbeiten. Es ist ein Privileg, Musiker zu sein, und es erfordert Begabung, Feingefühl, Stil und Intelligenz. Es ist nicht wie Radfahren – das kann man auch einem Schimpansen beibringen. Wenn du nicht bereit bist hart zu arbeiten, dann ist es besser, jetzt gleich Schluss zu machen, steck es auf, vergiss es. Verschwende nicht deine Zeit und auch nicht die meine.«

Rachels Hals fühlte sich eng und wund an. Sie sagte kein Wort. War dies noch derselbe Mr. Amidore, der sie so gern mochte, der ihr half und ihr sagte, wie gut sie ihre Sache machte? Vielleicht hatte sie ja wirklich kein Talent, vielleicht konnte sie kein Spiccato spielen und ihr Vibrato war hässlich, vielleicht vergeudete sie ja tatsächlich seine Zeit und sollte lieber lernen Softball zu spielen, mit Jungen zu reden und beliebt zu sein.

Zweimal musste Mr. Amidore seinen Satz sagen, bevor sie ihn hörte: »Spiel einfach ganz langsam eine Tonleiter, aber dieses Mal ohne dich am Bogen festzukrallen.« Sie versuchte es, aber ihre Hand zitterte und der Bogen fühlte sich völlig fremd an. Das hier war gar kein Geigenbogen mehr, es war ein Hockeyschläger, ein Ast von einem Baum, eine Keule – und sie war gezwungen dieses Ding auf die denkbar ungeeignetste Weise zu halten.

Während sie spielte, ermahnte er sie unablässig: »Entspann dich, lockere deine Finger!«

Aber ihre Finger fühlten sich feucht und rutschig an vom Schweiß und schließlich glitt ihr der Bogen aus der Hand und fiel zu Boden. Ohne ein Wort zu sagen hob Mr. Amidore den Bogen auf und reichte ihn ihr.

Diese Stunde zog sich sehr lang hin. Schweigend legte Rachel die Geige in den Kasten. Jetzt kann ich nicht einmal mehr einen Bogen halten, dachte sie. Sie werden mich zurückschicken müssen in die Klasse der Vierjährigen, wo ich *Twinkle, Twinkle, Little Star* lernen darf.

Als sie die Tür hinter sich schloss, hörte sie Mr. Amidore sagen: »Es tut mir Leid, wenn ich zu streng mit dir war, verzeih.« Dann war die Tür zu und die Tränen schossen ihr aus den Augen. Zum Glück lag der Flur verlassen da. Sie rannte direkt zum Waschraum und in eine der Toiletten. Sie verriegelte die Tür und dann stand sie da und weinte. Auf einmal hörte sie aus der Toilette nebenan ein Schluchzen.

»Was ist los?«, fragte sie.

Eine zitternde Mädchenstimme antwortete: »Ich habe heute wirklich schlecht gespielt und jetzt lassen sie mich nicht beim Vorspielen im Sommer mitmachen und meine Mutter wird sauer sein.«

»Was spielst du denn?«

»Klarinette.«

»Und wie heißt du?«

»Melanie.«

Rachel nahm ihre Geige, verließ die Toilette, legte den Geigenkasten auf einen Sims und wusch sich die Hände. Dann ließ sie kaltes Wasser über ein Papiertuch laufen und legte es sich über die Augen. »Komm raus und wasch dein Gesicht, Melanie. Dann fühlst du dich gleich besser«, sagte sie.

Das Mädchen schlüpfte aus der Toilette, stellte sich an

das zweite Waschbecken, drehte das kalte Wasser an, beugte sich hinunter und spritzte sich Wasser ins Gesicht.

»Weißt du, Melanie, du hast deswegen schlecht gespielt, weil du so schnell Fortschritte machst, dass es dir schwer fällt, immer dein eigenes Niveau zu halten.«

Das Mädchen sah zu ihr auf, Tränen standen in den blauen Augen, der blonde Pony klebte feucht an der Stirn. »Glaubst du wirklich?«

»Ganz bestimmt«, antwortete Rachel. »Solange du auf demselben Niveau bleibst, wirst du dich immer gut anhören. Aber wenn du eine Menge Neues dazulernst, dann gerät dir vieles daneben. Dass du Fehler machst, zeigt nur, dass du besser wirst.«

Rachel wusste nicht, ob an dem, was sie sagte, viel Wahres war oder nicht, aber auf jeden Fall schien es Melanie gut zu tun. Sie lächelte und sagte: »Ich habe dich mal bei den Streichern spielen hören. Du bist wirklich gut.«

»Danke«, sagte Rachel. »Aber als ich so alt war wie du, konnte ich noch fast gar nicht spielen. Lieber Himmel, wenn man mit der Geige anfängt, bringt man so grässliche Töne hervor, dass sich jeder Watte in die Ohren stopft. Wenn man eine Stunde lang geübt hat und dann nach unten kommt, stellt man fest, dass die ganze Familie in den Keller geflüchtet ist.«

Melanie lachte. Rachel lieh ihr ihren Kamm, Melanie kämmte sich die Ponyfransen und die beiden gingen zusammen auf den Flur hinaus. Mutter wartete bereits in der Eingangshalle. Sie lächelte Melanie an, und als das kleine Mädchen weitergegangen war, flüsterte sie Rachel zu: »Ich brauche eine Zigarette. Mr. Amidore raucht doch, oder?«

»Ja, aber ich kann ihn unmöglich fragen, die Stunde heute war nicht so toll.«

»Oh«, sagte Mutter nur.

Im Streicherensemble machte es Spaß. Sie spielten eine Bearbeitung von Bagatellen von Dvořák. Scott und Rachel saßen einander gegenüber, und wenn sie zu ihm hinübersah, trafen sich ihre Blicke und er lächelte. Mr. Amidore spielte mit ihnen. Er saß neben Rachel und es gab keine Vorträge darüber, wie der Bogen zu halten sei oder wie sich das Stück anhören sollte. Sie spielten es einfach von Anfang bis Ende durch. Und nach der ersten Bagatelle sahen sich alle um, lächelten einander an und Mr. Amidore schaute zu den Geigern und sagte: »Bravo!«

Als Mr. Amidore Rachels Mutter sah, sagte er: »Mrs. Green! Es gibt eine Klavierbegleitung zu diesem Stück!«, und Mutter kam nach vorn, setzte sich völlig unbefangen an den großen Steinway-Flügel und schlug die Noten auf. Dann sagte Mr. Amidore: »Fangen wir an!« Er gab einen kräftigen Einsatz mit dem Kopf und sie spielten die zweite Bagatelle, eine Melodie von süßer Traurigkeit, die Rachel an den Oktober denken ließ mit den großen Laubfeuern, um die die Menschen frierend herumstanden, während sie zusahen, wie die Funken zu den Sternen emporflogen. Das Stück klang so schön, dass sie wünschte, es würde nie aufhören.

Das tat es aber doch und Mr. Amidore blätterte um und saß ganz still da. Rachel dachte, er würde jetzt vielleicht etwas über Dvořák sagen und darüber, wie er zu spielen sei, und vielleicht Mike am Kontrabass sagen, er habe ein wenig zu schnell gespielt, aber Mr. Amidore schien es einfach zu genießen, mit ihnen zu spielen. Er hob den Bogen, beugte sich vor und schon ging es mit einem Walzer weiter.

»Ich habe nicht gewusst«, sagte Rachel auf dem Heimweg zu Mutter, »dass es in der Musik so viele Höhen und Tiefen gibt. Einen Tag denkst du, du spielst wirklich gut, und am nächsten Tag ist es nur Schrott.« Mutter murmelte etwas.

»Es wäre schön«, fuhr Rachel fort, »wenn man mal dahin käme, dass man einfach gleich bleibend gut spielt.«

Der Wagen brauste zwischen umgepflügten Feldern hindurch. Sie gehörten zu einer Gärtnerei, die auf Fertigrasen spezialisiert war. Einige Flächen waren ausgehoben worden und man hatte frische Erde aufgetragen, um neu aussäen zu können. Hinter einer Kurve tauchten die Überreste einer stillgelegten Tankstelle auf, dann fuhren sie eine Weile zwischen Birken- und Kiefernwäldern hindurch. Das Radarwarngerät stand wieder auf dem Armaturenbrett, das rote Licht leuchtete.

»Kann ich dich etwas fragen?«, sagte Rachel zu Mutter.

»*Darf* ich dich etwas fragen, meinst du wohl. Worum geht es?«

»Seid ihr eigentlich glücklich, Daddy und du? Ich meine, seid ihr froh, dass ihr miteinander verheiratet seid?«

»Natürlich sind wir das!« Mutter sah Rachel von der Seite an.

»Gibt es dann vielleicht mit mir ein Problem?«

»Was für ein Problem meinst du denn?«

Rachel war eine Weile still. Sie musste genau überlegen, wie sie die Antwort formulieren sollte. Schließlich sagte sie: »Ich weiß, dass es nicht richtig ist, Briefe zu lesen, die an einen anderen adressiert sind, aber kürzlich sah ich diesen Umschlag von Interlochen, und da er geöffnet war und nicht nach einem persönlichen Brief aussah, habe ich hineingeschaut und das Bewerbungsformular für die Akademie gesehen. Und seitdem frage ich mich, warum ihr wollt, dass ich dorthin gehe.«

Der Wagen schlingerte kurz über den Mittelstreifen. »Rachel, mein Liebes! Es hat absolut nichts damit zu tun, dass es irgendein Problem mit dir gäbe oder eines zwischen deinem Vater und mir. Interlochen ist einfach eine Schule für musisch begabte Kinder, das ist alles. Wir haben uns gedacht, wir sollten sie wenigstens in Betracht ziehen. Uns darüber unterhalten, darüber nachdenken, eine Entscheidung treffen. Mehr steckt nicht dahinter. Und du hast geglaubt, wir wollten dich loswerden? Schätzchen!«, Mutter nahm Rachels Hand, »du bist doch der liebste Mensch, den man sich denken kann!«

»Erzähl mir von dieser Schule«, sagte Rachel. »Und fahr nicht so schnell!« Sie betätigte den Schalter des Radarwarngeräts, das mit einem traurigen, ersterbenden Pfeifton ausging.

Mutter sprach darüber, warum sie auf die Schulen im Distrikt von Sandy Bottom so schlecht zu sprechen war. An allen Ecken und Enden wurde gekürzt, die Musikstunden wurden gestrichen, der Kunstunterricht, außerdem Spanisch und Latein, Analysis und Trigonometrie, und das sei nichts anderes, als würde man die zwei Drittel des Grand Canyon, die die meisten Touristen ohnehin nie betreten, einfach verkaufen und so aus dem Grand Canyon einen Okay Canyon oder einen Medium Canyon machen.

»Für mich hat diese Schule einfach kein Leben«, sagte Mutter. »So viele gestörte oder gelangweilte Kinder, so viele überarbeitete oder schlichtweg auch unfähige Lehrer. Ich bin gerne bereit zu kämpfen und manchmal gewinne ich ja sogar. Aber den Kampf, der uns jetzt bevorsteht, den kann ich nicht gewinnen, Liebes. In dem geht es nämlich um Computer. Alle lieben Computer. Vor allem der Schulvorstand. Im Vergleich zu dem, was ein Lehrer kostet, sind Computer billig, billig, billig. Also setzt man die Kinder vor die Mattscheibe, schließt sie ans Internet an und wirft ihnen einen Haufen Lernprogramme hin. Die Kinder sind beschäftigt, sie sind ein paar Stunden still und alle sind glücklich. Das Problem ist nur, dass der Computer den Kindern nicht wirklich etwas beibringt. Er produziert nur lauter kleine Testlöser und Punktesammler. Aber hier«, Mutter pochte mit dem Finger auf ihr Herz, »hier ist gar nichts. Keine Seele.«

»Ich denke«, fuhr sie fort, »du hast etwas Besseres verdient. Eine Schule, in der du du selbst sein kannst, wo du Musik machen kannst ohne dir Sorgen darüber zu machen, dass irgendwer dich für eingebildet hält, nur weil du manchmal eine Fiedel unterm Kinn hast.«

Die Straße verlief nun am Fluss entlang und gleich vor

ihnen lag Sandy Bottom. Da waren der Wasserturm, der die Bäume weit überragte, der Turm der methodistischen Zionskirche, die Kuppel der katholischen Kirche, der Wasserspeicher oben auf dem Molkereigebäude. Ein Mann stand im Fluss und angelte, neben ihm standen ein Junge und ein Hund und ein kleines Stück weiter, dort, wo der Fluss oberhalb des alten Dammes breiter wurde, sah man einen Jungen, der sich an einem langen Seil festhielt und in einem weiten Bogen über das Wasser flog. Dann, am Ende des Bogens, ließ er los, streckte Arme und Beine. Der Körper, nackt und weiß, schien kurz in der Luft zu verharren, bevor er mit einem gewaltigen Platschen in den Fluss stürzte. Nun fuhr Mutter langsamer. Sie passierten die Gärtnerei, wo sie oft frisches Gemüse einkaufte, vor allem Mais, Tomaten und Spargel. Dahinter begann schon die Allee, man sah die ersten Vorgärten und die kleinen Holzhäuser der Stadt mit ihren Schnitzereien.

»Warum soll ich nicht weiter bei Mr. Amidore Unterricht nehmen?«, fragte Rachel. »Findest du ihn nicht gut?«

»Doch, natürlich«, antwortete Mutter. »Aber es reicht nicht, einmal die Woche nach Oshkosh zu fahren. Und wenn ich sehe, wie glücklich du im Streicherensemble bist, dann wünschte ich mir einfach, du könntest jeden Tag so glücklich sein und nicht nur samstags.«

»Aber mir gefällt es in Sandy Bottom«, sagte Rachel.

»In Ordnung«, sagte Mutter. »Mir gefällt es ja auch, manchmal.«

Aber noch während Rachel sagte, dass es ihr in Sandy Bottom gefiele, dachte sie: Stimmt das eigentlich? Oder habe ich nur Angst davor, es loszulassen? Emily Dickinson hat auch nicht ihr ganzes Leben in Amherst verbracht. Sie hat eine Weile in Washington gelebt, sie hat Boston und Philadelphia gesehen und ist herumgekommen, und als sie dann nach Amherst zurückkehrte, war es ihr vertrauter, eben weil sie fort gewesen war.

»Die Entscheidung liegt natürlich bei dir«, sagte Mutter. »Daddy und ich würden dich niemals wegschicken, solange du selbst nicht gehen möchtest. Und selbstverständlich würden wir dich dort besuchen, so weit ist es ja nicht. Aber zunächst wollten wir ja auch nur mal darüber nachdenken. Ich hatte das Thema erst nach dem vierten Juli auf den Tisch bringen wollen, wenn wieder etwas mehr Ruhe bei uns eingekehrt ist.«

Rachel fühlte sich besser. Sie fuhren durch die Hauptstraße, vorbei am Park und seinem Orchesterpavillon, und bogen dann in die Prairie Avenue ein. »Ich hab dich lieb«, sagte Rachel.

Mutter sah zu ihr herüber und lächelte ihr schönes Lächeln. »Ich dich auch!«

Als sie in die Einfahrt einbogen, stand Daddy im Bademantel an der Terrassentür und sah ganz elend aus. »Nun, wie geht es dem Patienten?«, fragte Mutter.

»In der Waschmaschine liegt ein totes Backenhörnchen«, sagte Daddy. »Würde es dir etwas ausmachen, dich darum zu kümmern?«

Also holte Mutter eine Zange und einen Müllbeutel und ging nach unten, um das Tierchen herauszuholen. Daddy hatte nicht die Nerven für so etwas. Er ging in sein Zimmer und schloss die Tür und gleich darauf ertönte die große, hymnenartige Eröffnung von Tschaikowskys Streicherserenade. Rachel ging nach oben und nahm sich das Mozartkonzert vor, aber sie war müde und konnte sich nicht konzentrieren, nichts schien ihr zu gelingen. Ihre Finger fühlten sich an wie ausgeleierte Gummibänder und die schwierigen Passagen kamen ihr noch schwerer zu spielen vor. Sie spielte den schnellen, dahinjagenden Part, der bis zum hohen A hinaufging, probierte es immer wieder von neuem und schaffte es doch nicht. Dann nahm sie sich eine einfache Passage vor, die langsam und melodisch war, aber auch sie klang irgendwie nicht richtig. Ihr Spiel kam ihr langweilig und leblos vor.

Rachel hörte auf und legte die Geige in den Kasten ohne sich die Mühe zu machen, das Kolophonium von den Saiten zu wischen. Mr. Amidore hatte ihr einmal gesagt, als er guter Laune gewesen war: »Wenn es nach einer halben Stunde nicht klappt, mach eine Pause. Man kann es nicht erzwingen.« Sie ging nach unten. Mutter war in der Küche und rauchte.

»Keine schöne Art zu sterben«, sagte sie. »In einer Waschmaschine. Es hat Löcher in Daddys Hemd gebissen, aber besonders nahrhaft ist so ein Hemd ja auch nicht gerade.«

»Iiiiih!«, sagte Rachel. »Wo hast du es hingetan?«

»Ich hab ihm ein Loch gegraben, dort, wo früher die Rosen wuchsen.«

Rachel wählte Carols Nummer. Angie war am Apparat und sagte, dass Carol bei Valerie sei.

»Hast du Valeries Nummer oder soll ich sie dir raussuchen?«

»Nein danke, ich hab sie«, sagte Rachel.

»Ich hab dich in letzter Zeit kaum gesehen. Wie geht's dir denn?«

»Danke, gut.«

Rachel ging wieder in ihr Zimmer, nahm einen Bogen von dem blauen Briefpapier mit dem Veilchenrand und schrieb: »Liebe Phoebe!« Dann saß sie da, kaute an ihrem Stift und lauschte dem Wind in den Bäumen. In der Ferne hörte man das Brummen eines Rasenmähers und das Lachen eines Fernsehpublikums.

»Heute hatten wir ein totes Backenhörnchen in unserer Waschmaschine, ein weiteres Abenteuer in der Greenschen Familiensaga«, schrieb sie. Dann zerknüllte sie den Bogen, warf ihn weg und nahm einen neuen.

Liebe Phoebe!
Heute war ein friedlicher Tag in Sandy Bottom. Etwas hat sich verändert in meinem Leben. Ich bin mir zwar noch nicht sicher, was, aber es fühlt sich gut an. Hättest du mich gestern gefragt, dann hätte ich gesagt, dass dieses Jahr der Sommer nicht gerade viel versprechend ist, aber heute denke ich, er könnte ganz toll werden. Mutter ist beschäftigt und Vater ebenfalls, seit er beschlossen hat Leonard Bernstein zu werden. Habe ich dir das schon erzählt? Der Dirigent, der das Konzert am vierten Juli dirigieren sollte, hat einen Rückzieher gemacht und nun hat Daddy

sich freiwillig als Ersatz angeboten. Zum Glück hat er das alleinige Sagen, so dass er vor keiner Kommission Rechenschaft ablegen muss über seine Fähigkeiten als Dirigent. Er braucht nichts weiter tun als einen Stock zu nehmen und damit zu winken. Außerdem (es kommt noch besser) – rate mal, wer im Orchester bei den Geigern sitzen, seinen kleinen Bogen hochhalten und auf Daddys Einsatz warten wird? Genau. Moi. Die Midori des Mittleren Westens. (Obwohl ich heute Morgen ums Verrecken keine Tonleiter spielen konnte. Ich habe den Bogen gehalten wie ein Klempner den Taucher und habe Mozart gespielt, als wollte ich ihn zersägen.) Aber dafür hat Scott mit mir geredet, der Junge, von dem ich dir geschrieben habe, Mr. Cello, und er hat mir erzählt, dass er im selben Orchester wie ich spielen wird! Nicht schlecht, oder? Ich bin ganz schön verrückt nach ihm und wünschte mir, er würde seinen Arm um mich legen oder mich küssen. (Wie kriegt man sie dazu, das zu tun?) Aber das ist nicht der Grund, weswegen ich meine Meinung über den Sommer geändert habe. Seit Wochen habe ich gejammert und mir die Augen aus dem Kopf geheult wegen meiner besten Freundin, Carol, weil wir eben nicht mehr beste Freundinnen sind, aber heute habe ich einfach damit aufgehört. Wir sind nicht sauer aufeinander oder sonst was, wir sind nur einfach nicht mehr dicke Freunde und ich habe beschlossen deswegen nicht mehr traurig zu sein, sondern einfach abzuwarten, ob nicht irgendetwas anderes geschieht.

Ich hoffe, ich nerve dich nicht mit meinen vielen Briefen, denk daran: DU MUSST NICHT ANTWORTEN! Hoffentlich macht es dir weiter Spaß, Angst & Leere zu verkaufen.

Tausend liebe Grüße
Rachel

PS: Könntest du dir mich in einem Internat vorstellen? Nicht in einem von diesen grausamen, über die man in englischen Romanen liest, sondern in einem, wo dauernd Musik gemacht wird.

Der Garten

Am Sonntagmorgen blieb Daddy im Bett und Mutter brachte ihm eine Kanne Pfefferminztee, ein Brötchen ohne Butter und Pfirsichschnitze. »Es geht ihm schon wieder besser«, sagte sie zu Rachel. »Es sind nur die Nerven. Morgen ist er wieder Prinz Eisenherz persönlich, den nichts aus der Ruhe bringen kann. Es war das Gleiche, als er die Entscheidung treffen musste, ob er eine halbe Million Dollar Schulden machen sollte, um mit der Produktion von Joghurt anzufangen, erinnerst du dich noch? Er kam nach Hause, übergab sich und lag zwei Tage lang leichenblass im Bett. Dann stand er auf, ging in die Firma und war wieder der große Vorsitzende, der Kapitän am Steuerruder seines Schiffes.«

»Du meinst, der Gedanke an den vierten Juli macht ihn nervös?«

»Genau das.«

Mutter hatte sich schon ihre weite braune Tunika angezogen, die sie immer trug, wenn sie Orgel spielte. Ihre Orgelschuhe mit den weichen Sohlen steckten in einer Plastiktüte. Man brauchte weiche Schuhe, die sich gut um die Pedalen herumlegten, aber die Sohlen mussten rau genug sein, um nicht wie Strümpfe von den Pedalen abzurutschen. Und so laut, wie Mutter manchmal spielte, legte sie keinen gesteigerten Wert darauf, sich zu verspielen. *Die* Freude wollte sie Bürgermeister Broadbent nun doch nicht machen, hören zu dürfen, wie sie plötzlich einen schrillen Ton auf der Orgel hervorbrachte.

»Vielleicht gehe ich mit zur Kirche«, sagte Rachel.

»Dann aber schnell«, antwortete Mutter. Rachel sprang auf, stellte ihr Frühstücksgeschirr ins Spülbecken, rannte in ihr Zimmer und vertauschte Jeans und T-Shirt mit einem blauen Baumwollkleid mit weißen Blümchen. Sie streifte ein Paar braune Sandalen über, bürstete ihr Haar, rief Daddy noch schnell »Tschüs!« zu und schon war sie die Treppe hinuntergesaust und zur Tür hinaus, gerade als Mutter ins Auto stieg.

Die Fenster der Kirche waren geöffnet und ein angenehmer leichter Wind zog hindurch, der den Geruch von alten Eichenbänken und staubigen Kissen mit sich führte. Hoch über dem Altar befand sich ein schönes, rosenfarbenes Glasfenster und an den Seiten waren schmale, hohe Fenster mit Glasmalereien, die einige der Wunder Jesu darstellten: die Heilung der Kranken und der Blinden, eine Teufelsaustreibung, die Auferweckung des Lazarus von den Toten, die wunderbare Brotvermehrung, die Verwandlung von Wasser in Wein bei der Hochzeit zu Kana und die Szene, wie Jesus im Sturm über die Wellen des Sees Genezareth schreitet, während seine angsterfüllten Jünger vom Boot aus nach ihm greifen. Rachel saß auf der Orgelempore in der ersten Reihe, das Kinn auf die Brüstung gestützt, und sah zu, wie sich die Kirche nach und nach füllte. Die ersten Reihen blieben leer. In der fünften und sechsten Reihe saßen ein paar Leute, auf den mittleren Bänken waren es schon mehr und einige wenige saßen ganz hinten. Insgesamt zählte Rachel fünfzehn Besucher. Den Bürgermeister erkannte sie an seinem kahlen Schädel. Neben ihm saß mit schläfrig gesenktem Kopf seine Frau. Mr. Foster, der Leiter der Junior High School, hatte auf der anderen Seite des Gangs Platz genommen. Pastor Sykes saß auf einem großen, thronartigen Stuhl hinter der Kanzel. So waren Mutters Gegner alle schön vereint und lauschten einem getragenen Choralvorspiel von Bach.

Rachel und ihre Mutter waren allein auf der Empore – der Chor hatte Sommerpause – und während des Eröffnungsliedes war von unten kaum ein Laut zu hören. Mutter schlug ein flottes Tempo an. Sie spielte nicht schleppend, machte aber am Ende der Liedzeilen eine kleine Pause, um der Gemeinde Gelegenheit zu geben, Atem zu holen. Als Mutter noch eine gefeierte Pianistin an der Universität war und unter anderem als Solistin mit dem Sinfonieorchester von Milwaukee auftrat, hätte sie sich vermutlich nie träumen lassen eines Tages Kirchenlieder für ein Häufchen verschlafener Methodisten zu spielen. Aber so war es nun einmal und Phoebe hatte Recht: Mutter hatte das Beste daraus gemacht.

Pastor Sykes betrat die Kanzel. Von oben betrachtet sah er noch trauriger und abgeschlaffter aus als sonst. Über der Stirn wurde sein Haar langsam dünn und er hatte es sorgfältig nach vorn gekämmt, um die kahlen Stellen zu verdecken. Sein Gewand aus schwarzem Satin raschelte, als er hineingriff, um die Predigt herauszuholen, und das Mikrofon machte ein lautes, schnarrendes Geräusch, als er es ausrichtete. Sykes verzog schmerzlich das Gesicht. »Geliebte Gemeinde«, begann er. »In diesen Zeiten der schnellen Veränderungen, in denen wir uns befinden …«, und seine Stimme wurde zu einem gleichmäßigen Brummen, das an das Muhen entfernter Kühe erinnerte.

Es muss ihm doch heiß sein in diesem Gewand, dachte Rachel, mit dem Anzug darunter und dem hochgeknöpften weißen Hemd, und so eine öde Predigt zu halten ist bestimmt auch kein Vergnügen. Anschließend geht er nach Hause zu seiner leidenden Frau und isst Schmorbraten mit Kartoffeln. Und redet worüber? Worüber redeten der Pastor und seine Frau wohl beim Essen? Ob sie über die Greens sprachen? Diese schrecklichen Greens?

Na und wenn schon, dachte Rachel. Sollen sie doch. Es macht mir nichts aus, Leuten zur Unterhaltung zu dienen, wenn sie sonst kein Thema haben.

Und dann dachte sie: Das hat Mutter einmal gesagt und jetzt habe ich es als meinen eigenen Gedanken gedacht. Ich bin ihr schon ähnlicher, als mir bewusst war.

Mutter saß neben Rachel und las ein Buch mit Erzählungen von John Cheever, das sie leicht nach unten hielt, damit der Pastor es nicht sah. Das monotone Brummen seiner Stimme drang noch immer durch den Raum. Es war nicht die Stimme eines Mannes, der wirklich etwas zu sagen hatte und eine Botschaft überbringen wollte; sie erinnerte eher an ein Cello, das eine Reihe sehr ähnlicher Variationen in derselben Tonart ein ums andere Mal wiederholte. Es kam einem gar nicht so vor, als ob Pastor Sykes redete, es war eigentlich nur ein rhythmisches Pulsieren. Und dann war er mit einem Mal fertig. Mutter legte ihr Buch beiseite, glitt auf die Orgelbank und spielte *I Love to Tell the Story*.

Sobald Rachel nach Hause kam, rief sie bei Carol an, doch Angie sagte ihr, Carol sei schon beim Softballtraining. »Hast du es noch nicht gehört?«, fragte sie ganz aufgeregt. »Carol ist für die Mannschaft ausgewählt worden, die im Sommer an den Meisterschaften im ganzen Bundesstaat teilnimmt. Es ist eine große Ehre. Deswegen verschieben wir unsere Ferienreise auf August. Was wollt ihr eigentlich im Sommer machen? Fahrt ihr irgendwohin?«

»Wahrscheinlich nicht. Vielleicht besuchen wir meine Großeltern in Milwaukee. Aber ich bin engagiert worden, um diesen Sommer in einem Orchester mitzuspielen. Hab ich dir das schon erzählt?«

»Lieber Himmel, nein. Ist das wahr?« Angie schien erstaunt und erfreut und so erzählte Rachel ihr alles haarklein, wie viel sie verdiente und dass sie zu Konzerten nach Menomonie, Eau Claire und Oshkosh fahren würde und vor allem von ihrem Debüt als Orchestergeigerin am vierten Juli in Sandy Bottom.

»Und wir werden in der allerersten Reihe sitzen und uns die Hände wund klatschen!«, sagte Angie. »Wo wirst du denn sitzen? Und was ziehst du an? Ein Abendkleid?«

Rachel erklärte ihr, dass nur Sänger in eleganter Kleidung aufträten, während die Mitglieder des Orchesters grundsätzlich Schwarz trügen. Sie selbst, als neues Mitglied, würde vermutlich in der Abteilung der Geiger ganz hinten sitzen.

»Werden wir dich denn hören können?«, fragte Angie.

Rachel antwortete, dass sie inständig hoffe, dass das nicht passieren werde. »Nur wenn ich schrecklich falsch spiele, könnt ihr mich heraushören. Ansonsten hört ihr nur das Orchester als Ganzes und so soll es auch sein.«

Angie meinte, Carol würde vermutlich am vierten Juli am Eisstand im Park arbeiten, während sie und Fred es sich in ihren Liegestühlen auf der Wiese bequem machen und mit Fähnchen winken würden.

Nach dem Gespräch nahm Rachel ihre Geige heraus und übte eine Weile ihren Mozart. Langsam klappte es besser. Dann spielte sie Tonleitern, erst langsam, dann immer schneller. Nun noch eine Etüde – wie langweilig! Zwei ganze Seiten Spiccatos! Der Bogen fühlte sich schwer an. Vielleicht hatte sie ihre Grenze erreicht. Vielleicht würde sie nie besser spielen. Sie legte die Geige zurück in den Kasten, setzte sich auf den Bettrand, stützte die Ellbogen auf die Fensterbank und schaute hinaus in die Bäume. Ich wünschte, dachte sie, dass er mich in den Arm nimmt und ganz fest hält und mich auf den Mund küsst, ganz lange. Ich möchte, dass er mir zuflüstert, dass er in mich verliebt ist. Erst sagt er es zu mir, dann sage ich es zu ihm.

Eine Bewegung zwischen den Büschen drüben bei den Wymans erregte ihre Aufmerksamkeit. Es war Angie, die Himbeeren pflückte. Heute war sie ganz in Rot gewandet – rote Shorts, rot gestreiftes Hemd. Jemand müsste ihr mal was über Mode erzählen, dachte Rachel. Diese kräftige

Frau dürfte nicht so knallige Farben tragen. Aber andererseits war sie selbst wohl kaum die Geeignete, um anderen etwas über schickes Aussehen beizubringen.

Der Garten der Greens verwandelte sich täglich mehr in einen Dschungel. Wilder Wein überwucherte die Forsythiensträucher und war bereits dabei, sich um eine Fichte und die alte Eiche zu schlingen. Die Eiche war das einzige wirklich Schöne an diesem Garten. Unter ihren mächtigen Ästen kämpften zahllose Pflanzen in einem wilden Durcheinander ums Überleben. Alte Iris und Taglilien waren von Disteln überwachsen. Wo früher einmal ein Rasen gewesen war, hatten sich Quecken und Löwenzahn breit gemacht, der alte Steingarten war voller Unkraut. Und nun streckte der wilde Wein auch noch seine wuchernden Fühler nach der Eiche aus in der Hoffnung, den Zerfall dieser Pracht zu betreiben.

Das wäre eigentlich etwas, das ich heute tun könnte, dachte Rachel. Ich könnte eine Schere nehmen und die Weinranken abschneiden und dann die Beete sauber machen.

Einen hübschen Garten aus diesem Wildwuchs zu machen – wäre das nicht sehr italienisch? Wenn man in Florenz umherlief und durch die schmiedeeisernen Tore der ummauerten Grundstücke schaute, erblickte man kleine grüne Paradiesgärten mit sprudelnden Springbrunnen, mit Blumen und blühenden Rankpflanzen im Schatten eines majestätischen Baumes. Sie könnte doch hier bei sich einen italienischen Garten anlegen.

In der Garage war das Chaos nicht geringer als im Garten.

Die Gartenschere lag unter lauter Spinnweben in einer Kiste und war völlig eingestaubt und verrostet. Damit konnte man wohl kaum noch schneiden. Rachel wusste auch nicht, wie sie sie reinigen und schleifen konnte, also schlüpfte sie durch das Loch zwischen den Fliederbüschen. Da war auch schon Angie. »Hallo, Rachel«, rief sie und umarmte sie. Jedes Mal wenn man Angie traf, war es wie ein großes Wiedersehen. »Du, ich bin ja ganz aus dem Häuschen, wenn ich an das Konzert denke!«

»Ich auch.«

»Kannst du das glauben, dass Carols Mannschaft am Sonntag Training hat? Dieser neue Trainer, den sie jetzt haben – Junge, Junge. Der nimmt sie wirklich ran. Und wie geht es euch so? Ihr müsst wirklich in den nächsten Tagen mal abends zum Grillen rüberkommen.«

»Das wäre schön. Sag mal, Angie – könntest du mir eine Gartenschere leihen? Ich will den wilden Wein abschneiden.«

Natürlich hatte Angie genau das Richtige für Rachel. Erst gab sie ihr eine Handvoll Himbeeren und dann gingen sie zusammen in die Garage der Wymans. Es war wirklich eine Mustergarage – sauber, glänzend, blank gewischt, alle Werkzeuge an Haken oder säuberlich nebeneinander aufgestellt, und Angie nahm eine blinkende neue Schere vom Haken, eine Hacke zum Unkrautjäten und eine kleinere Schere. Außerdem noch ein Paar Handschuhe. »Die solltest du unbedingt anziehen, sonst hast du gleich Schwielen an den Händen«, sagte sie dazu.

»Danke«, sagte Rachel. »Tausend Dank, Angie.«

Rachel ging wieder durch den Flieder zurück. Sie schnitt jede Weinranke ab, die am Stamm der Eiche emporgewachsen war, und zog sie dann zwischen den Ästen hindurch nach unten. Manche waren an die sechs Meter lang und hatten große Blätter an den Enden. Als Nächstes versuchte sie die Forsythien zu retten, doch der Kampf schien von vornherein verloren. Von den Sträuchern war nichts mehr übrig als tote Äste, die einer Unzahl Weinranken Halt gaben. Also ging Rachel gleich weiter zum Steingarten, wo sie mit der Hacke die gewaltigen Wurzeln von Löwenzahn und Disteln ausgrub.

Neben dem Steingarten war eine freie, ebene Stelle, und als Rachel sie ansah, dachte sie, sie könnte doch einige der alten quadratischen Betonplatten vom Bürgersteig, die hinten an der Garage lehnten, dort hinlegen. Sie könnte eine Terrasse daraus machen, einen Tisch und Stühle aufstellen. Mittags säße man dann schön im Schatten der alten Eiche. Sie könnte ein paar große Steine auftürmen und einen Wasserschlauch zwischen ihnen verstecken und schon hätte sie einen Springbrunnen. Das Wasser würde zwischen den Steinen hindurchsickern in den Steingarten hinein und so die armen alten Pflanzen wässern, die sich dort inmitten des Dschungels in der ausgetrockneten Erde festklammerten. Das wäre doch absolut cool! Nachmittags könnte sie dort sitzen, der Springbrunnen würde gurgeln und plätschern, die Blumen blühten und ab und zu kämen Freunde vorbei, sähen sie dort und würden »Hallo, Rachel« rufen. Sie würde sie hineinwinken, sie könnten sich zu ihr setzen, jeder würde staunen, *wie schön* doch der

Garten sei, wie *prachtvoll* die Iris und *überhaupt die Begonien,* sie würde Limonade einschenken und ihre Besucher würden sagen: »Vielen Dank, sehr aufmerksam.« Wäre das nicht der Inbegriff eleganten Lebens? Man schafft einen schönen Ort und schon wollen alle Leute mit einem zusammen sein.

Rachel verbrachte den Rest des Nachmittags im Garten. Mutter kam heraus, um auf den Stufen vor der Gartentür zu rauchen. »Was treibst du denn hier draußen?«, fragte sie. »Ich habe gar nicht gewusst, dass du so gerne gärtnerst. Du kommst wohl nach deiner Großmutter.«

»Ich möchte einen italienischen Garten anlegen mit einem Tisch und einem Springbrunnen und mit Blumen natürlich«, sagte Rachel, die an einer von Unkraut überwucherten Stelle kniete, die einst das Irisbeet gewesen war. Nur einige wenige blaue Iris waren noch übrig geblieben.

»Du machst dir auf diese Weise noch die Hände kaputt«, sagte Mutter.

Es machte Rachel Spaß, in der Erde zu graben und Unkraut zu jäten, und am Ende des Nachmittags war sie ganz verblüfft, welche Fortschritte der Garten gemacht hatte. Sie müsste nur ein bisschen pflanzen, den Springbrunnen bauen und dann den Rasen mähen und schon wäre dies ein Garten, der selbst den Medicis Ehre gemacht hätte. Vermutlich würde sie eines Morgens aufwachen und beim Blick aus dem Fenster einen Mann sehen mit olivfarbener Haut, gestreiftem Hemd und weit geschnittener, schwarzer Hose, mit Schuhen, deren Spitzen hochgebogen waren, und dem Strohhut eines Gondoliere. Er würde Mandoline spielen und ihr ein Ständchen bringen über Mondschein und Gärten und über dunkelhaarige, Geige spielende junge Frauen …

Liebe Phoebe!
Es ist Sonntag. Heute früh bin ich mit Mutter zur Kirche gegangen und heute Nachmittag habe ich im Garten gearbeitet, zwei (für mich) bedeutende Veränderungen an einem Tag. Ich habe eine neue Philosophie: Alles verändert sich, ganz egal wie sehr man sich darum bemüht, dass alles beim Alten bleibt. Also sollte man sich auch nicht fürchten vor Veränderungen oder traurig sein über das, was sich verändert hat, sondern einfach versuchen in der Gegenwart zu leben. Das habe ich von Emily Dickinson gelernt, glaube ich jedenfalls. Ist ja auch egal. In der Kirche war es zum Einschlafen, aber mein Garten wird ganz großartig! Vielleicht gehe ich im Herbst nach Interlochen. Ich denke, das könnte ganz schön werden, am Anfang vielleicht etwas einsam, aber andererseits kann es das hier auch sein. Und langweilig dazu. Was Florenz für die Renaissance war, ist Sandy Bottom für die Langeweile, nämlich das Zentrum. Leute könnten hierher kommen, um die Langeweile zu studieren. Anthropologen könnten die Einwohner beobachten und Bücher schreiben über die Auswirkungen der Langeweile auf langweilige Menschen. Soll ich noch mehr zu diesem Thema sagen oder langweile ich dich? Hallo? Phoebe? Aufwachen!

Weißt du, was ich mir gedacht habe? Erst einmal gehe ich nach Interlochen und lerne dort weiter Geige (und den üblichen Kram). Dann sehe ich ja, wie es mir gefällt und ob *ich* den Leuten gefalle. Wenn es gut läuft, prima, wenn nicht, hau ich ab, verkauf meine Geige, flieg nach Italien, nenn mich Raquel Verde und werde Pianistin in einem Nachtclub. Wusstest du eigentlich, dass die Italiener ganz verrückt sind nach amerikanischer Musik wie *West Side Story* und Sachen von Gershwin und so? Gut, also so etwas würde ich spielen. Ich würde ein schwarzes Kleid tragen und mir eine rote Gardenie ins Haar stecken. Raquel Verde – die Königin des Jazz. Jede Nacht bis drei Uhr früh im Café Molto. Großer Andrang, Männer in blauen Anzügen legen mir Millionen von Lire zu Füßen und rufen: »Spiel es noch einmal, Baby!« Das Café platzt regelmäßig aus den Nähten. Schließlich kaufe ich es. Du wirst die Geschäftsführerin. Wir verdienen massenhaft Geld. Irgendwann verkaufen wir das Café für noch viel mehr Geld und bringen die Raquel-Verde-Mode auf den Markt: die Schuhe, das schwarze Kleid, das Parfum. Ich mache eine Werbetour für Raquel-Verde-Parfums durch Amerika. Und an einem freien Tag sage ich zu meinem Fahrer: »Oh, Marcello, fahren Sie mich nach Sandy Bottom, es liegt etwa fünf Stunden nördlich von hier.« Ich schlafe im Fond, und wenn ich aufwache, steht der Wagen in der Main Street, ich steige aus und laufe herum und sage zu allen Leuten »Ciao, Baby.« Jeder will ein Autogramm von mir haben. Ich schreibe *Raquel Verde* und besprühe sie mit meinem Parfum, dann winke ich noch einmal und verschwinde auf Nimmerwiedersehen. Aber das alles nur für den Fall, dass es mir in Interlochen nicht gefällt. Zuerst probiere ich es da und dann kommt der Nachtclub.

Als Rachel zum Abendessen hinunterkam, fragte Mutter: »Hättest du Lust, vor dem Essen ein paar Duette mit mir zu spielen?« Strahlend stand Mutter da in schwarzen Hosen und einem leuchtend blauen Oberteil, das Haar im Nacken zusammengesteckt. Sie hatte sich die Lippen geschminkt und aus der Küche duftete es köstlich nach selbst gemachter Spaghettisauce.

»Klar«, sagte Rachel. »Ich geh und hol meine Geige.«

Von Zeit zu Zeit überraschte Mutter die Familie mit einer plötzlichen Verwandlung und aus der abgekämpften Agitatorin wurde die zauberhafte Künstlerin. Tagelang konnte sie ununterbrochen über die Broadbents in aller Welt schimpfen und darüber, dass die öffentliche Bibliothek langsam zum Videoladen verkäme; dann verfasste sie stapelweise Briefe und Petitionen und jammerte, dass sie ihr Leben in einem Kaff vergeude mit Leuten, die nicht unterscheiden könnten zwischen Musik und dem, was man im Wartezimmer des Zahnarztes zu hören bekäme. So konnte sie endlos weitermachen. Und dann, wenn sie einen so weit hatte, dass man ihr am liebsten ein Buch an den Kopf werfen wollte, stand sie ganz plötzlich vor einem, schön, liebevoll, ganz die Grande Dame, die Hausherrin, die elegante Mahlzeiten bereitete und mit sanfter Stimme mit Ehemann und Tochter sprach. Ein völlig anderer Mensch.

Rachel nahm ihre Geige heraus und Mutter setzte sich an den Flügel. »Ich habe daran gedacht«, sagte sie, »den Flügel nach unten zu stellen. Oder ihn in die Kirche zu schaffen, in den Probenraum für den Chor. Wäre es nicht nett, wenn wir nicht immer in der Küche essen müssten?«

Rachel lachte. »Für mich war das noch nie ein Esszimmer«, sagte sie. »Es ist einfach das Klavierzimmer.«

»Ich würde so gern wieder Leute zum Essen einladen können«, sagte Mutter. »Vielleicht sollten wir ein größeres Haus kaufen.«

»Wo? In Milwaukee?«

Mutter sah sie überrascht an. »Nein, natürlich nicht. Oben in der Nähe der Schule ist ein Haus zu verkaufen. Das große Backsteingebäude, in dem Dr. Mathews gewohnt hat.«

Das alte Haus der Mathews lag auf einem Hügel. Es hatte weiße Säulen vor dem Eingang, eine ringförmige Auffahrt und einen großen, von Hecken umsäumten Garten.

»Wofür braucht ihr ein größeres Haus, wenn ich auf eine andere Schule gehe?«

»Oh«, sagte Mutter, »denkst du wirklich daran?«

Sie spielten zwei Sonaten von Händel, ein Stück von Corelli und dann zog Mutter zwei romantische Stücke heraus: *Mitternachtskarneval* und *L'Amore*. »Die habe ich schon seit Ewigkeiten nicht mehr gespielt«, sagte sie. Die Stücke waren so kitschig, dass Rachel laut lachen musste –

es war die Art Musik, die man in hauptsächlich von alten Damen mit bläulichem Haar besuchten Cafés hören konnte. »Diese Musik ist furchtbar, aber ich liebe sie«, sagte Mutter und bei einem langen, triefenden Glissando liefen ihr die Tränen über die Wangen. »Es ist einfach wundervoll.«

Rachel, Mutter und Daddy setzten sich an den Küchentisch, aßen Spaghetti mit Mutters Tomaten-Knoblauch-Sauce und dazu Gurkensalat mit Zwiebeln und warmes Baguette. Daddy sagte, sein Magen sei wieder völlig in Ordnung. Er habe geduscht und sich rasiert und ein weißes Hemd angezogen und das sei es letztlich gewesen, was ihn kuriert habe.

»Ein frisches weißes Hemd wirkt einfach belebend auf einen Mann«, behauptete er. »Die Krankenhäuser sind voll mit Männern, die sich grässlich fühlen und denen es gleich zehnmal besser ginge, wenn sie sich nur mal ein weißes Hemd und eine Krawatte anziehen würden. Krankheit hat schließlich sehr viel mit Psychologie zu tun. Es ist doch klar, dass einem hundeelend ist, wenn man an einem schönen Sommertag im Schlafanzug im Bett liegt.«

Es war ein gemütliches Abendessen. Sie redeten über ganz normale Dinge, niemand hielt einen Vortrag. Daddy erzählte, dass er während des Studiums als Tellerwäscher in einem italienischen Restaurant gearbeitet habe. »Wenn man mit den Tellern fertig war, kamen die Töpfe an die Reihe, die den ganzen Tag lang auf dem Herd gestanden hatten. Unten am Boden klebte eine dicke schwarze Kruste, die man nur noch mit dem Meißel losbekam. Es dauerte drei

Stunden, bis die Töpfe sauber waren, und da das Restaurant nicht vor zwei Uhr morgens schloss, war es schließlich sechs, bis ich rauskam. Meine erste Vorlesung begann um acht. Ich sage euch, es hat lange gedauert, bis ich einen Teller Spaghetti gelassen ansehen konnte.«

»Ich bin es leid, immer in dieser Küche zu hocken«, sagte Mutter. »Manchmal kommt es mir so vor, als würde ich den größten Teil des Tages hier verbringen. Warum bauen wir nicht ein Musik- und ein Gästezimmer an?«

»Ich möchte die Musik nicht in einen Seitenflügel des Hauses abschieben«, sagte Daddy. »Sie gehört mitten hinein. Es war so schön, euch beiden zuzuhören. Ihr solltet öfter zusammen spielen.«

»Rachel spielt wundervoll, nicht wahr?«, sagte Mutter.

»Hinreißend. Ihr beide«, sagte Daddy.

»Vielleicht sollten wir uns mal über Interlochen unterhalten«, meinte Mutter.

Daddy hatte nicht gehört, was Mutter gesagt hatte, oder vielleicht tat er auch nur so. »Wer möchte Eis?«, fragte er.

Abschlussfeier

Am nächsten Morgen kam Rachel mit ihrer Sporttasche und einem Handtuch hinunter und Mutter sah sie verwundert an.

»Ich geh in den Schwimmkurs«, sagte Rachel. Mutter guckte noch erstaunter.

»Ich hab mich in der Schule dafür angemeldet«, sagte Rachel. »Ich kann nämlich nicht schwimmen.«

»Oh«, sagte Mutter.

»Hast du das nicht gewusst?«

»Ehrlich gesagt habe ich nie darüber nachgedacht«, sagte Mutter. Sie sah völlig verblüfft aus. Mit Recht.

Rachel fragte sich, wie es möglich war, dass eine Mutter nicht merkte, dass ihr Kind mittlerweile vierzehn geworden war und immer noch nicht schwimmen konnte.

»Und du hast dich selbst angemeldet?«

»Natürlich.«

Der Schwimmunterricht begann um zehn bei einem Lehrer namens Janks. Als Rachel ins Schwimmbad kam, war der Umkleideraum voll. Die Mädchen aus der Gruppe, die um neun begonnen hatte, schälten sich aus ihren nassen Badeanzügen und flitzten zu den kalten Duschen hinüber, während die Anfänger, die so genannten Sprotten, zu denen

Rachel gehörte, lauter Sieben- bis Achtjährige, sich auszogen und in ihre Badeanzüge schlüpften. Rachel hasste es, sich vor anderen auszuziehen, aber es blieb ihr nichts anderes übrig. Plötzlich gab es ein Gejohle vor der Tür. Rachel griff nach ihren Kleidern und hielt sie vor sich, als auf einmal eine Bande Jungen in der Tür des Umkleideraums der Mädchen erschien und einen dünnen kleinen Kerl so hineinstieß, dass er auf dem nassen Boden ausglitt und hinfiel und durch den Raum rutschte. Er hatte nichts an. Er stieß gegen die Wand, sprang auf und schoss wie ein Pfeil hinaus.

Rachel zog ihren schwarzen Badeanzug an und schlenderte langsam zum Becken. Da stand auch schon Mr. Janks, ein großer Mann mit einem Spitzbauch und einer silbernen Trillerpfeife, die er an einer Schnur um den Hals hängen hatte. »Na, dann mal los«, sagte er. »Hinein ins Wasser, damit ich sehe, wie du schwimmst.«

Rachel konnte nicht schwimmen. »Ich kann es nicht«, sagte sie.

Er schüttelte den Kopf. »Schwimmen lernt man im Wasser.«

Also kletterte Rachel zögernd ins Becken und versuchte ans andere Ende zu gelangen, indem sie mit den Beinen strampelte. Mr. Janks lief immer neben ihr her. »Weiter, weiter«, sagte er. »Du kannst es.« Sie konnte es nicht. »Natürlich kannst du es.« Rachel hielt sich am Beckenrand fest. Ihre Augen brannten vom Chlor.

»Natürlich kannst du es«, wiederholte Mr. Janks. »Du darfst nur keine Angst haben, den Kopf ins Wasser zu stecken.«

Rachel schloss die Augen, hielt sich die Nase zu, tauchte mit dem Kopf unter und sprang hoch.

»Siehst du? Das kannst du jetzt eine Weile üben«, sagte Mr. Janks und ging weiter, um andere Schüler zu drangsalieren.

»Dir würde ich zu gern beibringen, wie man Geige spielt«, stieß Rachel leise hervor. Sie würde ihm die Geige in die eine Hand, den Bogen in die andere drücken und immer sagen: »Du kannst es! Es ist doch ganz einfach! Was ist los mit dir?« Sie stieß sich am Beckenrand ab, legte das Gesicht aufs Wasser und strampelte mit den Armen.

An diesem Abend und am nächsten und auch am übernächsten verschwand Daddy unmittelbar nach dem Essen im kleinen Wohnzimmer und hörte ein Musikstück nach dem anderen, um zu entscheiden, was das Orchester am vierten Juli spielen sollte. »Zuerst natürlich *The Star-Spangled Banner,* die Nationalhymne, mit einem Solotenor. Als Überleitung könnte ich mir gut die *Ouvertüre 1812* vorstellen. Wo Tschaikowsky Kanonenschläge angibt, könnten wir eine Gewehrstaffel der American Legion, des Veteranenverbandes, einsetzen. Oder vielleicht doch Kanonen ... Gibt es da nicht so eine Gruppe, die jedes Jahr in Kostümen aus der Zeit des Bürgerkriegs auf dem Jahrmarkt auftritt und Kanonen abfeuert? Erinnert mich daran, dass ich mich mal in der Firma danach erkundige. Aber etwas von Mozart müssten wir auch haben. Wie wäre es mit einem Klavierkonzert?«

Mutter stöhnte laut auf. »Norman! Ein Klavierkonzert! Woher willst du einen Pianisten nehmen?«

»Kein Problem! Die gibt es doch im Dutzend billiger!« Er zwinkerte Rachel zu.

»Was immer du tust, such etwas Leichtes aus«, sagte Mutter. »Die *1812* ist kein Spaziergang, glaub mir. Hast du dir mal die Partitur angesehen? Denk daran, dass du nur zwei Proben hast, und im Orchester sitzen ja nun auch nicht gerade die Bostoner Sinfoniker. Nimm um Himmels willen nicht *Le Sacre du Printemps.«*

Daddy marschierte wieder in sein Zimmer und eine Minute später, als Rachel das Geschirr spülte und Mutter abtrocknete, ertönte von oben Mahlers Vierte Sinfonie. »Was meint ihr«, brüllte Daddy. »Ob wir das schaffen?«

»Norman, ich glaube, du machst Witze!«, brüllte Mutter zurück.

»Diesmal war es wirklich nur ein Witz«, sagte Rachel.

»Manchmal bin ich mir da nicht so sicher.« Mutter legte das Geschirrtuch weg und griff nach ihren Zigaretten. Dann schaute sie auf ihre Strichliste, die neben dem Kühlschrank an der Wand hing. Das war das neueste Projekt, eine strenge Tabakdiät. Heute hatte sie schon fünfzehn Zigaretten geraucht, so dass ihr nur noch zwei zustanden. Rachel wusste, dass Mutter gerade darüber nachdachte, ob sie eine jetzt rauchen und sich die zweite bis zum Schlafengehen aufheben sollte. Aber was wäre, wenn sie nicht einschlafen konnte und gern noch eine Zigarette rauchen würde? Mutter hatte sich ein Kreditsystem ausgedacht, wonach sie auf ihre morgige Ration eine Anleihe aufnehmen konnte, die sie mehrere Tage lang vor sich herschieben konnte. Im Moment betrugen ihre Schulden bei der Zigarettenbank etwa sechsunddreißig Stück.

Sie steckte die Zigarette zurück in die Packung und ließ sich in einen Sessel am Kopfende des Tisches sinken. Seufzend sah sie Rachel an.

»Glaubst du wirklich, dass er einen Pianisten für das Konzert engagieren will?«, fragte sie.

Rachel lächelte. »Klar, wäre doch toll. Warum nicht?«

Mutter runzelte die Stirn. »Weil es passieren könnte, dass er einen bekommt, der nicht spielen kann, deswegen.« Sie warf einen Blick auf die Zigarettenpackung und schob sie dann beiseite. »Es macht mich einfach nervös, dass er so viel in dieses Konzert hineinsteckt und hinterher vielleicht alles ein Riesenflop wird, nur weil er den Falschen engagiert hat.«

»Vielleicht solltest du dich freiwillig melden«, schlug Rachel vor.

»Ha!« Mutter schüttelte heftig den Kopf und lachte. »Das fehlt mir gerade noch. Seit fünfzehn Jahren habe ich bei keinem Konzert mehr gespielt.«

»Aber du spielst sonst bei allen möglichen Gelegenheiten. Du spielst jeden Sonntag in der Kirche, du spielst bei Hochzeiten und du hast letztes Jahr für die Historische Gesellschaft gespielt.«

»Das ist etwas anderes.«

»Aber du könntest es«, sagte Rachel.

»Natürlich könnte ich es«, antwortete Mutter. »Die Frage ist nur, warum sollte ich es tun? Man muss sich das Leben ja nicht unnötig schwer machen.«

Jetzt dämmerte es Rachel allmählich. Wie süß! Mutter

wollte, dass Daddy sie darum bat, bei seinem Konzert mitzuwirken. Sie war wie ein Teenager, der darauf wartet, zum Tanzen aufgefordert zu werden. Rachel kannte Mutter nur zu gut und sie wusste, dass es typisch für sie war, sich einerseits etwas ganz stark zu wünschen und sich andererseits über den puren Gedanken daran lustig zu machen. So konnte sie zum Beispiel erwähnen, dass es in Chicago eine Ausstellung gebe, die sie gern sehen würde, aber wenn man ihr den Vorschlag machte hinzufahren, antwortete sie: »Phhh! Nach Chicago? Ich soll mich mit dem Auto in diesen Hexenkessel begeben und dann noch ein Vermögen für ein Hotelzimmer ausgeben? Wie käme ich dazu?« Aber gleichzeitig gab es nichts, was sie sich in diesem Moment sehnlicher wünschte als eine Reise nach Chicago.

Rachel schlüpfte hinter Mutters Stuhl, Mutter beugte den Kopf etwas vor. Rachel legte ihr die Hände auf die Schultern und knetete die Nackenmuskeln mit beiden Daumen. »Du bist eine wunderbare Pianistin«, sagte sie mit sanfter Stimme. »Du würdest es ganz toll machen. Und Daddy wäre begeistert, wenn du spielen würdest. Er traut sich nur nicht, dich zu fragen, weil er fürchtet, du könntest Nein sagen. Du solltest zu ihm hineingehen und ihm sagen, dass du es machst, fertig.«

Mutter stöhnte. »Nein, das wird mir einfach zu viel. Ich hab schon die Kirche am Hals und ...« Ihre Stimme wurde immer leiser, als Rachels Daumen den verspannten Muskel gefunden hatten und ihn kräftig massierten. Mutter stöhnte laut auf. Rachel schob den Muskel sanft vor und zurück. Mutter jammerte leise vor sich hin.

Vier Tage vergingen ohne ein Lebenszeichen von Carol. Rachel rief bei ihr an und hinterließ eine Nachricht auf dem Anrufbeantworter, aber Carol meldete sich nicht. Rachel übte Geige, drei Stunden täglich. Sie wollte gut sein, wenn sie im Orchester spielte. Außerdem beschäftigte sie sich weiterhin viel mit ihrem Garten. Die Arbeit ging jetzt langsamer voran, sie jätete Unkraut und pflanzte. Manchmal radelte sie zum alten Damm, setzte sich unter einen Baum und las eine Biografie von Emily Dickinson, die sie in der Bücherei gefunden hatte. Irgendwie war es traurig, sich vorzustellen, dass Emily vermutlich nie dicht neben einem Mann gesessen, ihn umarmt und geküsst hatte. Rachel dachte an Scott und wünschte, er würde sie anrufen. Seit zwei Wochen hatte er jetzt ihre Telefonnummer. Sie fragte sich, wie wohl die Jungen in Interlochen sein würden. Ob es Spaß machen würde, mit ihnen zusammen zu sein und zu reden? Die Jungen in ihrer Schule schienen im Großen und Ganzen alle sehr ähnlich: Sie waren groß, laut, aßen Unmengen, und das auch noch laut schmatzend, warfen ihren Müll in die Gegend, waren albern und lärmten herum, rempelten einander an, erzählten sich dreckige Witze hinter vorgehaltener Hand und wieherten laut los. Aber wenn sie mal mit einem Mädchen allein waren, dann wurden sie auf einmal ganz still und starrten auf den Boden und alles war ihnen furchtbar unangenehm. Rachel stellte sich vor, dass eine Verabredung mit einem von ihnen so aufregend sein müsste wie ein Abend in Gesellschaft eines Ziegenbocks.

Mutter berichtete, dass ihr Versuch, sich das Rauchen mithilfe der Strichliste abzugewöhnen, funktioniere und dass sie jetzt dabei sei, ihre Schulden bei der Zigarettenbank zurückzuzahlen. Eines Tages zählte Rachel zur Mittagszeit nicht mehr als drei Kippen im Aschenbecher. »Gratuliere!«, sagte sie.

»Vergiss nicht, dass du heute Nachmittag bei der Abschlussfeier in der Schule spielen sollst«, erinnerte Mutter sie. Rachel stöhnte. Warum hatte sie bloß zugesagt? Was, wenn Scott heute anriefe?

Mit der Post kam eine Karte von Phoebe.

Liebe Rachel!
Ich vermisse dich auch. Entschuldige meine zittrige Handschrift, aber ich sitze im Zug. In Venedig bin ich, wie es sich gehört, mit einer Gondel durch einen der Kanäle gefahren. Es stank nach Kloake, und als ich wieder an Land ging, schlich mir den ganzen Weg bis zum Hotel ein widerlicher Typ hinterher. So viel zum Thema Romantik.

Alles Liebe
Phoebe

Am Nachmittag übte Rachel Geige, bis sie auf einmal ihre Mutter rufen hörte. Sie lief zur Treppe.

»Es ist schon vier!«, rief Mutter. »Um fünf beginnt die Abschlussfeier! Vermutlich müsstest du jetzt schon dort sein.«

Rachel zog sich ein Kleid an und Mutter brachte sie mit dem Auto zum Stadion. Eltern strömten in Scharen auf den Gehwegen und über den bis zum letzten Platz gefüllten Parkplatz zur Zuschauertribüne. Rachel lief schnell über den Rasen dorthin, wo neben einer auf dem Sportplatz errichteten Bühne das Orchester Platz genommen hatte. Es bestand im Wesentlichen aus der Blaskapelle, die man zur Feier des Tages um einige Streicher erweitert hatte. Der Orchesterleiter, Mr. Tibbs, kam angerannt und fragte: »Wo hast du nur gesteckt? Die Probe war vor einer Stunde!«

Rachel entschuldigte sich lächelnd, setzte sich zu den anderen Streichern und sah sich die Noten an.

Es waren lauter leichte Stücke. Zwei Märsche, eine Hymne, große, weite Akkorde, nichts Kniffliges. Das dünne, blonde Mädchen, mit dem Rachel sich die Noten teilte, beugte sich zu ihr hinüber und flüsterte: »Er hasst Geigen!« Rachel zuckte mit den Achseln. Sie hatte gar nicht gewusst, dass es in Sandy Bottom noch andere Schüler gab, die Geige spielten. Die Schule hatte kein eigenes Orchester, nur die Blaskapelle. Von den anderen Streichern war keiner Schüler von Mr. Amidore. Nun schlug Mr. Tibbs auf sein Pult, zählte und gab den Einsatz und das Orchester begann mit Elgars *Pomp and Circumstance.* Jetzt verstand Rachel, warum Mr. Tibbs Geigen hasste – diese Geigen klangen ziemlich schrill. Das blonde Mädchen neben ihr kratzte energisch und völlig falsch mit dem Bogen über die Saiten, der Junge daneben klang noch wüster, aber da unmittelbar hinter ihnen sechs Posaunen plärrten, die alles andere übertönten, war das kein Problem. Aus Jux fing Rachel an das Kinderlied *Pop Goes the Weasel* zu spielen, bis ihre Nachbarin ihr einen panischen Blick zuwarf, so dass sie zu Elgar zurückkehrte.

Die Abschlussklasse zog in ihren blauen Talaren und mit den flachen Kappen mit goldenen Troddeln auf dem Kopf ins Stadion ein. Mr. Tibbs gab das Schlusszeichen für den Elgar, reckte zwei Finger und zählte »Drei! Vier!«, woraufhin das Orchester *America the Beautiful* spielte.

Der Himmel war bedeckt gewesen, als Rachel ankam, aber jetzt hatten sich die Wolken verzogen und die Sonne knallte vom Himmel, so dass Rachel sich ein bisschen schläfrig fühlte.

Es folgten einige Reden über Herausforderungen, denen es sich zu stellen gälte, über das Leben als eine leere Seite, die gefüllt werden müsse, und darüber, dass es nicht darum gehe, wie viel man bekommen, sondern wie viel man geben könne. Dann sangen alle die Schulhymne *Sandy Bottom, wir grüßen dich, Alma Mater unserer Jugend.* Rachel musste plötzlich laut lachen, weil sie sich eine dicke fette Frau namens Alma vorstellte, die im Sand gesessen hatte und nun mit ihrem großen, weißen, sandigen Hintern dastand, während alle salutierten. Sie konnte gar nicht mehr aufhören zu kichern, obwohl Mr. Tibbs sie böse anstarrte, und dann fing auch der Junge neben dem blonden Mädchen an zu lachen. Die Blonde sah Rachel an, als sei sie nicht ganz dicht. »Da gibt es nichts zu lachen«, flüsterte sie.

»Woher willst du das wissen?«, fragte Rachel.

Als Rachel nach Hause kam, campierte Mutter wieder mal am Küchentisch und sah einen Brief auf Tippfehler durch, den sie an die Zeitung geschrieben hatte.

»Hör dir mal an, was ich geschrieben habe«, sagte sie. »Es ist eine Antwort auf diesen schwachsinnigen Beitrag des Schulrats, in dem er behauptet, die Schulen müssten sensibler auf die sich wandelnden Bedürfnisse ihrer Klientel reagieren. So eine Idiotie!«

Sie begann vorzulesen:

»Die Begründung, die Mr. Brock für die Absicht anführt, Spanisch als Unterrichtsfach zu streichen, nämlich dass ›Schüler heutzutage einen Lehrplan fordern, der ihren eigenen Bedürfnissen und beruflichen Zielen entspricht‹, klingt überzeugend, bis man über die Bedeutung dieser Aussage einmal nachdenkt. Schule funktioniert nicht nach dem Mehrheitsprinzip. Wir fragen Kinder nicht, ob sie lieber lesen lernen oder Eis essen wollen. Wir wissen, dass sie noch nicht reif genug sind, genauso wenig, wie wir es früher waren, und deswegen treffen wir bestimmte Entscheidungen an ihrer Stelle, so wie unsere Eltern und Lehrer es für uns getan haben. Eine gute Erziehung öffnet den Geist eines Kindes für Bedürfnisse und Ziele, die ihm vielleicht vorher nicht bewusst waren. Die Erziehung hingegen, die Mr. Brock anscheinend vorschwebt, engt das Kind auf den schmalsten Pfad ein, den es selbst sich vorstellen kann.«

Mutter las weiter, während Rachel eine Packung Eis aus dem Gefrierschrank nahm, mehrere Riesenkugeln in eine

Schale tat und Karamellsauce darüber kippte. Ein Vorteil von Interlochen wäre, dass Mutter vermutlich keine Briefe an die Schulzeitung schriebe, um über die Lehrpläne zu nörgeln.

An diesem Abend setzte sich Daddy nach dem Abendessen in seinen Lieblingssessel, legte die Füße auf einen Hocker und lauschte dem C-Dur-Klavierkonzert von Mozart, dem berühmten, das viele Leute als Filmmusik kannten. Er streckte die Hand aus und drehte den Ton etwas leiser. »Das würde den Leuten bestimmt gefallen, oder?«, fragte er. »Jerry Mason hat mir erzählt, dass es in Green Bay einen Jungen gibt, der das ganz gut spielen kann. Ich könnte ihn für ein paar Hundert Dollar bekommen. Er ist erst dreizehn und soll wirklich gut sein.«

Rachel setzte sich neben Daddys Füße auf den Hocker. »Weißt du, wen du engagieren solltest? Mutter! Mutter würde das besser spielen als jeder andere.«

Daddy rollte mit den Augen und schüttelte den Kopf. »Wenn ich sie fragte, würde sie mir glatt ins Gesicht lachen. Deine Mutter hat alle Hände voll zu tun den inneren Verfall der Schule aufzuhalten, die Ramseyvilla vor dem Gesetz der Schwerkraft zu schützen und was weiß ich noch alles. Und zu alledem ist sie noch dabei, das Rauchen aufzugeben. Mehr kann sie unmöglich bewältigen. Ich will ihr nicht noch etwas aufbürden.«

»Sie wäre fantastisch«, sagte Rachel.

»Sie ist fantastisch, ich gebe es ja zu. Aber es ist ausgeschlossen. Davon abgesehen soll dieser Junge wirklich gut sein. Denk mal an all die Kinder und Jugendlichen, die zum Fest kommen und sehen, wie jemand in ihrem Alter auf der Bühne sitzt und Mozart spielt. Sie werden völlig verblüfft sein. Ich finde das eine ganz tolle Sache. Plötzlich sehen sie, dass etwas möglich ist, was sie nie für möglich gehalten hätten. Es wird wie Zauberei sein.«

»Ein Jugendlicher kann unmöglich das Konzert so gut spielen, wie Mutter es könnte. Warum fragst du sie nicht? Hör doch erst mal, was sie sagt.«

»Sie wird Nein sagen, das ist alles.«

»Was hast du schon zu verlieren?«

»Also, das ist ein anderes Thema.«

Rachel sah ihm in die Augen. »Was meinst du damit?«

Daddy beugte sich vor und legte Rachel die Hand auf die Schulter. »Was ich damit meine«, sagte er mit gesenkter Stimme, »ist Folgendes: Die Leute würden glücklich sein einen strahlenden, lächelnden Dreizehnjährigen aus Green Bay auf der Bühne zu sehen, der Mozart spielt. Aber wenn deine Mutter da oben am Piano säße, dann fürchte ich, ehrlich gesagt, dass alle darum beten würden, dass sie sich verspielt oder vom Hocker fällt.«

»Mutter würde sich nicht verspielen«, sagte Rachel.

»Ach, ich weiß nicht«, sagte Daddy, lehnte sich zurück und drehte die Lautstärke wieder auf. Das war seine Art, eine Unterhaltung zu beenden – die Musik aufdrehen.

Liebe Phoebe!, begann Rachel ihren Brief.

Viel Neues gibt es nicht zu berichten, es ist so ziemlich immer dasselbe. Ich arbeite im Garten, übe, hänge herum. Mutter hat es geschafft, von ihrem üblichen

Durchschnitt von etwa einer Trillion Zigaretten auf eine Handvoll herunterzukommen, und liegt wieder mal im Clinch mit der Schule, während Daddy sich in seiner Höhle verkriecht, um die Musik für den vierten Juli zusammenzustellen. Es soll ein Klavierkonzert geben, aber Daddy will Mutter nicht fragen, weil er denkt, dass sie Nein sagt, dabei weiß ich genau, dass sie nichts lieber täte. So sieht es aus bei uns. Scott hat noch nicht angerufen. Was macht dein Liebesleben?

Von Zeit zu Zeit warf sie diese Frage ganz gern auf in der vagen Hoffnung, dass Phoebe eines Tages darauf antworten könnte. Es interessierte sie wirklich. Wie es war, verheiratet zu sein, wusste sie durch Mutter und Daddy, aber wie mochte es wohl sein, unverheiratet und hübsch wie Phoebe zu sein? Ob Männer sich bei Bällen auf einen stürzten oder einem in Cafés durch den Kellner Briefchen schickten, in denen sie fragten, ob sie einen zum Espresso einladen dürften? Sie stellte sich vor, wie Phoebe im Lebensmittelladen vor dem Regal mit den tiefgekühlten Pizzas steht und ein Mann mit langem schwarzem, mit Frisiercreme aus der Stirn gekämmtem Haar vor ihr auf die Knie fällt, ihre Hand ergreift und einen Kuss darauf drückt. *Mio babbino,* ruft er aus, mit Tränen in den Augen, während er mitten in dem florentinischen Supermarkt vor ihr auf den Knien liegt und die Leute ihn schimpfend mit ihren Einkaufswagen anrempeln. Ob die Männer ganz wild nach so einer Frau waren, ob sie ins Leben einer Frau schleuderten wie ein Auto auf eisglatter Straße? Und wenn es so war, woher wusste man dann, wie man sich verhalten sollte, ob man ›Oh, vielleicht‹ oder ›Ja!‹ oder ›Hau bloß ab!‹ sagen musste?

Sie wüsste es so gern. Wie es sich wohl anfühlte, ganz nah bei einem Mann zu sein, von ihm umarmt zu werden? Ob das schön war? Sollte man eigentlich denken, wenn so viele Frauen es sich gefallen ließen. Aber war es das wirklich? Woher weiß man, wie man sich dabei verhält? Öffnet man die Lippen beim Küssen? Was sagt man hinterher?

A. Das war schön.
B. Super. Ich freu mich wahnsinnig, echt.
C. Soll ich dir meinen Labello leihen?
D. Oh, schon acht Uhr. Jetzt muss ich wirklich los.

»Ich habe mich jetzt für ein Programm entschieden«, sagte Daddy beim Frühstück. »Zuerst die Nationalhymne, dann Mendelssohns *Italienische Sinfonie.* Anschließend spielt dieser Jüngling aus Green Bay den langsamen Satz aus dem Klavierkonzert von Mozart. Er hat letzten Herbst einen Wettbewerb gewonnen mit irgendetwas von Liszt, also dürfte es ihm nicht so schwer fallen. Und zum Abschluss gibt es noch die *Ouvertüre 1812.*«

Mutter hatte sich eine große Schüssel Joghurt mit Vollkornflocken gemacht. Während sie aß, lag der *Register* ausgebreitet vor ihr.

»Wer ist dieser Junge? Und warum soll er nur das Andante spielen?«, fragte sie.

»Drew heißt er, Drew Johnson. Anscheinend ist er ganz

begabt. Das Andante ist der leichteste von den drei Sätzen und außerdem soll das Konzert nicht länger als eine Stunde dauern.«

»Das Andante ist ganz und gar nicht der leichteste Satz, glaub mir, Norman. Nur weil ein Satz weniger Noten hat, ist er nicht unbedingt einfach.«

Daddy überhörte die Bemerkung. »Und wie denkst du über die *Italienische Sinfonie?*«

Mutter lachte nur. »Schlag sie dir aus dem Kopf. So denk ich darüber.«

»Aber ich kenne das Werk«, sagte Daddy. »Hundert Mal habe ich es gehört. Ich könnte es dir vorsummen.«

»So? Dann summ es doch. Norman, ein Werk zu dirigieren ist nicht dasselbe wie eine Schallplatte anzuhören.«

»Das ist mir durchaus klar«, antwortete Daddy.

»Beim Dirigieren kann es dir immer passieren, dass du den Taktstock schwingst und absolut nichts passiert, weil die Leute nicht die geringste Ahnung haben, was du von ihnen willst.«

»Ja, natürlich.«

Mutter zog eine Zigarette aus der Packung und zündete sie an. »Norman«, sagte sie, »ich finde es ganz rührend, dass du das machen willst, wirklich nobel, aber du übernimmst dich, und wenn du dir nicht von mir helfen lässt, bist du einfach verrückt.«

Daddy stand auf und stellte die Teller ins Spülbecken. Er räumte die Milch in den Kühlschrank und den Zucker in den Schrank. Er rückte seine Krawatte zurecht. Rachel wünschte, er würde um Himmels willen endlich mit der

Sprache herausrücken und sagen: »Würdest du bitte das Konzert spielen? Ich will diesen Jungen nicht. Ich will dich.« Aber er sagte es nicht. Er lächelte Mutter an und sagte: »Weißt du was? Die Männervereinigung der Zionsgemeinde wird am vierten Juli einen Stand bei uns haben. Sie stellen einen Zweitausendgallonentank auf und dein Freund Pastor Sykes wird auf einem Stuhl obendrauf sitzen. ›Pastor versenken‹ soll das Spiel heißen.«

»Willst du sagen«, fragte Rachel, »dass wir mit ansehen dürfen, wie Pastor Sykes auf einem Stuhl oben auf einem Wassertank sitzt, während die Leute mit Bällen auf ein Ziel werfen und versuchen ihn ins Wasser zu schmeißen?«

»Genau das«, antwortete Daddy. »Wenn er nur ein besserer Prediger wäre und folglich mehr Leuten auf den Schlips getreten wäre, dann würde die Aktion so viel einbringen, dass es für eine neue Orgel reichte.«

»Sehr witzig«, sagte Mutter.

»Kein Grund zur Beunruhigung, General. Es wird ein fantastisches kulturelles Ereignis werden. Ich werde keine Schande über euch bringen, über keine von euch beiden.« Er küsste Mutter auf die Stirn, dann gab er Rachel einen Kuss. »Tschüs, mein Goldkind.«

Das Telefon läutete. Es war Großmutter. Als Mutter hörte, wie Rachel »Hallo, Großmutter« sagte, wedelte sie mit der Hand und formte mit den Lippen die Worte »Bin nicht zu Hause«, so dass Rachel eine Weile mit Großmutter redete.

Rachel hatte ein schlechtes Gewissen, weil sie Großmutter nicht geschrieben oder sie angerufen hatte. Ihre

Großeltern väterlicherseits waren beide innerhalb eines Jahres gestorben, als Rachel noch sehr klein war. Großmutter und Großvater Mueller verbrachten den Winter immer in St. Petersburg in Florida in einem Apartmenthaus für Senioren, das direkt am Strand lag. Dort gingen sie jeden Tag spazieren, aßen im Restaurant ihres Hauses, Großvater spielte Bridge und hielt sein Mittagsschläfchen, während Großmutter zu den Treffen ihres Buchclubs, zur Volkstanzgruppe und in ihren Keramikkurs ging. Im Frühling flogen sie immer zurück nach Milwaukee, aber dieses Jahr hatte Großvater zu Mutter gesagt, sie würden langsam zu alt für dieses Wanderleben; vielleicht würden sie ihr Haus in Milwaukee verkaufen.

Die Großeltern besaßen eine wunderschöne alte Backsteinvilla im Norden von Milwaukee, mit einer geschwungenen Veranda vor dem Haus und einem Garten zwischen hohen Steinmauern hinter dem Haus. Man betrat das Haus durch eine bleiverglaste Doppeltür, die in eine Eingangshalle führte, von der eine gewundene Treppe in die obere Etage führte. Unten waren die Bibliothek, das große, dunkle Wohnzimmer mit einem Kamin und die Küche untergebracht. Das Haus strömte Ruhe aus. Es hatte hohe Decken und große Fenster, vor denen schwere Vorhänge hingen; es gab geheimnisvolle Schränke, die in die Wände eingelassen waren; Gemälde von Segelschiffen, goldschimmernden Wiesen, leuchtenden Tempeln, Zigeunern an Lagerfeuern, Edelleuten mit langen Umhängen und Schwertern mit Quasten und Wolfshunden an ihrer Seite. In der Halle tickte die Standuhr, Großmutter schrie oben ins Telefon, Großvater döste in der Bibliothek. Und über allem hing das ständige Gemurmel von Großmutters Fernseher. Er lief den ganzen Tag, damit sie bloß nichts versäumte.

»Wie geht es Großvater?«, fragte Rachel.

»Was weiß ich«, antwortete Großmutter. »Er ist unten.« Sie klagte über Schmerzen in den Knien und Probleme mit den Augen und fragte Rachel, ob sie auch genügend Proteine zu sich nähme. »Ein Glas Orangensaft jeden Morgen«, ermahnte Großmutter sie, »und was sie heute so über die Milch sagen – alles Unfug, du brauchst ein großes Glas pro Tag.«

»Hast du deine Erkältung überstanden?«, fragte Rachel.

Großmutter schwieg einen Augenblick. »Vielleicht muss ich nach Rochester in die Mayo-Klinik.«

»Warum? Was ist los?«

Großmutter seufzte. »Dieser Arzt, zu dem ich immer gehe – ich glaube, er weiß nicht, wovon er spricht. Heutzutage versuchen sie mit aller Macht, einen von den Krankenhäusern fern zu halten, und wenn man ihnen sagt, wie es einem geht, dann winken sie gleich ab und sagen: ›Das ist nur das Alter, weiter nichts.‹ Ich bin es jetzt endgültig leid, von Pontius zu Pilatus zu rennen. Ich habe mir gedacht, ich sollte mal in die Mayo-Klinik gehen und mich gründlich untersuchen lassen.« Ihr ganzes Leben lang war Großmutter von Krankheiten fasziniert gewesen; gleichzeitig hatte sie eigentlich immer vor Gesundheit gestrotzt.

»Sag deiner Mutter, sie soll mich anrufen, sobald sie

nach Hause kommt«, schloss Großmutter. »Auf Wiederhören.«

»Du sollst sie anrufen«, sagte Rachel, nachdem sie aufgelegt hatte.

»Wenn ich mir das Rauchen abgewöhnt habe«, sagte Mutter und griff nach ihren Zigaretten. »Eins nach dem anderen.«

Juni

In der zweiten Juniwoche erschien auf der Titelseite des *Register* ein großes Foto von Carol und Valerie, das sie grinsend, die Schläger über der Schulter, in ihren Softballtrikots zeigte. Die Überschrift hieß: »Spielerinnen aus Sandy Bottom bei den All-Star Nine«. Die beiden würden für drei Tage zum Training nach River Falls fahren, um anschließend zehn Tage lang durch den Mittleren Westen zu reisen und bei Freundschaftsspielen mitzumachen. Sie waren die jüngsten Mädchen, die je in die Auswahlmannschaft gewählt worden seien, schrieb die Zeitung, und sie würden in die erste Aufstellung kommen, die eine als Shortstop, die andere an der ersten Base.

Rachel rief gleich bei Carol an. »Sie liegt noch im Bett«, sagte Angie, »aber warte, ich wecke sie auf, es ist sowieso Zeit für sie.« Es war zehn Uhr. Carol kam verschlafen ans Telefon und Rachel gratulierte ihr. »Das Foto ist wirklich stark«, sagte sie. »Ihr seid beide gut getroffen.«

»Schön«, sagte Carol. Und dann sagte sie noch, sie sei müde und der Rücken tue ihr weh. Eine Spielerin sei mit voller Wucht gegen sie gerannt, als sie in die zweite Base lief, und jetzt könne sie sich kaum vorbeugen, um sich die Schuhe zuzubinden.

»Wann musst du los zu dieser All-Star-Tour?«

»Morgen«, antwortete Carol.

»Magst du heute Nacht hier schlafen?«

Carol sagte, es ginge nicht. Ihre Mannschaft, die O'Connell Jewelers, spiele heute Abend in Oshkosh. Es würde eines dieser späten Spiele sein, die erst um zehn Uhr losgingen.

»Dann wünsch ich dir viel Spaß«, sagte Rachel.

»Danke, ich dir auch«, sagte Carol.

Fast hätte Rachel noch hinzugefügt »Ich werde dich vermissen«, aber sie war sich nicht sicher, ob das stimmte.

Die beiden nächsten Wochen vergingen wie im Flug. Rachel arbeitete im Garten, schrieb an Phoebe, ging zum Schwimmen und lernte es tatsächlich auch einigermaßen, hing im Haus herum, übte Geige, hatte ihre letzte Stunde bei Mr. Amidore, der still und müde war und sich auf die Sommerferien freute, und sie besuchte Florence und lernte dabei, Karten zu spielen. Der neunundzwanzigste Juni war auf Rachels Kalender dick mit einem Rotstift eingekringelt – es war der Tag der ersten Orchesterprobe. Erst schien er nicht mehr als ein winziger Punkt am Horizont zu sein und dann waren es nur noch zwei Tage bis zur Probe – und dann ein einziger.

Mutters Versuch, sich das Rauchen abzugewöhnen, scheiterte im Juni. Die Kampagne zum Aufbau des Kunstzentrums wurde hitziger. Es kam zu einem erneuten Schlagabtausch in Form offener Briefe zwischen ihr und Bürgermeister Broadbent, in welchem der Bürgermeister die Frage aufwarf, warum es ein solches Zentrum in Sandy

Bottom nicht längst schon gab, wenn doch angeblich ein solcher Bedarf dafür existierte? Und als Mutter sich an die Schreibmaschine setzte, um darauf zu antworten, griff sie nach einer Zigarette.

»Ohne zu rauchen kann ich nicht schreiben«, sagte sie. »Es ist wie ein Dreifuß: die Schreibmaschine, die Kaffeetasse, der Aschenbecher. Wenn man einen Fuß entfernt, fällt alles um.«

»Vielleicht könntest du eine Weile mit dem Schreiben aufhören«, schlug Rachel vor.

»Ha! Eine solche Genugtuung gönne ich dem alten Schwachkopf nicht.«

Rachel meinte, sie sei sicher, dass man auch ohne zu rauchen schreiben könne, dass es keine logische Verbindung zwischen den beiden Tätigkeiten gebe und dass man sich die Angewohnheit, an der Schreibmaschine zu rauchen, wie jede andere Gewohnheit auch wieder abgewöhnen könne.

»Halt mir keine Vorträge«, antwortete Mutter. »Ich bin die Mutter und somit diejenige, die Vorträge halten darf. Du bist die Tochter und folglich diejenige, die für die Mutter Verständnis haben muss und sie unterstützt.«

»Ha, ha«, sagte Rachel.

Fast jeden Abend kochte Rachel das Essen. Es machte ihr Spaß. Sie fuhr mit dem Rad zu der Gemüsegärtnerei draußen vor der Stadt und kaufte frische Paprika, Möhren und Tomaten, sie kochte große Schüsseln mit unterschiedlichen Sorten Pasta – Penne, Linguini oder Ziti – mit frischem Gemüse, etwas Öl, Pfeffer und Knoblauch und viel geriebenem Parmesan. Sie kochte Huhn mit frischem Salbei und bereitete dicke Hamburger zu mit halb gegartem Fleisch und rohen Zwiebeln zwischen Kaiserwecken. Daddy war bei ihrem Anblick gleich im Hamburgerhimmel. Mutter war vollauf beschäftigt mit dem Kunstzentrum, besprach sich mit einem Anwalt und einem Architekten, bearbeitete den Gemeinderat, der eine Planungskommission einsetzen sollte, und schrieb Briefe, in denen sie um Spenden für das Projekt bat. Mrs. Ferguson, die frühere Organistin, spendete fünfundzwanzigtausend Dollar und Pastor Sykes bekam einen Wutanfall. Jahrelang hatte er um die Gunst der alten Dame gebuhlt in der Hoffnung auf eine größere Spende für den Baufonds seiner Kirche. Und so schrieb er jetzt einen Brief an den Gemeinderat, in dem er sich gegen das Kunstzentrum aussprach als ein Vorhaben, »das die begrenzten Mittel unserer Stadt über Gebühr strapazieren würde«.

Mutter war in letzter Zeit ihm gegenüber milder gestimmt. Sie war zu der Überzeugung gelangt, dass seine Frau an Depressionen litt und er selbst vielleicht auch, und gegen Kranke, so sagte sie, solle man nicht kämpfen.

Mutter lud Mrs. Sykes zum Mittagessen ein, aber sie lehnte ab mit der Begründung, dass sie gegen alles allergisch sei und dass sie und ihr Mann nur Kartoffelsuppe, gekochtes Hühnchen und Tapiocapudding essen könnten. Also lud Mutter sie zu Kartoffelsuppe, gekochtem Hühnchen und Tapiocapudding ein, doch Mrs. Sykes lehnte ab: Sie könne sich nicht von ihrem Telefon wegbewegen, da ihre Mutter in Tucson krank sei.

Rachel lernte Brust- und Rückenschwimmen, alles in einer Woche, und dann meinte Mr. Janks, es sei an der Zeit für sie, das Tauchen zu lernen. Es kam Rachel unnatürlich vor, mit dem Kopf zuerst ins Wasser zu springen, aber Mr. Janks tat so, als sei es das Allernormalste auf der Welt, in einem nassen Badeanzug am Beckenrand zu stehen und frierend und zitternd auf den schrecklichen Moment zu warten, wenn man bis ans Ende des Sprungbretts vorlaufen und springen musste. Mr. Janks stand in Badehosen daneben und wippte auf seinen großen, haarigen Füßen auf und ab. »Los, Ray, auf, auf. Nur keine Angst!«, brüllte er.

Ich heiße nicht Ray, dachte Rachel. Ich bin Rachel. Und ich bin kein Amphibienwesen, also dräng mich nicht.

»Kopf nach unten, Arme vorgestreckt, Knie gebeugt und das Ziel angepeilt, Ray. Los jetzt, spring!« Und Rachel schloss die Augen, holte tief Luft, sprang und fühlte, wie das Wasser heftig über ihr zusammenschlug. Ihre Nase war voll Wasser, sie schlug mit den Armen um sich, und sobald sie aufgetaucht war, schnappte sie nach Luft und nieste. Mr. Janks brüllte »Gut!«, und die anderen Kinder lachten. Als Nächstes musste sie ihren Kraulstil verbessern. Mr. Janks lief die ganze Zeit am Beckenrand neben ihr her und schrie: »Kopf nach unten! Du atmest nicht richtig! Dreh den Kopf zur Seite zum Einatmen, dann leg das Gesicht aufs Wasser zum Ausatmen. Nun komm schon, so schwer ist es doch nicht.«

Jeden Abend hörte sich Daddy eine andere Aufnahme der Vierten Sinfonie von Mendelssohn an, las dazu die Partitur und machte sich Anmerkungen.

»In was für einer wunderbaren Stadt wir doch leben!«, sagte er eines Abends beim Essen. »Ich frage euch: Wo sonst in diesem Land erhält ein Mann von achtundvierzig Jahren die Gelegenheit, zum ersten Mal in seinem Leben ein Sinfonieorchester zu dirigieren? Ist das nichts?«

»Mit der Stadt hat das nicht viel zu tun«, bemerkte Mutter, »sondern eher damit, dass ein gewisser mieser Typ dich in der letzten Minute versetzt hat. Und es hat auch etwas mit Naivität zu tun. Aber hör nicht auf mich, ich bin nur die Realistin in der Familie.«

Rachel gewann endlich den Kampf gegen das Unkraut im Garten und legte die Steinplatten aus für ihren Sitzplatz unter der Eiche, und als Mutter im *Register* eine Anzeige für einen gusseisernen Tisch mit einer Glasplatte und zwei Stühlen sah, kaufte sie die Möbel. Das Antiquitätengeschäft in der Hauptstraße hatte einen alten Springbrunnen zu verkaufen, mit Putten und einem Wasser speienden Delfin, und der Inhaber, ein Mann namens Wells, brachte ihn mit seinem Lieferwagen herüber, stellte ihn beim Steingarten auf und grub sogar noch einen schmalen Graben für die elektrische Zuleitung für die Pumpe. Er füllte den Brunnen mit Wasser und die Pumpe sog das Wasser aus dem Becken und spritzte es durch das Maul des Delfins wieder hinaus, so dass es ins Wasserbecken zurücklief. »So«, sagte er, »jetzt kann es losgehen.«

In den nächsten Tagen saß Rachel mit einer Sonnenbrille auf der Nase oft in ihrem Garten und las.

Sie las *Eine Geschichte aus zwei Städten* von Charles Dickens – ein Buch, das Mutter ihr gegeben hatte – und einen Krimi von Angie, die eine ganze Kiste davon in der Garage hatte. Der Krimi hieß *Die Blondine von Nr. 436* und darin kam ein Privatdetektiv namens Pete Murphy vor, der mit gezogener Pistole ins Zimmer Nr. 436 stürzte und schrie: »Okay, ihr Schlaumeier, runter jetzt mit den Spielzeugpistolen und hoch die Patschhändchen, damit ich sie schön sehen kann, sonst blas ich euch ein paar nette Löcher in den Pelz, dass man euch als Sieb benutzen kann!«, und die Contrero-Bande ließ die Pistolen fallen, während die Blondine, die Rosie hieß, sich in Petes Arme warf und säuselte: »Das ist mal ein erfrischender Anblick für meine müden Augen, so ein großer, starker Kerl!«

Als Carol von ihrer Tour zurückkam, fuhr Rachel mit dem Fahrrad zum River Park Stadion, wo die O'Connells gegen eine Mannschaft aus Menomonie spielten. Sie saß in der obersten Reihe der Zuschauertribüne, aber Carol entdeckte sie doch und winkte und Rachel winkte zurück. Carols Mannschaft trug knallrote Hemden, blaue Shorts, rote Socken und rote Kappen. Carol war ein guter Shortstop, das sah man auf den ersten Blick. Sie sah absolut locker aus, wie sie da, die Knie gebeugt und auf den Zehenspitzen wippend, auf ihrer Position stand und mit der Faust in den Handschuh schlug. Wenn ihr ein Ball zugeschlagen wurde, fing sie ihn, schnickte ihn hoch und warf ihn dann mit einem kräftigen Schlag zur ersten Base. Einmal kam ein extrem hoher Flugball und sofort rannte Carol nach rechts, zum Zaun hinüber. Sie riss den Blendschutz ihrer Kappe herunter und brüllte: »Ich hab ihn! Ich hab ihn!«, und sie hatte ihn tatsächlich. Sie fing den Ball, während sie gegen den Zaun prallte, warf ihn der Pitcherin zu und rannte zur Shortstop-Position zurück. »Auf geht's, Becky!«, rief sie. »Hau einen raus! Wir zeigen's ihnen!«

Es sah aus, als wäre es ein einziger großer Spaß, als die Mannschaft nach dem Spiel vom Platz rannte, einander auf den Rücken klopfte, die Rufe, der Jubel. Aber Rachel erinnerte sich, wie es in den Sportstunden gewesen war, die Qualen, die sie gelitten hatte, die Peinlichkeit, wenn die anderen sie nicht ansahen, nicht mit ihr redeten, nur weil sie irgendeinen blöden Fehler gemacht hatte.

Jeden Morgen, wenn Rachel vom Schwimmen nach Hause kam, sah sie den Stapel Post auf dem Tisch im Eingang durch, die Rundschreiben und Rechnungen und Bittbriefe von Wohltätigkeitsorganisationen, die vielen Zeitschriften – *Time*, *The New York Review of Books,* die Musikzeitschriften *Clavier* und *Strad* –, immer in der Hoffnung auf einen Brief von Phoebe, und endlich, eines Tages war er da, ein hauchdünner blauer Umschlag mit ihrem Namen in Phoebes eleganter Füllerschrift und Leonardo da Vincis Bild auf der Briefmarke und dem Poststempel *Firenze, Italia.*

Rachel öffnete den Umschlag.

Liebe Rachel!
Ich habe einen Reiseführer mit dem Titel »Stillstand in Rom« geschrieben. Es ist so gedacht, dass man sich irgendwo hinsetzt und sich umsieht und der Reiseführer einem erklärt, was man gerade sieht. Was hältst du davon?

Deine Phoebe

Nicht gerade ein ausführlicher Brief. Vielleicht wurde Phoebe es leid, ihr zu schreiben, und diese knappen Zeilen sollten ihr sagen: »Lass mich mal in Ruhe. Such dir zur Abwechslung jemand anderen, dem du schreiben kannst.« Also schrieb Rachel einen Brief an Scott.

Liebster Scott!
Du bist der begabteste Musiker, den ich kenne, und wenn ich dir zuhöre, wenn du Cello spielst, weiß ich, dass du eine schöne Seele hast. Ich habe jeden Tag an dich gedacht und das heißt wohl, dass ich mich ganz schön in dich verliebt habe. Aber weil das so ist, gibt es etwas, das du wissen solltest. Im September gehe ich vielleicht nach Interlochen. Es tut mir weh, wenn ich daran denke, dass ich dann nicht mehr samstags beim Streicherensemble in deine schönen Augen schauen kann, aber die Zeit ist für mich gekommen, mein altes Leben aufzugeben und etwas Neues zu beginnen. Dort werde ich an einem Ort sein, wo ich jeden Tag mit anderen Musik machen kann. (Aber natürlich könnte niemand dich ersetzen.) Deshalb, mein Liebling, ist dies mein Abschied von dir. Wir werden uns bei den Sommerkonzerten sehen, aber es wäre zu schmerzhaft für mich, dir dies persönlich zu sagen. Ich möchte nur, dass du weißt, dass ich dich liebe und dass ich dich nicht vergessen werde.

Sie überflog den Brief noch einmal, dann zerriss sie ihn in viele Fetzen und warf sie in den Papierkorb. Ein blöder Brief. Es war schon das, was sie sagen wollte, aber ausgesprochen klang es einfach bescheuert.

Eines Abends bekam Mutter einen Anruf von Fred Wyman, der ihr erzählte, dass Pastor Sykes Ende September die Gemeinde verlassen würde. Er würde aus dem Kirchendienst ausscheiden und nach Minneapolis ziehen, wo er Kurse besuchen wolle, um Immobilienmakler zu werden. »Der Ärmste«, sagte Mutter, »aber alles in allem denke ich, dass es für das Evangelium besser sein wird, wenn Sykes es nicht mehr predigt.« Am nächsten Tag stürzte sie sich in eine Großaufräumaktion im Haus und füllte sechs große Kisten mit Büchern und Kleidung für den Flohmarkt der Zionsgemeinde. »Unordnung kann Krankheiten verursachen«, sagte sie. »Das habe ich irgendwo gelesen.« Sie platzte in Rachels Zimmer, um zu sehen, ob Rachel Kleidung hatte, die sie nicht mehr brauchte.

»Ich hasse es, wenn du einfach so hereinkommst«, sagte Rachel.

»Ich habe geklopft«, sagte Mutter.

»Aber dann hast du die Tür aufgemacht, bevor ich auch nur Zeit hatte, ›Herein‹ zu sagen!«

»Sollte ich nicht in dein Zimmer kommen?«

Mutter konnte dermaßen begriffsstutzig sein. »Darum geht es gar nicht«, antwortete Rachel. »Dies ist mein Zimmer und ich möchte, dass du fragst. Und dann möchte ich, dass du wartest, bis ich antworte.«

»Tut mir Leid.« Mutter war getroffen. Sie ging nach draußen und rauchte stehend einige Zigaretten, während sie auf den Springbrunnen schaute. »Du kannst dich gern an den Tisch setzen«, rief Rachel zum Fenster hinaus.

»Schon gut«, sagte Mutter. »Ich stehe gern.«

Rachel räumte den halben Kleiderschrank aus und stopfte die Sachen für den Flohmarkt in grüne Plastiksäcke. Als sie sie ansah, wurde ihr etwas weinerlich zumute. Mit manchen dieser Kleidungsstücke waren so viele Erinnerungen verbunden. Darin war sie mit dem Rad herumgefahren, zur Schule gegangen und jetzt ging sie vielleicht weg von hier, für immer. Sie warf sich auf ihr Bett, mit dem Gesicht nach unten, und weinte. Es tat gut, sich so richtig auszuweinen.

Mutter klopfte an die Tür. »Darf ich hereinkommen?«

»Okay«, sagte Rachel. Mutter kam auf Zehenspitzen herein, um die Plastiksäcke zu holen.

Es war typisch für Mutter, dass sie einen nie fragte, was los war, wenn sie sah, dass man weinte. Sie versuchte einfach einem irgendetwas Gutes zu tun. Wenn Daddy hingegen mitbekam, dass man weinte, dann gnade einem Gott: Er fragte gleich, was man hatte, und egal was es war, immer fühlte er sich schuldig und in kürzester Zeit kamen auch ihm die Tränen. Für Mutter war Weinen etwas so Normales wie Lachen. Man weinte, weil man weinte, fertig.

»Weißt du was«, sagte Mutter, »wir machen heute ein Picknick mit den Wymans.«

Sie rief Angie an und in null Komma nichts hatten die

beiden ein Essen auf die Beine gestellt: Mutter machte Tacos mit Hühnchenfüllung und Angie Sloppy Joes – Sandwiches mit einer Scheibe gebratenem Hackfleisch dazwischen –, Fred mixte eine große Kanne Limonade und Daddy brachte zwei Liter Bluebird-Eis mit nach Hause, Karamell und Pekannuss. Carol und Rachel kümmerten sich um die Beilagen für die Tacos – gehackte Zwiebeln, grüne Paprika, Bohnen – und deckten den Tisch im Garten der Wymans.

Ganz diplomatisch nahm sich jeder einen Taco und einen Sloppy Joe.

»Ich liebe Sloppy Joes«, sagte Daddy. »Mir schmecken sie besser als Hamburger.« Er nahm einen großen Bissen und der braune Saft lief ihm übers Kinn. »Wenn wir das Geheimnis deiner Sauce herausbrächten, Angie, könnten wir eine Kette eröffnen und reich damit werden. MacWymans wäre doch ein guter Name.«

»Plattburger«, schlug Fred vor.

»Oder so«, sagte Daddy. »Ich bin überzeugt, dass Sloppy Joes bald der Renner sind. Leicht zuzubereiten, lecker, billig. Und mit weniger Kalorien als Hamburger. Mensch, wir sollten wirklich ein paar Tausend Stück machen und am vierten Juli verkaufen.«

Angie sagte, sie habe gehört, dass der vierte Juli dieses Jahr eine ganz große Sache werden solle, vor allem mit dem Konzert. Dabei blickte sie Rachel an und lächelte. »Ich bin schon jetzt ganz aufgeregt und dabei ist es noch eine ganze Woche bis dahin.« Sie wandte sich Mutter zu. »Bist du nicht auch aufgeregt?«, fragte sie.

»Doch«, sagte Mutter. »Ich freue mich darauf.«

»Was für eine Ehre für unsere Stadt!«, sagte Angie voller Begeisterung. »Eine Geigerin *und* den Dirigenten zu stellen! Und beide aus einer Familie!«

Mutter lächelte. »Es ist so lange ehrenvoll, bis man anfängt sich vorzustellen, was alles schief gehen kann. Dann ist es eher ein ehrenvoller Alptraum.«

»Wie wär's mit noch einem dieser wundervollen Sloppy Joes?«, warf Daddy ein, der gern das Thema wechseln wollte. Er nahm die Platte und hielt sie Angie hin, aber die schüttelte den Kopf.

»Was soll schon schief gehen? Bestimmt wird es wunderbar«, antwortete Angie. »All die Leute, die von überall herkommen, hierher in unser Sandy Bottom, um ein Orchester zu hören! Wenn das kein Grund ist, stolz zu sein!«

»Was werdet ihr spielen?«, fragte Fred. »Ein paar nette alte Melodien von Glenn Miller?« Es sollte ein Scherz sein.

»Nein«, antwortete er, »wir werden eine Sinfonie von Mendelssohn spielen, einen Teil eines Klavierkonzerts von Mozart, diesen langsamen Satz, der so anfängt« – er summte ein paar Takte – »und hören dann mit einem gewaltigen Spektakel auf, der *Ouvertüre 1812*.«

»Was ist das?«, fragte Angie.

Daddy sah auf. »Was ist was?«

»Die *Ouvertüre 1812*.«

»Das ist die mit dem Kanonendonner«, sagte er. »Wenn du sie hörst, wirst du dich erinnern.«

Carol beugte sich vor. »Werdet ihr echte Kanonen haben?«

»Gerade heute habe ich mit den Leuten gesprochen und fünf Kanonen bestellt«, antwortete Daddy. »Sie werden sie vor der High School aufbauen. Alle Leute müssen ihre Fenster offen lassen, damit das Glas nicht zerspringt.«

»Das hört sich ja wunderbar an«, sagte Angie. »Hoffentlich spielt das Wetter auch mit. Aber wird Ingrid denn nicht Klavier spielen?«

»Nein«, sagte Daddy. »Ich fürchte, sie hat sich schon lange von der Bühne zurückgezogen. Wir holen uns einen Jungen aus Green Bay.«

Mutter lächelte Daddy an. »Um die Wahrheit zu sagen, es hat mich nie jemand gefragt«, sagte sie. »Aber das ist schon in Ordnung. Ich bin mir ohnehin nicht sicher, ob ich mit diesem Dirigenten zurechtkäme.«

Fred stand auf. »Wer möchte Eis?«, fragte er.

Das Eis aßen sie in Rachels neuem Garten. Der Springbrunnen war angestellt, das Wasser spritzte aus dem Maul des Delfins ins Becken und Carol sagte, es sei der hübscheste Garten, den sie je gesehen habe.

Bei den Fliederbüschen sagten sie einander Gute Nacht.

»Wie schnell der Abend vergangen ist«, sagte Angie.

»Ein schöner Abend«, sagte Mutter.

»Wir sollten das öfter machen«, sagte Daddy.

»Unbedingt«, sagte Fred. Die Männer schüttelten sich die Hände und Angie nahm Mutter schnell in den Arm.

Carol legte Rachel den Arm um die Schulter. »Danke, dass du zu meinem Spiel gekommen bist«, sagte sie.

Es war wirklich ein schöner Abend gewesen. Wenn ich

groß bin, dachte Rachel, will ich ganz oft solche Abende haben, an denen Leute zusammensitzen, miteinander essen und reden. Über ganz normale Sachen reden. Und hören, wie der andere Grammatikfehler macht, und es ihm stillschweigend nachsehen. *Es war ein echt schöner Abend.*

Eine Verabredung

Nachts wachte Rachel plötzlich auf. Sie saß senkrecht im Bett, weil sie dachte, sie hätte einen Schrei gehört. Da war es wieder, direkt unter ihrem geöffneten Fenster. Sie glitt aus dem Bett, sah den matten Lichtschein unter der Tür, öffnete sie und stolperte verschlafen durch den Flur bis zum Schlafzimmer ihrer Eltern. Sie öffnete die Tür einen Spaltbreit und schaute hinein. Sie schliefen beide, Rücken an Rücken und leise atmend. Mutter hatte wie immer ihre Kopfhörer auf, damit sie Radio hören konnte, falls sie nachts einmal aufwachte. Sie hasste es, auch nur eine Minute zu vergeuden, und da der öffentliche Rundfunksender die ganze Nacht lang kanadische und britische Programme übertrug, schaltete sie, wenn sie von Schlaflosigkeit geplagt wurde, das Radio an und lernte, während sie so im Bett lag, etwas über die Lachsfischerei oder Asteroide oder Musik der Aborigines im australischen Outback.

Da ertönte wieder ein Schrei und dann noch einer und Rachel trat ans Fußende des Bettes und sagte: »Dad! Mutter!«, aber sie hörten sie nicht. Auf einmal wusste Rachel, wer da so schrie: Katzen!

Zwei Kater, die im Garten aufeinander getroffen waren und einander das Gebiet streitig machten, standen sich in Kampfstellung gegenüber. Die Schreie waren nichts anderes gewesen als gegenseitige Beleidigungen oder Ausdruck des Schmerzes, wenn einer dem anderen im Nacken saß. Dagegen konnte man nichts machen.

Rachel schlich auf Zehenspitzen zurück in ihr Zimmer und schaute aus dem Fenster. Drüben bei den Fliederbüschen gab es ein wüstes Gerangel, die Kater kämpften miteinander, bis der Verlierer, den Sieger auf den Fersen, hinüber in den Garten der Wymans schoss. In der Ferne hörte man noch ein Jaulen, dann war alles still.

Es war Viertel vor vier.

Rachel lag wach, lauschte. Wie grausam war doch die Natur. Katzen bekämpften einander bis aufs Blut, Falken stießen vom Himmel herab, um kleine Kaninchen, die zwischen den Getreidestoppeln hockten, zu greifen, Katzen fingen Mäuse und quälten sie. Es war völlig anders als in den Bildergeschichten von Tieren, die fröhlich miteinander durch den Wald tollten. In Wirklichkeit herrschte da draußen ständig Krieg. Aber waren die Menschen so anders? Jeder drängte nach vorn, um bemerkt zu werden, um gute Noten zu bekommen, um auf der Leiter emporzusteigen und so über andere zu herrschen und sie dazu zu bringen, die Dinge so zu machen, wie er selbst es wollte. Rachel wusste, dass sie in diesem Kampf niemals gut sein würde. Sie war Musikerin. Ein Kaninchen war sie, das zitternd in seinem Bau saß und zwinkernd hinausspähte. Über ihr kreisten die Falken, trieben im Wind, die glasigen Augen wie Teleskope immer auf den Boden gerichtet, und sie konnte sie nicht sehen dort oben am blauen Himmel. Aber andererseits konnte sie ihr Leben auch nicht in Angst verbringen, sich immer in einem Loch in der Erde verstecken. Was sollte sie nur tun?

Und dann war es plötzlich hell im Zimmer. Es war Morgen und es duftete nach Waffeln und Ahornsirup.

Es war Mittwoch, der Mittwoch vor dem Montag, an dem das Konzert stattfinden sollte, und am Abend sollte die erste Orchesterprobe sein. Bevor Mutter sich gestern Abend mit rasenden Kopfschmerzen nach oben zurückzog, hatte sie erklärt, dass sie die Nase voll habe von diesem vierten Juli und dass sie sehr viel glücklicher sein würde, wenn es endlich der fünfte sei. Seit Tagen läutete das Telefon der Greens unablässig, weil ständig jemand eine Frage zu der Veranstaltung hatte. Ein Freund von Daddy, der Meteorologe in Eau Claire war, hatte neue Informationen über eine Sturmfront in den Dakotas, die auf dem Weg nach Osten sei – das Gewitter würde vermutlich am Sonntag eintreffen, so dass der Himmel am Montag wieder wolkenlos sein müsste. Die Firma, von der Daddy die Bänke mietete, wollte die genaue Anzahl wissen. Ob er mit mehr als zweitausend Besuchern rechnete? Und wie viele von ihnen würden ihre eigenen Liegestühle mitbringen oder einfach auf dem Rasen sitzen? Der Metzger brauchte die genaue Anzahl der zu liefernden Bratwürste, die Brauerei fragte an, wie viel Bier sie bringen sollte, und die Damen von der lutherischen Kirchengemeinde, die einen Kuchenstand planten, wollten wissen, wie viele Kuchen sie backen sollten. »Sie könnten das ganze Jahr lang backen und es wäre trotzdem noch nicht genug, schon gar nicht vom Blaubeerkuchen« war Daddys Antwort.

Die Leute riefen ihn in der Firma an, sie riefen ihn zu Hause an. Wie viele Lautsprecher würden für die Ansprachen benötigt? Wie groß sollte das Zeltdach für den Bereich der Musiker hinter der Bühne sein? Wohin kamen die Mobilklos? Mutter und Rachel notierten alle Anfragen auf einem gelben Schreibblock, der schon bald halb voll gekritzelt war: »Bücherflohmarkt der Stadtbücherei – kann der Stand in der Nähe des Musikpavillons aufgebaut werden? Zuckerwatte – ja oder nein? Bud anrufen, wann Mückenspray versprüht werden soll! Bürgermeister möchte Treuegelöbnis vorsprechen – okay? Kommt Ehrenwache des Veteranenverbands auf die Bühne oder bleibt sie auf dem Rasen? Gebet?«

Ein Musiker suchte eine Mitfahrgelegenheit – ob Rachels Vater zufällig die Telefonnummer des Oboisten aus Racine hatte? Würde es hinter der Bühne etwas zu essen geben oder sollten sich die Musiker selbst etwas mitbringen? Der Typ aus LaCrosse mit den Jahrmarktsattraktionen wollte wissen, welche elektrischen Anschlüsse vorhanden seien und ob er zwei Riesenräder oder nur eins mitbringen sollte. Und wie war es mit dem Ponyreiten? Einmal war der Polizeichef am anderen Ende, als Rachel den Hörer abnahm. Er war schrecklich besorgt, dass sich eine unübersehbare Menschenmenge versammeln könnte. Wo sollten die Besucher ihre Autos abstellen und war für mobile Toiletten gesorgt worden? Nur wenige Minuten vorher hatte Rachel mit dem Mann von der Sanitärfirma gesprochen und so wusste sie zufällig die genaue Anzahl: vierundzwanzig. Nach den Aussagen des Mannes reichte eine Toilette locker für zweihundert Leute, vermutlich sogar für dreihundert. Er schien exakt zu wissen, bis zur letzten Gallone, wie viel Urin tausend Menschen an einem Sommerabend zu produzieren pflegen. Der Polizeichef glaubte nicht, dass vierundzwanzig Toiletten ausreichten. Und außerdem machte er sich Sorgen über irgendwelche Banden, vor allem Motorradbanden, die auftauchen könnten, über Drogen und Gewalt. »Motorradbanden kommen doch normalerweise nicht zu Sinfoniekonzerten«, sagte Rachel, die etwas Zuversichtliches sagen wollte. »Das kann man nie wissen«, antwortete der Polizeichef. »Die Erfahrung zeigt, dass sie gerade dann urplötzlich in Erscheinung treten, wenn man am allerwenigsten mit ihnen rechnet.« Er denke daran, die Streifenwagen der Autobahnpolizei um Verstärkung zu bitten – ob das Festkomitee sich wohl an den Kosten beteiligen könne?

Rachel notierte alles. In Wirklichkeit gab es gar kein Festkomitee, Daddy machte alles selbst. Er gehörte zu den Leuten, denen es Spaß machte, etwas zu organisieren und dafür zu sorgen, dass es lief. Und das bedeutete, dass er jede Einzelheit selbst überwachte.

Dienstagabend nahm Rachel einen Anruf entgegen, der sie in schallendes Gelächter ausbrechen ließ. Ein Mann von der Männervereinigung der Zionsgemeinde wollte wissen, ob der Parkplatz mitten im Zentrum einen Tag vor den Festlichkeiten abgesperrt werden könne, damit sie den Wassertank für das ›Pastor-versenken‹-Spiel aufstellen konnten. Es würde ziemlich lange dauern, bis sie ihn vom LKW abgeladen und mit Wasser gefüllt hätten.

»Soll das heißen, dass das kein Witz war?«, fragte Rachel

Daddy beim Abendessen. »Pastor Sykes ist tatsächlich damit einverstanden, dass die Leute mit Bällen auf ihn zielen und versuchen ihn ins Wasser zu schmeißen?«

»Genau das«, antwortete Daddy. »Wenn wir es geschafft hätten, deine Mutter zu überreden sich da oben hinzusetzen – dann könnten wir so viel damit verdienen, dass wir alle Kosten wieder raushätten.«

»Sehr witzig!«, sagte Mutter.

Mittwochmorgen wachte Mutter auf und fasste ein weiteres Mal den Beschluss, mit dem Rauchen aufzuhören. Den ganzen Dienstag lang hatte sie für das geplante Kunstzentrum gearbeitet: Sie hatte der staatlichen Kommission für Kunstförderung einen Zuschuss in Höhe der Spende von Mrs. Ferguson abgeschwatzt und anschließend Mr. Sorenson in Arizona überredet, einen Betrag in der Gesamthöhe der beiden anderen Spenden lockerzumachen. Und endlich hatte sie noch bei einer Musikalienhandlung in Minneapolis sämtliche Noten, die der Chor im Herbst brauchen würde, bestellt. Sie war so beschäftigt gewesen, dass sie das Rauchen ganz einfach vergessen hatte. Ein halbes Päckchen habe sie am Dienstag nur geraucht, erzählte sie stolz beim Frühstück, zehn mickrige Zigaretten. Bestimmt könnte sie die zehn noch auf fünf reduzieren, dann auf zwei und dann – dann läutete das Telefon. Es war Großmutter, die aus Milwaukee anrief. »Hallo, Grandma«, quetschte Rachel zwischen Resten von Müsli und Toast hervor. Mutter sah sich nach ihren Zigaretten um. Daddy stand leise auf und ging aus dem Zimmer.

»Sag mal, was ist denn mit euch los? Ihr meldet euch ja gar nicht. Deine Mutter sollte mich doch anrufen. Seid ihr krank oder was? Oder habt ihr meine Telefonnummer vergessen? Was ist denn nur los?« Großmutter sprach so laut, dass Rachel den Hörer ein ganzes Stück vom Ohr weg hielt.

»Wir haben so furchtbar viel zu tun, Großmutter. Montag ist doch das große Konzert bei uns. Bleibt es dabei, dass ihr am Sonntag kommt?«

»Ja, natürlich. Was für ein Konzert?«

Also erzählte ihr Rachel noch einmal von Daddys Orchester, und während sie noch sprach, roch sie den Rauch. Mutter ging in ihrem blauen Bademantel im Flur auf und ab und rauchte die erste Zigarette des Tages. Daddy war ins Büro gefahren.

Großmutter sagte irgendetwas von Leuten, die nicht einmal so viel Verstand hätten, wie Gott den Gänsen gegeben hätte, und die sich in große Projekte stürzten anstatt sich, wie es sinnvoll wäre, um ihre Gesundheit zu kümmern. Rachel sagte: »Es wird ganz wundervoll, Großmutter! Wir spielen Mendelssohn und Mozart und Tschaikowskys *1812*.«

»Mozart!«, nörgelte Großmutter. Sie bevorzugte Wagner, dessen Persönlichkeit ihrer eigenen besser entsprach. Man konnte sie sich gut vorstellen mit einer goldblonden Zopfperücke und einem Helm mit Hörnern, wie sie mit Speer und Schild zwischen Glasfaserfelsen stand und eine Arie aus der *Walküre* kreischte.

Rachel reichte den Hörer an Mutter weiter, die sich hinsetzte, den Hörer ans Ohr hielt, ihre Zigarette zu Ende rauchte und sich eine neue anzündete. »Ja, Mutter, ich weiß. Ja.« Rachel wusste, dass Großmutter ihr wieder einmal den alten Vortrag darüber hielt, warum um alles in der Welt sie in diesem popeligen Kaff leben mussten anstatt wie zivilisierte Menschen in Milwaukee, in einem netten Haus in der Nähe der Großeltern. Großvater würde Daddy *nur zu gern* eine gute Stelle besorgen, er wäre *begeistert,* und Ingrid könnte endlich etwas aus ihrem Leben machen, anstatt es in dieser Baptistenkirche zu vergeuden. »Methodisten!«, warf Mutter ein. (Von den Kämpfen mit dem Schulvorstand und dem Krieg gegen den Bürgermeister wusste Großmutter nichts.) Und außerdem, fuhr Großmutter fort, wäre es doch so schön, sie drei in der Nähe zu haben, während Großvater und sie sich in der Abenddämmerung ihres Lebens befänden. »Wir werden nicht immer da sein, weißt du, und ihr solltet uns besuchen, solange es geht. Wenn wir nicht mehr sind, wirst du wünschen, du hättest mehr Zeit mit uns verbracht. Das kannst du mir glauben, Ingrid.«

Als Großmutter aufgelegt hatte, war Mutter zu einem schuldbeladenen Häufchen zusammengeschrumpft – Unterhaltungen mit Großmutter nahmen sie immer sehr mit. Sie ging hinauf ins Schlafzimmer und weinte eine Weile, und als sie wieder hinunterkam, trug sie ein hübsches weißes Sommerkleid und hatte sich die Zehennägel lackiert. Sie setzte sich barfuß ans Klavier, mit seitlich hinunterhängenden Armen, und blickte mit einem abwesenden, verträumten Gesichtsausdruck zur Decke empor. Dann zählte sie leise vor sich hin, hob die Hände und ließ sie über den Tasten schweben, atmete leicht ein und ihre linke Hand spielte sanfte, pulsierende Akkorde, bis die rechte Hand mit der Melodie einsetzte: Es war der langsame Satz aus dem Klavierkonzert von Mozart, das Andante, das der Junge aus Green Bay am vierten Juli spielen sollte.

Rachel wusch das Frühstücksgeschirr ab. Es war ein schöner Sommertag. Sie ging in den Garten und goss die Taglilien und die Gänseblümchen, die jetzt, wo das Unkraut beseitigt war, endlich eine Chance hatten zu wachsen. Rachel dachte an die Probe am Abend. Sie stellte sich vor, wie es wäre, wenn sie den Rest ihres Lebens zu Hause bliebe wie Emily. Ich würde in meinem Zimmer leben und Gedichte auf kleine Papierstreifen schreiben, sie mit einem Seidenband zusammenbinden und in einem Schuhkarton aufheben. Ich würde eine Mauer rings um den Garten bauen lassen, um darin sitzen zu können ohne das Gefühl, dass mich jemand beobachtet. Ich trüge ein weißes Kleid. Menschen würden zu Besuch kommen und Mutter würde ihnen Kaffee servieren und mit ihnen reden, und alle würden auf das Knarren der Dielen über ihnen lauschen und hoffen einen flüchtigen Blick auf die mysteriöse Rachel Green werfen zu können, die geisterhafte, sich immer entziehende Rachel, die heiligmäßige Eremitin, die Tag für Tag zu ihrer Violine griff und eine wehmütige, süße Melodie spielte für ihre unerwiderte Liebe, den nicht minder weltfremden Scott.

Sie versuchte Geige zu üben, konnte sich aber nicht konzentrieren. Sie rief bei Carol an, aber Carol schlief noch, sagte Angie. Rachel lümmelte sich aufs Bett und begann *Moby Dick* zu lesen. Mutter hatte das Buch vor Wochen auf Rachels Schreibtisch gelegt, zusammen mit einem Zettel: »Jetzt, wo die Schule aus ist, wirst du viel Zeit zum Lesen haben. Mit diesem Buch würdest du deine Zeit sehr gut nutzen. Kuss, Mutter.« Rachel las einige Seiten, überschlug erst ein paar und dann gleich dreißig auf einmal auf der Suche nach der Szene, in der der weiße Wal das Boot der Walfänger angriff, konnte sie aber nicht finden. Tut mir Leid, dachte sie, aber wenn das hier große Literatur ist, dann bin ich Jascha Heifetz.

Mutter saß noch immer am Flügel. Jetzt spielte sie einen schnellen Satz aus dem Mozartkonzert. Immer wieder spielte sie eine kurze Melodie, brach dann ab und begann von vorn. Jedes Mal stolperte sie über dieselbe Note. Ärgerlich knurrend stampfte sie mit dem Fuß auf, bevor sie einen erneuten Versuch machte. Dieses Mal war es vollkommen.

Rachel hörte das Telefon läuten, als sie gerade hinuntergehen wollte, um noch ein bisschen in ihrem Steingarten zu arbeiten. Mutter rief: »Telefon!« vom Fuß der Treppe nach oben und Rachel ging ins Schlafzimmer ihrer Eltern und nahm dort den Hörer ab. Es war Scott.

»Rachel«, sagte er. »Ich weiß, es ist unheimlich knapp, aber – magst du am Samstagabend mit mir ins Kino gehen?« Er klang nervös. »Etwa auf halber Strecke zwischen euch und uns gibt es ein Autokino. Ich würde dich abholen, ja? Mutter leiht mir ihren Wagen. Sie zeigen Horrorfilme, die ganz gut sein sollen. Magst du so etwas? Ich ja.

Aber wir müssen uns auch nicht beide ansehen, wenn du nicht magst. Wir müssen auch gar nicht gehen, wenn du nicht magst, wir können auch etwas anderes zusammen machen. Ich wollte dich eigentlich heute Abend bei der Probe fragen, aber dann ist mir eingefallen, dass ich ja deine Telefonnummer habe. Wie geht es dir denn so?« Er war eindeutig nervös. Ob er noch nie ein Mädchen ins Kino eingeladen hatte?

Sie wollte gerade sagen, dass sie ihre Mutter fragen müsse, doch dann beschloss sie Mutter nicht zu belästigen. Mutter war beschäftigt. Mozart tönte durchs Treppenhaus, es klang wie ein wunderschöner Regenschauer und die Musik schien ihr zu sagen: »Sicher, geh nur ins Kino, amüsier dich gut«, und so antwortete sie: »In Ordnung. Um wie viel Uhr?« Um acht, sagte Scott. Sie verabschiedeten sich. Beide legten auf. Und dann setzte sich Rachel erst einmal.

Nun würde sie also doch nicht ihr Leben in einem weißen Kleid in einem ummauerten Garten verbringen. Ein sehr gut aussehender Junge, der um so vieles cooler war als alle, die sie in Sandy Bottom kannte, wollte mit dem Auto seiner Mutter herkommen und mit ihr in einen Horrorfilm gehen.

Erste Probe

Rachels Herz klopfte schneller und ihre Hände wurden feucht, als Mutter den Wagen in die Schleife neben dem Gebäude der High School lenkte und anhielt. Von hier aus führte ein Weg zum Seiteneingang der Aula. Eine Frau mit einem Geigenkasten unter dem Arm öffnete gerade die Tür. Sie trug eine schwarze, kurzärmelige Bluse und weite schwarze Seidenhosen. Rachel durchfuhr ein leichter Schrecken: War es so, dass alle zur Probe in Schwarz kommen sollten? Hatte Mr. Robbins es ihr gesagt und sie hatte es überhört? Hatte nur sie nicht daran gedacht? Würde sie als Einzige den Raum betreten und falsch gekleidet sein?

»Für eine Probe gibt es keine Kleiderordnung«, sagte Mutter. »Aber dein Vater hat fünf verschiedene Hemden anprobiert, um eines zu finden, in dem er am ehesten wie ein Dirigent wirkt. Schließlich hat er einen schwarzen Rollkragenpulli angezogen. Ich vermute, er wird darin eingehen, aber so wollte er gern aussehen. Wenn du also jemanden im schwarzen Rolli siehst, dann ist es dein Vater.«

Sie gab Rachel einen Kuss auf die Wange und Rachel stieg aus dem Wagen, den Geigenkasten in der Hand, und schlug die Tür zu. Sie wünschte, Mutter würde losfahren, so dass sie sich noch ein paar Minuten lang auf das Eisengeländer setzen und ihren Mut zusammennehmen könnte, aber das Auto stand unbeweglich da, während Rachel zur Tür ging und am Türgriff zog. Verschlossen! Sie versuchte es mit dem anderen Griff. Jetzt ging die Tür auf. Rachel winkte und Mutter fuhr davon.

Im Inneren des Gebäudes gab es eine so wundervolle Kakophonie, dass Rachel unwillkürlich lächeln musste – es war ein einziges Blasen, Kratzen und Stimmen von Instrumenten. Hinter der Tür befand sich ein grau geklinkerter Flur und die Tische der Cafeteria entlang der Wand waren übersät mit Instrumentenkästen und Notenmappen. Im Flur drängten sich vierzig Musiker, die ihre Instrumente stimmten, sich einspielten und miteinander redeten, und zwar alles gleichzeitig. Ansonsten liefen sie herum wie Kühe, die darauf warteten, gemolken zu werden. Drei Männer standen in einem Winkel und rauchten und mit zurückgeworfenen Köpfen bliesen sie den Rauch in dünnen, blassen Wölkchen an einem Schild mit der Aufschrift RAUCHEN VERBOTEN vorbei zu den Lüftungsschlitzen in der Decke, wo der Rauch hübsch gekräuselt verschwand. Einer der drei sah auf die Uhr. »Ich bleibe nur bis neun, keine Minute länger«, sagte er. Ein schwerfälliger Glatzkopf, der ein Waldhorn an die Lippen gesetzt hatte, zwinkerte Rachel zu, als sie die Tür hinter sich zuzog, und blies einen langen, melancholischen Ton. Vor sich auf dem Tisch hatte er ein Stück Geburtstagstorte auf einer Serviette liegen. Auf jeden Fall trug er nicht Schwarz, sondern ein grün kariertes Sportjackett aus Kunstfaser, an das er einen großen Button mit der Aufschrift ICH WAR'S NICHT geheftet hatte. Die letzten überlebenden Haarsträhnen waren sorgfältig über den gewölbten, glänzenden Schädel gekämmt.

Rachel schlich auf Zehenspitzen an ihm vorüber und drängte sich durch die Menge, vorbei an ein paar Trompetern, die mit ihren Mundstücken zischende Geräusche hervorbrachten, bis ihr der Weg von einem kleinen, dicken Mann versperrt wurde, der sie aus seinen glasigen braunen Augen trübsinnig ansah und keinerlei Anstalten machte, zur Seite zu rücken. Er legte ein Taschentuch auf den Kinnhalter seiner Geige, klemmte sie unters Kinn und sagte: »Hier bist du falsch, Mädchen. Das hier ist nicht das Schulorchester.«

»Ich suche den Dirigenten«, sagte sie mit fester Stimme.

»Welchen Dirigenten?«, fragte er, bevor er sich umdrehte und rief: »He, Larry, wo steckt der Maestro?«

Ein Mann mit ernsten Gesichtszügen und einer alten blauen Baskenmütze drehte sich um und sah erst Rachel, dann den Geiger an. Sein eingefallenes Gesicht hatte die Farbe erkalteter Kartoffeln und unter der Mütze ragte ein Büschel weißer Haare hervor. Sein Fagott hatte er sich wie ein Gewehr über die Schulter gelegt und er kaute Möhren und Staudensellerie aus einer Plastikdose. Aus seiner Hemdtasche ragte eine Zahnbürste hervor.

»Wer?«, fragte er zurück.

»Der Dirigent«, sagte der Geiger. »Wie heißt er noch mal?«

»Sein Name ist Norman Green«, sagte Rachel. Sie schaute

an ihnen vorbei auf der Suche nach einem leeren Stuhl, auf dem sie ihre Geige abstellen könnte.

Larry zuckte mit den Achseln und schüttelte den Kopf.

»Vielleicht weiß es Helen«, sagte der Geiger. Grinsend rollte er mit den Augen und wies mit dem Kopf nach links, wo eine schlanke Oboistin mit kurz geschnittenem schwarzem Haar kerzengerade auf ihrem Stuhl saß. Sie blies ein langes A und schaute aufmerksam auf die Anzeigetafel ihres elektronischen Stimmgeräts, dann feilte sie ihr Rohrblatt nach. Der Geiger zupfte ein A und Rachel hörte, dass es nicht ganz sauber war. So waren die Geiger eben – egal wie sehr ein Oboist sich bemühte ein vollkommenes A zu finden, immer stimmten die Geiger ihr Instrument ein klein wenig höher, um einen besonders strahlenden Klang zu erzeugen.

Rachel mochte Oboisten gern. Es waren sehr empfindsame Menschen, die sich ständig Gedanken machten über ihr Rohrblatt, mit dem Messer daran feilten, es in Wasser einweichten, daran saugten und immer wieder die Finger auf die Klappen legten, um sich zu vergewissern, dass ihnen während der letzten neunzig Sekunden auch nichts Schreckliches zugestoßen war. Rachel hatte einmal auf Oboe umsteigen wollen, weil ihr die seelenvollen Töne so gut gefielen, aber Mr. Amidore hatte ihr abgeraten. »Wenn es heiß ist, stimmen die Töne nicht, wenn es feucht ist, klemmen die Klappen, und wenn es kalt ist, kann das Instrument einen Riss bekommen«, hatte er gesagt. »Du musst dich ständig um dein Instrument kümmern. Und dann noch die Rohrblätter – willst du schnitzen oder willst du Musik machen? Es ist ein einziger Krampf. Bleib lieber bei der Geige.«

»Helen!«, sagte der Geiger und die Oboistin sah auf, lächelte Rachel an und begrüßte sie. »Du suchst Mr. Green?«, fragte sie. »Er ist auf der Suche nach dem Hausmeister. Die Notenständer reichen nicht und es ist viel zu heiß in diesem Raum. Außerdem gibt es kein Podest.« Sie lächelte und schüttelte den Kopf, so als wäre diese Art der Konfusion höchst ungewöhnlich.

»Stört es Sie, wenn ich meinen Geigenkasten hier hinstelle?«, fragte Rachel.

»Stell ihn hin, wo du magst.«

Rachel setzte ihren Geigenkasten ab und eine Frau mit langem blondem Haar, die in einem Taschenbuch las, während ihre Flöte mit dem goldglänzenden Mundstück auf ihren Knien lag, blickte irritiert auf. Sie hatte kalte blaue Augen. An ihren Ohren baumelten lange silberne Ohrringe und um den Hals trug sie eine Kette aus Muscheln und Steinen. »Hier sitzen die Bläser«, sagte sie. »Die Streicher sind dort drüben.«

»Entschuldigung«, sagte Rachel. Sie blickte noch einmal kurz zu Helen, die sie lieb anlächelte, sagte »Tschüs« und ging weiter. Der lange Flur führte in den Bereich hinter der Bühne, wo sie erst vor wenigen Monaten gestanden und Carol zugesehen hatte, als diese in dem *Tagebuch der Anne Frank* mitspielte. Sie hatte in einem hübschen blauen Faltenrock und einer weißen Bluse im Versteck der Familie Frank in Amsterdam gesessen und in ihr Tagebuch geschrieben, als auf einmal das Gebrüll der Gestapo zu hören war und Schläge gegen die Tür krachten. Dann waren die Lichter erloschen und das Publikum hatte begeistert applaudiert. Jetzt war die Bühne kahl bis auf den schwarzen Vorhang, die alte Seilrolle an der Wand und den Kasten für die Bühnenbeleuchtung mit den großen, hölzernen Schaltern. Eine Straßenlaterne, die vor langer Zeit nach einer Aufführung vergessen worden war, lehnte an der Ziegelwand neben einer großen Kiste voller Hüte und der Pappmaché-Statue eines sitzenden nackten Mannes, der sein Gesicht in den Händen barg.

Die Cellisten hatten bereits auf der Bühne Platz genommen und die Bässe standen dröhnend und brummend dahinter, während die Bratschen und Violinen noch zögernd am Bühnenrand standen. Die Musiker stimmten ihre Instrumente, zupften einzelne Saiten, aber hauptsächlich redeten sie. Eine Frau rieb ihren Bogen mit Kolophonium ein, und als sie dann einen langen, lauten Ton spielte, stieg eine Harzwolke über dem Griffbrett empor. Ein anderer Geiger spielte eine funkelnde Passage und schaute dann nach allen Seiten, um zu sehen, ob ihm jemand zugehört hatte. Er war ein kleiner, sehr adretter Mann in weißem Hemd und grauen Hosen und Mokassins. Und er hatte die unglaublichste Frisur, die Rachel je gesehen hatte, ein wahres Kunstwerk – eine Wolke weißen Haares, das sich über der kahlen Stelle hochtürmte und mit Haarspray starr gemacht worden war. Das Haar lag nicht auf dem Kopf, sondern schwebte über ihm und um ihn herum. Es sah aus wie ein Vogelkäfig aus Haaren, in dem ein Kopf steckte. Auf das Haar waren Glanzpartikel gesprüht, die das Licht reflektieren sollten. Sein Kopf sah aus wie eine weihnachtliche Tischdekoration. Rachel fragte sich, wie lange er wohl morgens für den Aufbau des Kunstwerks brauchte.

Neben der Straßenlaterne aus Pappe, etwas abseits von den anderen, stand ein Mann mit grauem Haar und aufgedunsenem Gesicht; er trug eine alte graue Seidenweste, in der sein Bauch bequem Platz fand. Während er an einem Zahnstocher kaute und sich mit einer Partitur Luft zufächelte, las er aufmerksam den Plan für die Sitzverteilung des Orchesters, der an der Wand klebte. Er wandte sich um, als Rachel an ihm vorbeiging. »Miss Green?«, fragte er.

Rachel nickte. Mit einer leichten Verbeugung reichte er ihr etwas schlaff die Hand und sagte: »Mein Name ist Klonowski, ich bin der Konzertmeister. Sie sind seine Tochter, nicht wahr?« Er wies auf Daddys Namen oben auf dem Plan. Sie nickte wieder. Er wiegte sehr langsam den Kopf. »Nun«, sagte er feierlich, »man wird sehen.«

Hausmeister Lester bog um die Ecke, Daddy im Schlepptau. Daddy sah nervös aus. »In zehn Minuten beginnt meine Probe«, sagte er.

Lester winkte ab. »Keine Sorge, das kriegen wir schon hin. Kein Problem, Norm.« Dann unterbrach er sich und schnüffelte. »Ich rieche Rauch!«, schrie er. »WER RAUCHT HIER? Hier drin herrscht strengstes Rauchverbot! Bundesstaatsgesetz!« Dann entdeckte er im Flur die drei Übeltäter, die den Rauch in Richtung Lüftungsschlitze bliesen. »Hinaus! Hinaus!«, brüllte er. »Es ist doch nicht zu glauben! Raus mit euch! Sofort!« An seinem kahlen Kopf stand eine Ader deutlich hervor, sein Gesicht war rot angelaufen.

»Immer mit der Ruhe, Alterchen!«, sagte einer der Raucher.

»Rauch?«, fragte ein anderer mit starkem russischem Akzent. »Was soll sein Problem?«

»Macht endlich die Glimmstängel aus!«, brüllte Lester. Die Raucher drückten ihre Zigaretten in einer Blechdose auf dem Tisch aus. Lester warf ihnen einen wütenden Blick zu und schüttelte den Kopf. »Wie ein Haufen Teenager«, sagte er. Dann schob er das Kaugummi, an dem er gerade kaute, von einer Backe in die andere und sah Daddy an. »Also, was brauchten Sie noch mal? Notenständer? Kommen sofort.«

Er schlurfte davon in Richtung Musikraum und Daddy blickte sich um. Er sah Rachel und sagte »Hallo, meine Hübsche«, bevor er sich umdrehte, durch den schwarzen Vorhang schlüpfte, um den Platz des Dirigenten vor den Stühlen des Orchesters einzunehmen.

Nett sieht er aus in seinem schwarzen Rollkragenpullover, dachte Rachel, mit den hellbraunen Hosen, den schwarzen Socken und den leichten Slippern. Über einer Schulter lag ein weißes Handtuch. Es hatte genau die richtige Größe für einen Dirigenten bei der Probe.

Nun schlüpften zwei der Geiger durch den Vorhang auf die Bühne und die meisten anderen folgten, darunter auch der Mann mit dem Vogelkäfighaar. Rachel setzte ihren Geigenkasten auf einem leeren Stuhl ab, öffnete ihn und nahm die Geige heraus. Dann griff sie nach dem Bogen und betrat die Bühne. Jetzt sah sie auch Scott. Er saß bereits auf seinem Platz in der letzten Reihe der Celli und spielte. Er trug Jeans und ein weißes Polohemd, das seine Bräune unterstrich. Sie versuchte einen Blick von ihm einzufangen, aber er sah nicht von seinen Noten auf. Eine Frau, die vor Scott saß, stieß ihrem Vordermann ständig den Bogen in den Rücken, bis dieser sich umdrehte und schimpfte: »He, Mabel, kannst du das bitte mal lassen!«

»Also, Jack, ich habe doch keine Röntgenaugen. Vielleicht könntest du ja auch mit deinem Stuhl ein Stückchen zur Seite rücken«, antwortete Mabel. Jack stand knurrend auf und schob seinen Stuhl zur Seite. Rachel sollte laut Plan am dritten Pult der zweiten Geige sitzen und so schlängelte sie sich durch ein Dickicht von Bögen hindurch und setzte sich. Ihre Mitspielerin, eine ältere, dickliche Frau mit sehnigen Händen, lächelte sie freundlich an. Sie trug ein rotes Sweatshirt mit der Aufschrift FINGER WEG VON MAMA, dazu Jeans und Turnschuhe und vor sich auf dem Boden hatte sie eine große rosa-türkis gestreifte Handtasche liegen.

»Hi«, sagte sie, »ich bin Evelyn Carlson. Du musst Rachel sein. Nett dich kennen zu lernen.« Sie schlug die Noten auf. Es war die *Ouvertüre 1812*. Sie schnalzte mit der Zunge. »Als ich das hier zuletzt gespielt habe, haben sie direkt hinter mir das Becken geschlagen. Vor Schreck sind mir bald die Plomben aus den Zähnen geflogen! Das ist das Grässliche daran, wenn man zweite Geige spielt – wenn man Pech hat, landet man hinten in der Eisenwarenabteilung.«

Rachels Nachbar zur anderen Seite spielte eine Passage von Paganini – ziemlich nachlässig, wie Rachel fand. Er machte weiter mit ein paar Takten von Brahms, die noch schlimmer waren. Dann brach er ab und wandte sich Rachel zu. »Hallo, ich bin David. Schön mal ein junges Gesicht bei uns zu sehen, das senkt den Greisenanteil.«

Rachel stellte sich vor, und weil ihr sonst nichts einfiel, was sie sagen könnte, fragte sie: »Was ist das für eine Geige?«

»Eine italienische. Unbekannter Geigenbauer. Übrigens versuche ich gerade, sie zu verkaufen. Weißt du vielleicht jemanden, der interessiert wäre?« Rachel schüttelte den Kopf. »Außerdem will ich noch ein paar Bögen abstoßen. Magst du mal einen ausprobieren? Ich kann sie zur nächsten Probe mitbringen.«

»Nein, nicht nötig. Trotzdem vielen Dank.« Sie wandte sich Evelyn zu, um sie nach dem Orchester zu fragen – spielten diese Leute häufig zusammen, kannten sie sich alle untereinander? –, als David noch einmal anfing: »Übrigens, wenn du mal einen neuen Geigenkasten brauchst – ich kann ihn dir über den Großhandel besorgen. Hier ist meine Karte.« Er reichte ihr eine Visitenkarte mit seiner Adresse und Telefonnummer. Darüber stand in verschnörkelter Schrift der Namenszug *David Washburn* mit dem Zusatz *Violinist der Spitzenklasse*. Erstaunlich, dass jemand so etwas von sich selbst behauptete!

»Bei wem hast du denn Unterricht?«, fragte er sie.

»Bei Mr. Amidore in Oshkosh.«

»Ach, bei Rudy! Er ist ein alter Freund von mir. Sag ihm

bitte einen schönen Gruß, ja? Wie geht es ihm überhaupt? Und was macht seine Mutter? Wir beide waren zusammen in Manhattan am Konservatorium, er ist ein großartiger Typ und er hat ein Herz aus Gold.«

Rachel erzählte von ihren Schwierigkeiten mit dem Konzert von Mozart und danach war er ganz liebenswürdig und versuchte nicht mehr, ihr irgendetwas zu verkaufen. Rachel warf ab und zu einen Blick zu Scott hinüber, aber er sah noch immer nicht in ihre Richtung.

Die Frau vor Rachel nahm Platz und fragte: »Nun, welche Freuden erwarten uns heute?« Sie öffnete ihre Mappe und schaute sich die Noten an. »Aha, Mendelssohn, das ist gar nicht so übel.« Aber dann sah sie die Noten zu Tschaikowskys *Ouvertüre 1812* und stöhnte. »Gütiger Gott, steh uns bei. Ich hätte es mir denken können. Tschaikowsky! Und ausgerechnet sein schlechtestes Stück! Erst großes Gedröhne, dann ein bisschen Ballettmusik und zum guten Schluss die Artillerie. Musik ist das nicht gerade, wenn man mich fragt. Aber mich fragt ja keiner.«

Daddy stellte sich vorn auf, sah die Musiker an und klopfte mit seinem Taktstock leicht auf den Rand seines Pults. Der Stock war weiß und hatte einen Griff aus Kork.

Daddy hatte ihn bei einem Versandhaus in Philadelphia für einunddreißig Dollar plus fünf Dollar für Porto und Verpackung erstanden.

»Entschuldigen Sie bitte die Verspätung«, sagte er, »aber solche Dinge können nun mal passieren.« Lester stampfte noch durch den Raum und verteilte die restlichen Notenständer. Die Musiker beeilten sich ihm Platz zu machen, aus lauter Angst, er könne sie anrempeln und einen Ständer fallen lassen und womöglich ihre Instrumente ramponieren. Daddy lächelte nervös. »Ich finde es wirklich großartig, hier mit Ihnen zusammenzukommen, und ich freue mich schon auf die besten Molkereitage, die wir je hatten.« Einer der Hornisten machte das Muhen einer Kuh nach. Daddy lächelte ihn an. »Wir beginnen mit Mendelssohn.«

»Wir brauchen ein A!«, rief jemand aus der Abteilung der Holzbläser.

»Ach ja, natürlich«, sagte Daddy verwirrt. Er nickte Helen zu, die tief Luft holte und dann, zunächst ein wenig zittrig, ein A blies, in das alle einstimmten. Der Ton schwoll gewaltig an, um dann langsam wieder abzuklingen. Nur einer der Geiger hatte Probleme, den Ton zu treffen, und ein Kontrabass brummte noch eine Weile herum, dann war es still. Daddy stand bereits jetzt der Schweiß auf der Stirn.

»Entschuldigung, Maestro«, rief einer der Hornisten.

Daddy sah auf: »Was gibt es?«

»Ich habe mich nur gerade gefragt, wo denn unsere Noten in Takt einundfünfzig sind? Ich glaube, da ist ein Fehler in unserem Part.«

Armer Daddy. Er war es nicht gewohnt, Partituren zu lesen, und er brauchte eine Weile, um sich zurechtzufinden. Rachel wusste, dass er überfragt war. Er setzte die Brille auf und beugte sich vor, um in die Noten zu sehen. »Mmm ... Das sehen wir dann schon, wenn wir an die Stelle kommen. Lassen Sie uns später darüber sprechen.

Vielleicht erinnern Sie mich in der Pause noch einmal daran.«

Rachel hoffte, dass Daddy nicht das Grinsen der Hornisten sah, die einander die Ellbogen in die Rippen stießen. Daddy lächelte. »Fangen wir an?«, fragte er. Er schob die Ärmel hoch, hob den Taktstock und holte tief Luft. »Eins und ...« Seine Arme schossen vor, so als würden sie nach etwas greifen. Das Orchester begann stotternd und ganz vorn bei den Geigern brüllte jemand »Jetzt!«, und die Geigen setzten im dritten Takt ein und zogen alle mit sich. Daddy sah verwirrt aus. Rachel hatte auf einmal Angst um ihn. Richtige Dirigenten hatten eigentlich nicht überrascht auszusehen, wenn das Orchester spielte, man erwartete von ihnen, dass sie die Stirn runzelten, die Musiker finster anblickten, dass sie ihre lange Mähne schwungvoll zurückwarfen, mit den Armen wedelten und schlicht und einfach brillant waren. Daddy gab den Celli ein Zeichen und im nächsten Augenblick setzten sie ein. Er richtete den Taktstock auf die Trompeter, von denen einer zu spielen begann, obwohl sie noch nicht an der Reihe waren. Rachel schaute auf die Noten, die wie ein Schwarm Mücken aussahen, und was sie hörte, klang nicht wie das, was auf dem Blatt stand. Aus dem Augenwinkel sah sie, dass die Bögen der anderen sich entgegengesetzt bewegten – sie selbst spielte Aufstrich, alle anderen Abstrich. Sie versuchte es zu korrigieren, aber es ging alles viel zu schnell. Auf einmal wusste sie nicht mehr, an welcher Stelle sie waren. Evelyn flüsterte ihr zu »Takt zweiundachtzig!« und wies mit dem Bogen auf den unteren Teil des Blattes.

Rachel fand die Stelle und setzte wieder ein. Als sie das nächste Mal zu Daddy aufblickte, sah er schon mehr wie ein Dirigent aus und weniger wie jemand, der sich nach einem bösen Sturz aufzurappeln versucht. Das Orchester spielte nicht gerade wie die Berliner Philharmoniker, aber immerhin klang die Musik einigermaßen nach Mendelssohn. Rachel liebte diese Sinfonie. Während sie spielte, konnte sie sich vorstellen, wie sie über eine der Arnobrücken zu einem Straßencafé lief, wie sie ihren Blick über die Stadt streichen ließ und sah, wie die Dächer im Licht der Sonne leuchteten.

Es war wunderbar, sich mitten in diesem großen Klang zu befinden, und Rachel merkte, dass es eigentlich ganz gut lief, solange sie sich nicht allzu große Sorgen wegen der schwierigen Passagen machte und nervös wurde. Bei Mr. Amidore war ihr das Spiccato noch nie so gut gelungen, und wenn er wirklich fand, ihr Vibrato klänge wie eine schreiende Katze, dann sollte er sie jetzt einmal hören. Gerade als sie das gedacht hatte, übersah sie eine Pause und spielte mit voller Lautstärke vor allen anderen weiter. Zwei Reihen vor ihr drehte sich einer der Musiker um und sagte: »Bravo!«, aber Rachel spielte einfach weiter. Vielleicht wusste ja außer Evelyn und David niemand, wer sich da geirrt hatte.

Die Trompeten machten ein furchtbar plärrendes Geräusch und Daddy zuckte zusammen. Einer der Trompeter schrie: »Entschuldigung!«, aber es tat ihm offensichtlich ganz und gar nicht Leid; es war eher ein Spaß für ihn. Die Hornisten warfen einander Seitenblicke zu und lachten.

Was für eine Bande, dachte Rachel. Nur weil sie so wenige Noten zu spielen hatten, hatten sie noch lange nicht das Recht, sich über die Musik lustig zu machen, oder über Daddy. Wenn sie der Meinung waren, dass die Musik nichts weiter als ein Scherz war, warum spielten sie dann nicht gleich in einem Zirkus?

Daddy gab ihnen ein Zeichen aufzuhören. Er strich sich mit den Händen durchs Haar und beugte sich über die Partitur. Er atmete schwer. »Hier steht *piano.* Ein bisschen leiser bitte, ja? Noch einmal.«

Hinter Rachel murmelte jemand: »Wenn dieser Mensch vielleicht mal aufhören würde mit den Armen zu wedeln wie eine kaputte Windmühle, dann könnte man sich auch an die Tempi halten.« Ein anderer kicherte.

Aber beim zweiten Mal klang es schon besser, sauberer. Man konnte die einzelnen Stimmen unterscheiden und die Übergänge von einem Instrument zum anderen klangen graziöser und nicht mehr so, als ob eine heiße Kartoffel weitergereicht würde. Daddy nickte lächelnd, einige der Bratschisten lebten auf und der Trommler hob seine Stöcke und lächelte zu Daddy hinüber. Der Fagottist wirkte sorgenvoll, aber es schien fast, als sei dies sein ständiger Gesichtsausdruck – als habe er ernste Probleme mit seinem Auto und das Haus voll mit Verwandten und als sei das Fagott nur eine Sorge unter vielen. Einer der Bratschisten, ein junger Mann, der Arme und Beine gekrümmt hielt wie eine Gottesanbeterin, schwankte beim Spielen immer von einer Seite zur anderen. Rachel war heilfroh, dass sie nicht neben ihm saß.

Als sie den Satz zur Hälfte gespielt hatten, hörte Mr. Klonowski auf zu spielen und fuchtelte mit dem Bogen herum. Daddy sah zu ihm hinüber und brach ab.

Mr. Klonowski schaute den Stimmführer der zweiten Geige angewidert an. »Emile, wollt ihr mir eigentlich folgen oder nicht?«

Emile antwortete: »Wieso, hast du im Ernst vor, diesen Holzfällerstil beizubehalten? Mit all diesen Abstrichen?« Er legte den Bogen auf die Saiten und spielte ein paar Takte so abgehackt, als ob es sich um einen Square Dance handelte. Die Cellisten lachten und bewegten die Füße im Takt.

»Vielleicht solltest du erst mal Stunden nehmen«, schimpfte der Konzertmeister kopfschüttelnd, dann flüsterte er seinem Nachbarn etwas zu.

Daddy sah auf die Uhr. »Können wir jetzt weitermachen?«, fragte er. »Takt 484!«, rief er laut und sie spielten den Rest des Satzes. Im allerletzten Takt spielte eine der Klarinetten noch eine zusätzliche Note, als alle anderen bereits geendet hatten. Alles lachte schallend. Nur Daddy sah aus, als sei ihm etwas unbehaglich zumute, als er sagte: »Gut. Machen wir hier eine Pause.« Mr. Klonowski rief mit lauter Stimme: »Fünfzehn Minuten!«, und alles stand auf.

Rachel war verlegen. Zweimal war sie aus dem Takt gekommen, einmal hatte sie eine Pause übersehen und zudem hatte sie eine Menge falscher Noten gespielt. Es war ganz schön schwierig, den Blick auf die Noten gerichtet zu halten und gleichzeitig mitzubekommen, was Daddy tat.

Doch als Evelyn, die Geige unter den Arm geklemmt, aufstand, legte sie Rachel die Hand auf die Schulter und sagte: »Gut gemacht! Das war ganz toll!«

»Ich fürchte«, sagte Rachel, »ich wusste ein paarmal nicht, wo wir gerade waren.«

Evelyn lachte. »Ach, mach dir darüber keine Sorgen. Das kriegst du schon noch raus. Schau nicht so oft auf den Dirigenten, es reicht, wenn du immer aus dem Augenwinkel mitbekommst, was er tut. Du schaffst das schon. Wer ist er überhaupt? Kennst du ihn?«

»Er ist mein Vater.«

»Dein Vater!« Eine lange Pause folgte, ein wenig zu lang, so als ob Evelyn überlegte, was sie Höfliches sagen könnte. »Wie wundervoll! Wo dirigiert er denn sonst?«

Rachel dachte: Für gewöhnlich im Wohnzimmer, aber laut sagte sie: »Oh, nur in unserer Gegend. Mal hier, mal da, mehr bei lokalen Ereignissen. Er ist noch relativ neu in dem Fach.«

Evelyn ging sich einen Kaffee holen und Rachel folgte ihr hinaus. Sie sah, wie ihre Nachbarin bei einer Gruppe von Leuten stehen blieb und mit ihnen redete, und sah auch, dass die Leute sich umdrehten und sie ansahen. Sie nahm an, dass die Katze in wenigen Minuten aus dem Sack sein und jeder hier im Raum Bescheid wissen würde, dass sie die Tochter des Dirigenten war. Dann würden alle besonders darauf achten, wie sie spielte, und hören, wenn sie einen Fehler machte. Sie drängte sich durch die Menge. Vielleicht sollte sie lieber nach draußen gehen, damit sie nicht mit anhören musste, wie die Leute Gemeinheiten über Daddy sagten.

Die Musiker standen in Grüppchen hinter der Bühne und im Flur, sie redeten und lachten. Der Rest der Torte wurde verteilt – einer der Cellisten hatte Geburtstag – und die Hornisten sangen *Happy Birthday*. »Wenn ihr nur immer so gut spielen würdet, wie ihr singen könnt, Leute«, sagte David und zwinkerte Rachel zu. Sie studierte noch einmal die Sitzverteilung an der Wand und versuchte sich einige der Namen zu merken, damit sie auf Leute zugehen und sie ansprechen konnte.

Mr. Klonowski und Emile standen neben der Papplaterne, exakt dort, wo sie vorher auch gestanden hatten. Sie lehnten mit dem Rücken an der Wand und erzählten einander Witze. »Was ist der Unterschied zwischen einer Sopranistin und einem Terroristen?«, fragte Emile.

»Mit einem Terroristen kann man argumentieren«, antwortete Mr. Klonowski. »Wie schafft man es, dass eine Violine wie eine Bratsche klingt?«

»Indem man sich ganz nach hinten setzt und nicht spielt«, sagte Emile. Mr. Klonowski runzelte die Stirn, als Rachel an ihnen vorbeiging und bei der Seilrolle für den Vorhang stehen blieb. Während sie dastand, wünschte sie sich, Scott käme von der Bühne und würde mit ihr sprechen. Ob er vielleicht nicht mit ihr gesehen werden wollte?

Katherine, eine junge Geigerin mit großen braunen Augen und langem schwarzem Haar, ließ eine große Tupperdose herumgehen, in der selbst gebackene Kekse mit Schokoladenstückchen waren. »Danke«, sagte Rachel höflich und kaute ihren Keks. Sie stand noch immer an der Seilrolle. Auf einmal entdeckte sie Scott, der ganz in ihrer

Nähe stand und sich mit einem Kamm durchs Haar fuhr. Neben ihm stand die hübsche junge Frau, mit der er das Pult teilte. Ihr langes, dunkles Haar war mit einer silbernen Haarspange zusammengehalten. Jetzt sah Scott Rachel.

»Hey!« Er steckte den Kamm in seine Hosentasche und machte einen Schritt zu ihr hinüber. »Na, wie ist es dir ergangen?«

»Es ist ganz schön schwierig, findest du nicht?«

»Leicht ist es wirklich nicht. Aber ich habe dich beobachtet beim Spielen und du hast ausgesehen, als ob du wunderbar klarkämst.« Er wies auf einen der Bassisten, der sich gerade einen Keks in den Mund schob, und sagte: »Ich wünschte nur, die Bässe würden aufhören so zu rasen, es ist, als ob man eine Herde stampfender Elefanten im Rücken hätte.«

»Sehen wir eigentlich so aus, als gehörten wir hierher?«, flüsterte Rachel. »Oder haben wir vielleicht ein großes Schild auf dem Rücken mit der Aufschrift *Anfänger*?«

Scott lachte. »Wir gehören hier geradeso gut hin wie jeder andere. Sieh sie dir doch nur an. Lauter komische Vögel.«

Er hatte Recht, man musste sich nur einmal im Raum umsehen: Da drüben war Larry, der auf einem Stuhl saß und an einem seiner Rohrblätter feilte, während er irgendwelchen Tönen lauschte, die aus seinem Kopfhörer kamen. Auf dem Boden hockte Marion, die im Orchester Bratsche spielte, und aß aus einer Schüssel Naturreis, der mit Bohnensprossen und Wasserkastanien gemischt war.

Zwischendurch trank sie eine braune Flüssigkeit aus einer Flasche. Vielleicht waren ja Vitamine darin. Aber für jemanden, der sich so gesund ernährte, sah Marion furchtbar aus; sie war blass und mager; langes, wirres Haar hing ihr ins Gesicht und sie kaute mit offenem Mund. Dann war da noch der Mann mit der Vogelkäfigfrisur. Rachel hörte, wie jemand ihn fragte: »Na, Stash, wie viele Katzen hast du inzwischen?«, worauf er antwortete: »Acht.« Ein Mann mit acht Katzen war definitiv nicht mehr ganz normal. Die Spieler der Schlaginstrumente probierten Hüte an, die sie aus der Requisitenkiste hinter der Bühne genommen hatten. Der Beckenspieler hatte sich gerade einen Damenstrohhut aufgesetzt, dessen Krempe mit Petunien geschmückt war, und sang mit Falsettstimme und theatralischen Bewegungen den Schlager *Tiptoe Through the Tulips*. Was für ein Irrenhaus!

Scotts Partnerin sah Rachel kühl an. »Wie ich erfahren habe, kommst du aus einer höchst musikalischen Familie«, sagte sie und gähnte. »Und was hältst du von unserem Engagement? Wenn du mich fragst – ziemlich seichtes Zeug, aber was soll's, diese Sommerengagements sind immer blöd.« Damit drehte sie sich um und schlenderte davon.

»Ich finde übrigens, dein Vater macht das ganz großartig«, sagte Scott.

»Meinst du wirklich?«

»Ja, im Ernst. Er ist sehr musikalisch und seine Tempi gefallen mir. Er ist gar nicht übel als Dirigent.«

»Puuh! Ich bin froh, dass du so denkst«, antwortete Rachel.

»Was glaubst du?«, fragte Scott und kam ein Stück näher. »Ob diese Leute noch eine andere Arbeit haben? Oder sind sie alle im Hauptberuf Musiker?«

Rachel glaubte, dass die meisten vermutlich Musiklehrer waren und nur von Zeit zu Zeit in einem Orchester mitspielten, aber einige waren mit Sicherheit Profis. Sie hatten diesen abgeklärten Blick, der zu sagen schien: »Ich bin anders als die anderen. Na und? Wo soll da das Problem sein?«

Mr. Vogelkäfig konnte sie sich gut vorstellen, wie er als Stehgeiger in einem Restaurant mit künstlichen Kalksteinwänden, von denen Wasser herunterrieselte, ein ums andere Mal *Malagueña* spielte. Und die Trompeter traten bestimmt in polnischen Polkabars in Milwaukee auf.

Plötzlich schlug Mr. Klonowski dreimal in die Hände und sagte: »Auf geht's!«, und alle marschierten zurück auf die Bühne und nahmen ihre Plätze ein.

Die zweite Hälfte der Probe lief besser, fand Rachel.

Sie spielten die *Ouvertüre 1812*. Bevor sie anfingen, sah Daddy zu den Celli hinüber. »Sind Sie bereit für das, was jetzt kommt?«, fragte er lächelnd und krempelte die Ärmel auf. Die Celli hatten am Anfang des Stücks einen großen Solopart. Die Passage klang wie eine Hymne, wie ein Gebet; mit jeder Phrase wurde sie intensiver. Rachel rückte ein Stück zur Seite, so dass sie Scott sehen konnte, und sie merkte gleich, dass er einer der besten Spieler war. Er achtete genau auf Daddy und bewegte den Kopf leicht im Takt, während seine Hände sich mit großer Leichtigkeit auf dem Griffbrett auf und ab bewegten – anders als die seines

Nachbarn, dessen Finger an Spinnenbeine erinnerten, die sich ruckartig vorschoben. Während sie alle noch dasaßen und den Celli lauschten, beugte Evelyn sich zu ihr hinüber und sagte: »Bei diesem Stück musst du wie verrückt zählen!«

Rachel war heilfroh, dass sie geübt hatte. Die langsamen Abschnitte waren nicht so schwierig, aber gegen Ende, als das Stück sehr lebhaft wurde, hatte sie alle Hände voll zu tun. Sie saß fast auf der Stuhlkante und bemühte sich nach Kräften, nicht aus dem Takt zu kommen. Manchmal sahen die Noten so aus wie eine einfache Tonleiter, aber wenn man die vielen Vorzeichen ansah, dann war es doch ganz schön kompliziert. Dieses Mal war Evelyn diejenige, die aus dem Takt geriet. An schwierigen Stellen hörte sie auf zu spielen und tat so, als sei ihr Instrument verstimmt oder als müsse der Bogen nachgespannt werden, oder sie markierte eine spezielle Bogenführung in den Noten. Auf diese Weise verschaffte sie sich eine Atempause. Evelyn blätterte auch die Seiten um; dazu legte sie die Geige in den Schoß und machte den Zeigefinger nass. Mr. Vogelkäfig versuchte mit dem Bogen durch seine kunstvolle Frisur hindurchzustoßen, damit er sich mit der Bogenspitze am Kopf kratzen konnte, und der Bratschist, der Rachel an eine Gottesanbeterin erinnert hatte, täuschte jedes Mal einen Hustenanfall vor, wenn sie an eine schwierige Stelle kamen.

Daddy dirigierte jetzt wirklich energisch, seine Augen waren geweitet, sein Mund formte ein kleines O, er war völlig konzentriert. Wie im Fluge malte sein Stock Schleifen und Achten in die Luft, er rief »Ja!« und »Auf geht's!« und »Ja! Gut! Weiter so!« und machte weit ausholende Bewegungen, wenn er die Einsätze gab. Die Blechbläser bliesen aus Leibeskräften und liefen rot an, die Schlaginstrumente dröhnten und hämmerten und die Streicher jagten durch die Noten. Dann warf Daddy die Hände hoch und alle waren still. Nun spielten noch die Celli und die Bässe ihre Parts, und obwohl sie sich zunächst wie das Poltern schwerer Maschinen anhörten, wurde es mit der Zeit besser. Auch die Schlaginstrumente klangen anfangs, als ob ein mit Ersatzteilen beladener Laster durch eine Glasscheibe brauste. Aber nach und nach hatten die Musiker es raus. Gegen Ende wurden sie so laut, dass einige Leute zu spielen aufhörten und sich die Ohren zustopften. Nach dem letzten Schlag lachte Daddy laut und sagte: »Am besten bringen alle zur Aufführung Ohropax mit. Denken Sie an die Kanonen!«

Am Ende der Probe stand Daddy strahlend vor den Musikern. »Sie haben ganze Arbeit geleistet, jeder von Ihnen. Vielen Dank!«, sagte er. »Ich weiß, ich dürfte das nicht sagen vor lauter Profis wie Ihnen, aber ich bin ein Anfänger in diesem Metier und ich muss wirklich sagen, Sie machen es einem nicht schwer!« Mehrere Musiker johlten und trampelten mit den Füßen. »Beim nächsten Mal werden wir den Pianisten hier haben, um das Klavierkonzert von Mozart zu proben. Vergewissern Sie sich bitte auch, dass Sie die Noten für die Nationalhymne in Ihrer Mappe haben. Sie wird am Montag von einem Solotenor gesungen. Ich danke Ihnen.«

Die Musiker verließen rasch die Aula. Evelyn sagte noch: »Tschüs bis Freitag«, und weg war sie. Rachel wartete auf Daddy. Er packte seine Noten zusammen und hörte einer Musikerin zu, die ihm erklärte, dass sie bei der zweiten Probe nicht dabei sein könne wegen eines Notfalls in der Familie. Rachel wusste gleich, dass das nur eine billige Ausrede war, wie konnte es ein Notfall sein, wenn die Frau es schon zwei Tage vorher wusste? Doch Daddy sah sie mitleidig an und sagte, dass es ihm Leid tue, dass sie aber auf jeden Fall beim Konzert mitspielen solle.

Dann entdeckte er Rachel. »Wie war ich?«, fragte er. Sie setzte ihren Geigenkasten ab und umarmte und drückte Daddy.

Als sie in die Einfahrt einbogen, hörten sie Mutter Klavier spielen, eine *Invention* von Bach, doch als sie die Küche betraten und das Fliegengitter hinter ihnen zuschlug, brach die Musik mittendrin ab. Mutter stürmte in die Küche und gab ihnen beiden einen Kuss.

»Na, wie war es? Ist alles gut gegangen?«

»Es war ganz, ganz toll«, sagte Rachel.

Daddy sah müde und glücklich aus. »Ich glaube, es war ganz in Ordnung. Eine Menge Unebenheiten, aber im Wesentlichen habe ich mich darauf beschränkt, klare Einsätze zu geben und die Musiker machen zu lassen.« Er ließ sich auf einen Stuhl fallen und holte tief Luft. »Manchmal ist es am besten, die Zügel locker zu lassen und darauf zu vertrauen, dass die Pferde einen schon zum Stall führen.«

Mutters linke Augenbraue ging hoch. »Und das soll funktioniert haben?« Rachel sah, dass sie vor Neugier brannte. In der letzten Minute hatte sie beschlossen nicht mitzukommen zur Probe, obwohl Daddy sie darum gebeten hatte. Er war der Meinung gewesen, dass es sehr hilfreich sein würde, einen objektiven Zuhörer zu haben. Mutter könnte Notizen machen und ihm mit der Dynamik und anderem helfen. Doch Mutter hatte abgelehnt. »Zu viele Köche verderben den Brei«, hatte sie gesagt. »Ich warte lieber auf das fertige Produkt.« Aber sie war furchtbar gespannt.

Daddy war fix und fertig. Er sah sich die Liste der Anrufer an. Der *Register* wollte wissen, wann er den Fotografen schicken sollte. Der Bürgermeister fand, dass es von größter Wichtigkeit sei, vor dem Konzert das Treuegelöbnis sprechen zu lassen, und dass es nahe liegend sei, wenn er selbst es spräche. Falls Norman also keine Einwände habe, würde er sich darauf einstellen. Außerdem wolle er natürlich ein paar Worte sagen. »Nur über meine Leiche«, sagte Daddy. Die Frau, die engagiert worden war, um das Essen für die Musiker zuzubereiten, lag mit Angina im Bett, so dass Daddy Florence anrufen und sie bitten musste einige Frauen von der Kirchengemeinde zu fragen, ob sie einspringen konnten. Florence wollte wissen, was Musiker denn gern äßen. »Alles«, sagte Daddy, »und das in rauen Mengen. Nur nicht zu fett. Aber vor allem: viel!« Er stand neben dem Spülbecken und löffelte Kaffeeeis direkt aus der Packung.

»Ich erinnere mich noch daran, wie ich diese Mendelssohnsinfonie zum ersten Mal gehört habe. Es war in meinem ersten Jahr an der Uni, gleich nachdem ich dich kennen gelernt hatte«, sagte er zu Mutter. »Wir hatten ein paarmal zusammen in der Mensa gegessen und ich hab dich gefragt, ob du mit mir in ein Konzert gehen würdest. Du hattest schon etwas vor und so bin ich allein gegangen. Und dann sah ich dich auf einmal unter den Zuhörern, zwei Reihen vor mir, neben einem blonden Typen. Er redete mit dir und es war klar, dass ihr gemeinsam dort hingekommen wart. Er war so ziemlich der bestaussehende Mensch, den ich je außerhalb eines Kinos gesehen habe. Er sah aus wie ein griechischer Gott.«

»Und er hatte etwa so viel Grips wie ein Stall voller Hamster«, sagte Mutter.

»Er hat dich angesehen, als seiest du für ihn die Sonne am Himmel.«

»Er sah jede Frau so an«, sagte Mutter.

»Ganz offensichtlich betete er dich an. Ich sehe noch seine goldenen Locken vor mir und die blauen Augen. Er kam ganz eindeutig aus einer wohlhabenden Familie.«

»Sein Vater hatte eine chemische Reinigung in Sheboygan«, sagte Mutter.

»Wie auch immer«, antwortete Daddy, »die Mendelssohnsinfonie stand damals als Erstes auf dem Programm. Während ich der Musik lauschte, starrte ich auf deinen Hinterkopf und auf seinen und verzehrte mich vor Eifersucht. Ich hätte ihn erschießen können. Das alles stand heute bei der Probe auf einmal wieder vor mir. Es ist so ein schönes Stück, so fröhlich, aber für mich ist es für immer überschattet.«

Mutter schnaubte verächtlich. »Sobald ich dich in der Pause auf dem Gang entdeckte, habe ich den Kerl stehen gelassen. Wir beide haben geredet und geredet und ich habe mich dir praktisch an den Hals geschmissen.«

Daddy zwinkerte Rachel zu. »Das war in der Pause. Aber während der Sinfonie von Mendelssohn habe ich daran gedacht, den nächsten Dampfer zu nehmen und nach Südamerika auszuwandern.«

Er spülte seinen Löffel ab und warf die leere Packung in den Müll. »Dem Himmel sei Dank für die Pause. Gute Nacht zusammen.« Er küsste erst Rachel, dann Mutter und ging schließlich langsam die Treppe hinauf, um sich schlafen zu legen.

Als Daddy aus der Küche gegangen war, sagte Mutter ganz ruhig zu Rachel: »Und wie war es in Wirklichkeit? Keine Katastrophen? Sag mir die Wahrheit!«

»Es war wirklich in Ordnung. Am Anfang war es noch etwas holprig, aber dann hat er sich unheimlich gesteigert. Ich glaube, du wirst staunen.«

Mutter sah aus dem Fenster. »Daddy hat gesagt, dass dieser Cellist aus Oshkosh auch im Orchester spielen wird. Ist er da gewesen? Ich meine den aus deiner Musikschule.«

»Du meinst Scott?«, fragte Rachel.

»Ich glaube ja. Du weißt schon, der mit den Haaren.«

»Was meinst du damit, ›der mit den Haaren‹?

»Na, der, der so schönes Haar hat. Wie auch immer, jedenfalls ist es gut, wenn im Orchester jemand ist, den du schon kennst.« Mutter machte eine Pause. »Was machen seine Eltern?«

»Woher soll ich das wissen?«, fragte Rachel. Sie stand auf und nahm sich ein Glas aus dem Schrank.

»Ich dachte, er hätte es vielleicht erwähnt.«

»Nein, hat er nicht. Möchtest du, dass ich ihm einen Fragebogen schicke? Ein Bewerbungsformular?«

Wieder ging eine Augenbraue in die Höhe. »Bewerbung wofür?«

Rachel drehte den Hahn auf und ließ kaltes Wasser in das Glas laufen. »Ich gehe am Samstagabend mit ihm ins Kino«, sagte sie. Daraufhin herrschte erst einmal Schweigen in der Küche. Ein sehr beredtes Schweigen.

Und dann sagte Mutter nur: »Oh.«

Es war nichts weiter als oh, ein einfacher Laut, aber Mutter schaffte es, sehr viel hineinzulegen, einen ganzen Absatz oder noch mehr, und Rachel hörte sie förmlich sprechen: Ich habe darauf gewartet, dass du ein junges Mädchen wirst, habe mich davor gefürchtet und gleichzeitig gewusst, dass es unvermeidbar war, aber dann war ich mit anderen Dingen beschäftigt und habe es einfach vergessen. Doch von jetzt an werde ich sehr genau aufpassen, glaub mir. Wenn du denkst, du kannst so mir nichts, dir nichts aus dem Haus tanzen, ohne dass wir irgendwelche Fragen stellen, dann täuschst du dich. Du und ich, wir werden in allernächster Zeit einige hochinteressante Unterhaltungen haben.

Rachel war müde. Sie lag im Bett, im dunklen Zimmer, und lauschte den Geräuschen der Nacht, dem fernen Quietschen von Reifen in der Main Street, einem Lied, das weiter unten in ihrer Straße aus einem Radio tönte. Eine Big Band spielte, langsam und gefühlvoll, mit vielen Saxofonen. Es waren wohl alte Menschen, die auf der Veranda vor ihrem Haus saßen und darauf warteten, dass es Zeit wurde, schlafen zu gehen. Heute Abend gab es keine kämpfenden Kater. Anscheinend war die Angelegenheit vorerst geklärt. Von unten aus dem Flur war Mutters Stimme zu hören.

Rachel überlegte, ob sie Phoebe schreiben sollte, entschied sich aber dagegen. Wenn man jemandem lange Briefe schrieb und selbst nur von Zeit zu Zeit eine Ansichtskarte erhielt, so war das ein deutliches Zeichen. Phoebe lebte ihr eigenes Leben. Rachel wünschte sich jemanden, dem sie Briefe schreiben konnte. An Großvater würde sie gern schreiben, aber er würde niemals antworten. Scott vermutlich auch nicht. Männer schrieben keine Briefe, warum auch immer. Es müsste ein Mädchen sein. Und dann dachte sie: *Carol.* Mit Carol könnte sie einen Versuch machen. Vielleicht konnten sie nicht so gut miteinander reden, aber waren Briefe nicht gerade dafür da? Um das zu sagen, was man nicht sagen konnte, wenn man sich gegenübersaß?

Natürlich war es irgendwie seltsam, Briefe an jemanden zu schreiben, der nebenan wohnte. Aber Emily Dickinson hatte das ständig getan. Ihre Schwägerin Susan lebte im Nachbarhaus und Emily schrieb ihr Briefe, als lebte sie in Wyoming. Emily wusste, dass eine große Distanz zwischen Menschen treten und sie trennen kann, selbst dann, wenn sie räumlich ganz nah beieinander sind, und sie wusste auch, dass man Distanz am besten schreibend überwindet.

Sie stand auf, zündete ihre Kerzen an und holte Stift und Papier heraus.

Liebe Carol!

Heute war es also so weit, wir hatten die erste Orchesterprobe. Ich sitze am dritten Pult der zweiten Geige, zusammen mit einer Frau, die Evelyn heißt. Sie ist nett. Sie spielt vielleicht nicht mehr wie zu ihren besten Zeiten, aber es ist in Ordnung. Daddy ist als Dirigent ganz okay, kein Genie, aber ganz gut, was schon erstaunlich ist, wenn man bedenkt, dass er das ja noch nie gemacht hat. Was den Rest des Orchesters angeht, so war die eine Hälfte muffig und nörgelig, während die andere ständig was zu lachen hatte. Der Konzertmeister ist ein alter Brummbär, aber ein guter Musiker. Die Stücke sind schwierig und sie haben sich überhaupt nicht angehört wie auf Daddys CDs. Aber dafür sind Proben vermutlich da, um die Dinge in Form zu meißeln. Aber ich fürchte, es erfordert einige Schläge, um hier die Form erkennen zu lassen. Ich plappere ganz schön, entschuldige bitte. Ich bin froh, dass ich Geige spiele. Die Oboisten sitzen den ganzen Tag da und feilen an ihren Rohrblättern herum, sie müssen ebenso gute Handwerker wie Musiker sein. Die Trompeter haben nie etwas Interessantes zu spielen, nur hier und da ein paar kräftige Fanfaren, und das war's. Die Bratschisten werden meist nur zum Füllen gebraucht und sitzen ansonsten herum und sehen müde aus. Anders als wir Geiger – wir kriegen meistens die guten Passagen. Gleich fallen mir die Augen zu. Ist es okay, wenn ich dir schreibe? Es tut mir Leid, dass ich zu dir gesagt habe, dass ich Dinge zu sagen habe und niemanden, dem ich sie sagen kann. Ich würde sie gern sagen. Zum Beispiel, dass ich vielleicht im Herbst auf eine andere Schule gehe, ein Internat im Norden von Michigan, und dass ich dich sehr vermissen werde. Du hast einmal gesagt, dass wir immer Freundinnen bleiben würden, was auch geschieht, und ich hoffe, es stimmt. Ich werde dir wieder schreiben, bald.

Alles Liebe
Rachel

Sie faltete den Brief, steckte ihn in einen Umschlag, schrieb *Carol* darauf und legte ihn in die Schreibtischschublade. Dann blies sie die Kerzen aus und kuschelte sich schnell in ihr Bett.

Drew

Daddy hatte nichts anderes mehr im Kopf als das Orchester. Beim Frühstück sprach er nicht mehr, sondern saß nur da, aß seine Flocken, studierte die Partitur, summte dabei und kritzelte von Zeit zu Zeit Anmerkungen an den Rand. Die Partitur des Dirigenten war so groß wie ein Weltatlas, weil sie alle Parts der verschiedenen Instrumente enthielt, und Daddy packte sie sich unter den Arm, wenn er morgens zur Arbeit in die Molkerei ging.

Dort saß er in seinem Büro und ging sie ein ums andere Mal durch, und wenn er abends nach Hause kam, nahm er sein Abendessen auf einem Tablett mit ins kleine Wohnzimmer, hörte sich Schallplattenaufnahmen der Mendelssohnsinfonie, des Klavierkonzerts von Mozart und der *Ouvertüre 1812* an, las dabei die Partituren und machte sich Notizen an den Rand. Am Dienstagabend rief Florence an, um Daddy Bescheid zu geben, dass sie vierzig Hilfskräfte angeheuert habe, um am vierten Juli am Bluebird-Stand Eis in Waffeln zu füllen. Bei der Gelegenheit erzählte sie Mutter, dass einer der Angestellten nachmittags in die Herrentoilette gekommen sei, als Daddy gerade vor dem Spiegel stand und den Taktstock schwang. Der Mann habe sich entschuldigt, weggeschaut und sich rasch zurückgezogen.

Wenn Rachel jetzt im Garten an ihrem Glastisch saß, ein Glas kalte Limonade trank und ein Buch las, fühlte sie sich dabei ganz anders als noch vor kurzem. Da war sie nichts weiter gewesen als ein Mädchen, das sich in einem langen Sommer die Zeit vertrieb – doch jetzt war sie eine Berufsmusikerin, die einen freien Tag genoss. Sie hatte *Die Blondine von Nr. 436* beendet und fing gerade mit einem neuen Pete-Murphy-Krimi an. Er hieß *Keine Balladen für Bellinda* und handelte davon, wie der gerissene Detektiv das Geheimnis um eine verschwundene Kellnerin aufklärte. Nach den ersten zehn Seiten wusste man bereits, dass sie tot war und dass der Übeltäter ein Folksänger namens Jon war, der in Collegecafés auftrat und langes, seidiges braunes Haar hatte. Pete Murphy hatte allergrößte Vorbehalte gegenüber Männern mit langem braunem Haar, und wenn es dazu noch seidig war, erst recht.

Rachel fragte sich, ob Mutter wohl jemals Schundromane gelesen hatte. Bestimmt. Sie dachte an die schmalzigen Duette, die sie vor ein paar Wochen zusammen gespielt hatten. Jemand, der solche Stücke so liebte wie Mutter, las mit Sicherheit auch von Zeit zu Zeit mit Genuss ein kitschiges Buch. Vermutlich wollte Mutter nur nicht, dass Rachel das mitbekam, damit sie es ihr nicht nachmachte und stattdessen lieber *Moby Dick* und *Jane Eyre* las. Florence dagegen machte absolut kein Hehl aus ihrer Vorliebe für Kitsch. Sie fand *Die Brücken am Fluss* einfach hinreißend. Florence konsumierte Kitsch im großen Stil. Seit ihr Verlobter sie damals verlassen hatte, lebte sie allein mit ihrem Plüschcollie Tess und verschlang Kirschpralinen ebenso wie Schundromane, in denen gut aussehende, einfühlsame Männer mit gestählten Bauchmuskeln ältere Damen sanft in die Arme schlossen und nie gekannte Gefühle in ihnen auslösten.

Bei mir ist das schon etwas anderes, dachte Rachel, während sie sich Limonade nachgoss. Wenn man am nächsten Tag zur Arbeit musste, um Mendelssohn zu proben, dann konnte man sich nachmittags durchaus ein paar Seiten Pete Murphy gönnen. Pete war Jon auf der Spur, verfolgte ihn von College zu College, saß in den Cafés und hörte ihm zu, wenn er *Black, Black, Black Is the Color of My True Love's Hair* sang, während er nur darauf wartete, ihn zu fassen zu kriegen.

Drew Johnson erschien am Freitagmorgen zur zweiten Probe. Seine Mutter und er gingen zwischen den Musikern hindurch, die im Flur ihre Instrumente stimmten. Alle hielten inne und starrten ihnen nach. Mrs. Johnson war kaum zu übersehen. Mit ihren hohen Absätzen war sie gute eins achtzig groß, ihr kurzes schwarzes Haar war an den Seiten mit glänzender Pomade zurückgekämmt, sie hatte ein breites Kreuz und einen nicht minder breiten Hintern. Und unter ihrem grellgrünen Plastikregenmantel trug sie einen kanariengelben Hosenanzug. Sie schleppte zwei prall gefüllte Einkaufstaschen und führte einen weißen Zwergpudel an der Leine. Hinter ihr ging Drew, der in einem blauen Anzug mit einer weißen Nelke am Revers steckte. Sein braunes Haar war in der Mitte gescheitelt und mit einem nassen Kamm straff gekämmt.

Sein Gesicht war so blass, als sei der Junge soeben vom Totenbett gerissen worden.

Mrs. Johnson hatte eine herrische Miene. Sie pflügte durch die Menge, lud ihre Einkaufstaschen hinter der Bühne ab und ließ ihre Blicke über Mr. Klonowski, Emile, Evelyn, einige der Bläser und Rachel streichen, bis sie Scott entdeckte, der als Einziger in ihrer Nähe kein Instrument hielt. Sie reichte ihm die Hundeleine und sagte: »Es macht Ihnen doch sicher nichts aus, Michelle einen Augenblick zu halten, nicht wahr? Vielen Dank«, und schon hatte sie den Vorhang geteilt und war auf die Bühne getreten, Drew mit den Einkaufstaschen zurücklassend.

Evelyn grinste Scott an: »Das haben wir ja ganz vergessen dir zu sagen – du bist hier nämlich auch der Tierwärter!«

»Klar«, fügte Emile hinzu, »wir dachten, wer Cello spielen kann, kommt bestimmt auch gut mit Hunden zurecht.«

Der Pudel saß da und fixierte die Vorhangfalte, durch die Mrs. Johnson entschwunden war. Drew wandte sich mit einem matten, kränklich aussehenden Lächeln zu Rachel um und flüsterte: »Könnte ich bitte einen Stuhl haben?«

Sie brachte ihm einen Stuhl, er setzte sich, ließ sich zurückfallen und stöhnte leise. Dann holte er tief Luft, so als wollte er sich nach einem schrecklichen Ereignis langsam wieder sammeln.

»Soll das der Pianist sein?« Mr. Klonowski sah Rachel fragend an.

Sie nickte. »Er heißt Drew.«

Mr. Klonowski schaute den Jungen mit gerunzelter Stirn an. »Was hat er für ein Problem?«

»Er ist vermutlich ein bisschen aufgeregt«, sagte Rachel. »Das wird sich schon noch geben.«

»Ich hoffe nur, der Hund gehört nicht mit zu seiner Nummer«, meinte Klonowski.

Von der anderen Seite des Vorhangs tönte laut Mrs. Johnsons Stimme herüber. »Es interessiert mich absolut nicht, ob das Konzert in einem Pavillon stattfindet, Mr. Green. Drew braucht eine eigene Garderobe. Ich dachte, ich hätte Ihnen das ausreichend deutlich gemacht. Er kann sich unmöglich einen Raum mit anderen teilen, weil er liegen muss, solange er nicht spielt. Wie ich Ihnen bereits am Telefon sagte, leidet er an Blutzuckerschwankungen.«

»Es gibt keine Garderoben beim Pavillon«, antwortete Daddy, »aber ich will sehen, dass wir einen Campingwagen oder so etwas bekommen.«

»Was auch immer«, sagte Mrs. Johnson, »aber es muss völlig ruhig und dunkel darin sein. Vorhänge sind absolut unverzichtbar. Vor dem Auftritt muss er sich eine Stunde lang an einem ruhigen, dunklen Ort aufhalten, wo ich seine Blutzuckerwerte kontrollieren und für ausreichende Flüssigkeitszufuhr sorgen kann.«

Dann öffnete sie den Vorhang und kam wieder hinter die Bühne. Sie sah Drew halb zusammengesunken auf seinem Stuhl hängen und schaute die Musiker forschend an. »Sie haben ihm doch wohl keine Süßigkeiten gegeben?« Sie nahm Michelles Leine aus Scotts Hand, bedankte sich kurz und wuchtete ihre Einkaufstaschen hoch. »Komm, mein Süßer«, sagte sie. »Wir müssen uns in den Zuschauerraum setzen. Heute gibt es keine Garderobe. Es tut mir so Leid, mein Lämmchen. Du musst versuchen das Beste daraus zu machen.«

Sie saßen in der ersten Reihe, während das Orchester die *Italienische Sinfonie* spielte. Neben Mrs. Johnson in ihrem gelben Hosenanzug und mit übereinander geschlagenen Beinen saß Michelle, während Drew über drei Sitze ausgestreckt dalag, den grünen Regenmantel über sich gebreitet und eine Schlafmaske über den Augen.

Evelyn stieß Rachel an und flüsterte: »Dieser Junge ist ein echter Zombie. Hast du ihn hinter der Bühne gesehen? Seine Augen sehen aus wie Löcher, die jemand in den Schnee gepinkelt hat.« Darüber musste Rachel so kichern, dass Daddy sie streng ansah.

Der letzte Teil der Sinfonie klang ein bisschen schräg, aber zumindest hörten alle gemeinsam auf und Daddy sah das Orchester lächelnd an und sagte: »Vielen Dank! So langsam wird die Sache rund. Ich glaube, es wird eine erstklassige Aufführung. Denken Sie bitte daran, dass wir im Freien spielen werden, so dass wir viel Klang brauchen. Werden Sie nicht zu leise. Und jetzt machen wir erst einmal eine Pause.«

»Moment noch!«, rief Emile. »Wer auch immer da hinten ständig mit den Füßen den Takt schlägt, soll es bitte lassen.« Er drehte sich um und starrte die übrigen Streicher an. »Wir sind hier nicht bei der Blaskapelle!«

In der Pause stand Rachel auf und schaute in den Zuschauerraum hinunter und auf einmal entdeckte sie in der letzten Reihe Carol und Valerie und ein paar andere Mädchen aus der Softballmannschaft. Sie winkten Rachel und sie winkte zurück und kletterte von der Bühne, um die Mädchen zu begrüßen. Drew saß jetzt aufrecht und wurde von seiner Mutter mit Schokoladenstückchen gefüttert. Auch Michelle bekam eins ab.

Carol kam grinsend angelaufen.

»Seit wann seid ihr hier?«, fragte Rachel.

»Wir sind gekommen, als ihr gerade angefangen habt zu spielen«, antwortete Carol. »Mensch, es ist wirklich ganz super. Ich hab gar nicht gewusst, dass du so gut bist. Ich meine, ich hab schon gewusst, dass du gut bist, aber so gut, das hätte ich nicht gedacht. Und ihr spielt ja ganz schön schnelle Sachen. Dein Vater sieht übrigens wirklich stark aus. Und wie viel Gefühl er da reinlegt!«

Valerie sah Rachel kühl an. »Es hörte sich gut an«, sagte sie. »Aber ist es nicht so, dass es viele Fehler gibt, die, sagen wir mal, der normale Zuhörer gar nicht bemerken würde? In diesem schnellen Teil kam es mir fast so vor.«

Rachel blickte ebenso kühl zurück. »Ich glaube, das Orchester ist ziemlich gut«, sagte sie. »Und wie war euer Spiel?«

»Wir haben verloren, aber knapp – elf zu neun«, sagte Carol. »Valerie hat einen Homerun geschlagen, mit zwei Leuten auf Base, drei Punkte auf einmal. Ein Superschlag!«

Valerie lächelte bescheiden. »Und Carol hat die Homebase geklaut, das war total stark«, sagte sie und lächelte Carol an. »Die Fängerin der anderen Mannschaft hat gepennt, und als sie den Ball zur Werferin zurückschnickte, kam Carol angeschossen und rannte voll in sie hinein. Wahnsinn!«

Die Mädchen grinsten einander an und Valerie schlug Carol auf den Rücken. »Mein Homegirl«, sagte sie mit forscher Stimme. »Meine Spitzenfrau!« Alles lachte. Rachel wünschte, sie würden gehen. Außer Carol mochte sie keine von ihnen.

Aber sie gehörten nun mal zu derselben Mannschaft und Carol musste wohl zu ihnen halten.

Valerie beugte sich vor und flüsterte Rachel zu: »Wer ist denn der Typ da drüben?«

Mrs. Johnson führte Drew gerade am Arm die Stufen zur Bühne hinauf, während Lester, der Hausmeister, und Daddy den Flügel auf die Bühne rollten. Sie stellten ihn in die Mitte, arretierten die Bremsen und arrangierten die Stühle des Orchesters neu, um Platz zu schaffen für das Podest des Dirigenten.

»Das ist der Pianist«, antwortete Rachel. »Er ist aus Green Bay und erst dreizehn.«

Drew setzte sich auf den gepolsterten Klavierschemel und drehte an den dicken seitlichen Knöpfen, um die Höhe einzustellen. Erst schraubte er sich ein Stückchen hoch, dann wieder ein bisschen hinunter. Dann hüpfte er auf dem Sitz auf und ab, bevor er ihn wieder etwas höher einstellte. Seine Mutter beobachtete ihn.

»Ist er gut?«, fragte Carol.

»Er soll wohl ganz gut sein«, sagte Rachel. »Allerdings glaube ich, dass er sich im Moment nicht gerade spitzenmäßig fühlt. Der Ärmste! Er hat ganz schön Bammel.«

Als das Orchester aus der Pause zurückkam, war Drews Klavierschemel noch immer nicht richtig eingestellt. Die Musiker nahmen ihre Plätze ein und stimmten ihre Instrumente nach, während Daddy geduldig lächelnd auf seinem Podest stand und zusah, wie Mrs. Johnson das Einstellen des Schemels selbst in die Hand nahm. »Wie ist es jetzt?«, fragte sie und Drew sagte: »Ich weiß nicht«, so dass sie den Schemel wieder hinunterschraubte. Endlich winkte er sie seufzend weg. Sie stellte einen Klappstuhl unmittelbar neben ihm auf. Michelle saß auf dem Fußboden. Mrs. Johnson sah zu Daddy auf und nickte.

Daddy klopfte leicht auf sein Notenpult und sagte: »Ich möchte Ihnen unseren Klaviersolisten vorstellen, einen sehr begabten jungen Mann – Mr. Drew Johnson«, woraufhin das Orchester heftig zu klatschen und zu trampeln begann.

Drew stand auf und verbeugte sich steif, dann setzte er sich wieder. Gleich darauf stand er noch einmal auf und stellte die Sitzhöhe neu ein. Dann beugte er sich zu seiner Mutter hinüber und flüsterte ihr leise, aber beschwörend etwas zu.

»Wir sind gleich wieder da«, verkündete Mrs. Johnson und führte Drew von der Bühne. Alle hörten, wie sie den Hausmeister nach den Toiletten fragte, und die Hornisten feixten.

»Nun gut«, sagte Daddy, »dann spielen wir erst einmal ein Stück ohne den Pianisten.«

Mr. Klonowski erhob sich. »Hat jeder seinen Dämpfer dabei? Die Spielanweisung lautet *con sordino*.« Mehrere Streicher beugten sich vor und kramten in ihren Kästen nach Dämpfern.

Mr. Vogelkäfig protestierte: »Aber wir spielen doch im Freien. Man wird keinen Ton hören, wenn wir Dämpfer benutzen.«

»Ich denke, er hat Recht«, sagte Daddy. »Versuchen wir es also ohne.«

Daddy hob den Taktstock, zählte leise und gab den Einsatz. Die ersten Töne sollten wie ein sanftes Pulsieren klingen, aber sie erinnerten eher an eine Meute Hunde, die an der Leine ziehen. Daddy unterbrach und blickte hinüber zu Emile in der zweiten Geige. Emile zuckte mit den Achseln. Mr. Klonowski funkelte ihn an: »Bei euch da drüben gibt es etwa sechs verschiedene Tempi. Könnt ihr eigentlich keine Noten lesen?« Emile wollte gerade etwas antworten, aber Daddy schlug mit dem Taktstock auf sein Pult. »Gut jetzt, ich weiß, es ist eine lange Probe, aber wir sollten versuchen uns zu konzentrieren.« Dieses Mal klappte alles. Alle setzten gemeinsam ein, die Holzbläser, die bei der Mendelssohnsinfonie noch ziemlich viel herumgealbert hatten, achteten auf Daddy und die Geigen klangen wundervoll sanft, als ihr Einsatz kam.

Drew und seine Mutter kehrten zurück. Sein Jackett hatte er jetzt abgelegt und sein Hemd war unter den Achseln und am Rücken klatschnass. Er ließ sich auf den Schemel fallen.

Evelyn flüsterte: »Ein klarer Fall von Kindesmisshandlung.«

Mrs. Johnson setzte sich wieder auf ihren Klappstuhl, lächelte Daddy an und formte mit den Lippen die Worte »Danke schön«.

Sie begannen von vorn. Drew saß ganz still, seine Arme hingen seitlich herunter, der Kopf war über die Tasten gebeugt. Das Orchester bereitete ihm einen wunderbaren Klangteppich, ideal für ein Solo. Daddy beugte sich vor und gab Drew ein deutliches Zeichen, als dieser mit dem Spiel beginnen sollte. Aber es kam nichts. Absolut gar nichts. Er bewegte sich nicht einmal. Er saß da und starrte auf das mittlere C.

Das Orchester brach ab. »Drew?«, sagte Daddy. »Das wäre dein Einsatz gewesen.«

Drew blickte erschrocken auf. Mrs. Johnson lächelte Daddy an. »Tut mir Leid, aber ich fürchte, er kann Sie von seinem Platz aus nicht gut sehen, Mr. Green.« Also verrückte Daddy sein Pult auf dem Podest so, dass er Drew beinahe gegenüberstand.

»Armes Kind«, sagte Emile zu seinem Partner. »Er sieht richtig verängstigt aus, so als ob er im Leben noch kein Klavier gesehen hätte.«

»Ich wette mit dir, dass dieser Junge drauf und dran ist, die Nerven zu verlieren.«

Evelyn beugte sich zu Rachel hinüber und flüsterte: »Wenn du dich je gefragt hast, wie echtes Lampenfieber aussieht – hier kannst du es sehen. Das ist ein klassischer Fall.«

Sie begannen von vorn, und als Drews Einsatz kam, sah Daddy ihn fest an und gab ihm ein Zeichen. Drew schlug die Tasten an, aber so zart und zögerlich, dass man ihn kaum hören konnte. Seine Hände zitterten, er spielte zu langsam und dann setzte mitten in der großen Melodie, dem Hauptthema, sein Gedächtnis aus. Er spielte ein paar Takte Strawinsky, die er dann noch einmal wiederholte. Daddy winkte ab und das Orchester hörte auf zu spielen.

Mrs. Johnson sprang auf. »Dieser Klavierschemel ist immer noch nicht richtig eingestellt«, sagte sie. »Wenn wir zwei Minuten haben könnten, um dafür zu sorgen, dass er nicht mehr wackelt, dann könnten wir uns später viel Zeit sparen.«

Also musste Lester mit einem Stück Karton kommen und kleine Vierecke daraus ausschneiden und sie als Unterlagen unter die Beine des Schemels legen. Vier Beine, vier Quadrate.

»Was diesem Kind fehlt, ist ein Bett, nichts weiter«, sagte David.

Einer der Flötisten drehte sich um und sagte etwas zu den Hornisten, woraufhin diese in Gelächter ausbrachen, ein Oboist blies einen hupenden Ton auf seinem Instrument, was zu Gekicher bei sämtlichen Bläsern führte. Drew stand am Flügel und hielt sich so krampfhaft daran fest, als fürchte er im nächsten Augenblick in eine tödliche Ohnmacht zu fallen. Auch Michelle hatte sich hingestellt, sah sich ängstlich um und fiepte. Kaum war Lester mit der Schemelaktion fertig, sagte Mrs. Johnson, dass Drew wohl ein Glas Wasser brauche, und Lester ging los, um es zu holen. Michelle kläffte ihn an.

Daddy stand mit verschränkten Armen da und blickte Mrs. Johnson streng an. Dann beugte er sich zu Drew hinunter und legte ihm eine Hand auf die Schulter. »Pass auf, mein Junge, jetzt probieren wir es noch einmal, ja? Du wirst sehen, wenn du erst einmal richtig reingekommen bist, dann fällt dir alles von selbst wieder ein. Denk nicht zu angestrengt darüber nach, lass die Musik einfach heraus.«

Mrs. Johnson wühlte in einer ihrer Einkaufstaschen, zog einen großen Schokoladekeks heraus und reichte ihn Drew.

Daddy seufzte. Sie zuckte mit den Achseln. »Haben Sie überhaupt eine Ahnung davon, was Blutzuckerschwankungen sind, Mr. Green?«, fragte sie. Drew kaute seinen Keks ganz langsam. Hier und da war ein Kichern im Orchester zu hören. Einer der Cellisten spielte ein paar Takte von *Twinkle, Twinkle, Little Star* in Moll, bis Daddy schließlich sagte: »Dürfte ich vielleicht um etwas mehr Ruhe bitten?«

Sie machten einen erneuten Versuch. Das Orchester klang wunderschön, sehr leicht und elegant, aber Drew spielte wie aufgezogen, die melodischen Teile waren absolut flach und steif. Dann fand er sich anscheinend in seinen Noten nicht mehr zurecht und wiederholte eine Phrase, die er gar nicht wiederholen sollte. Und als Daddy sich umdrehte, um ihn zu korrigieren, und das blasse, gequälte

Gesicht sah, die angstgeweiteten Augen und die Mutter, die riesenhaft und leuchtend gelb neben dem Jungen thronte und ihm einen Keks hinhielt, blieb ihm die Sprache weg.

»Auf dem Flügel ist ein Lichtreflex«, sagte Mrs. Johnson. »Er ist enorm störend. Vielleicht könnte man ihn mit schwarzem Tuch abdecken. Das Licht scheint Drew direkt in die Augen. Und könnten wir bitte noch ein Glas Wasser haben? Ungechlort?«

Daddy stand mit verschränkten Armen und geschlossenen Augen da, während Lester ein Stück Vorhangstoff über den Flügel legte und mit silbernem Klebeband befestigte. Mrs. Johnson bestand auf schwarzem Klebeband, so dass Lester losging, um eine Rolle mit schwarzem Band zu holen.

Gleichzeitig brachte er eine Flasche ungechlortes Quellwasser mit. Mrs. Johnson prüfte zur Sicherheit das Etikett.

Die Musiker genossen das Spektakel, vor allem die Holzbläser. Sie beobachteten Daddys Gesicht, die geschlossenen Augen, die zuckenden Mundwinkel und die zusammengepressten Kiefer und warteten darauf, dass er explodierte, herumfuhr und dieser Hexe sagte, sie solle endlich verschwinden und den Köter und ihren elenden Balg mitnehmen – sie freuten sich schon auf diesen glücklichen Moment. Aber sie kannten Daddy nicht. Rachel sah ihm an, wie schwierig die Situation für ihn war. Er war ein Mann, der an Höflichkeit und Großzügigkeit um jeden Preis glaubte. Er war nicht dafür gebaut, überhaupt jemals jemanden anzubrüllen. Daddy hasste Konfrontationen und mit Frauen ganz besonders. Alles, was er tun konnte, war, auf sein Notenpult zu klopfen und um Ruhe zu bitten.

Beim vierten Versuch mit Mozarts Klavierkonzert hörte Drew einfach mittendrin zu spielen auf und sah seine Mutter an. Mrs. Johnson sprang auf. »Mr. Green!«, sagte sie. Das Orchester brach ab. »Mr. Green, es tut mir Leid, aber Drew braucht jetzt eine Pause.«

Rachel sah Daddy an und dachte: Jetzt, Daddy, jetzt musst du hart sein!

»Ich glaube, wir sollten das Spielchen hier beenden«, sagte er mit schneidender Stimme. »Okay, Drew?« Er sah zu dem Jungen hinunter und in diesem Moment brach Drew zusammen. Er ließ den Kopf mit einem lauten Plong auf die Tasten fallen und schluchzte jämmerlich. Er schluchzte lauter, als er vorher gespielt hatte. Es klang furchtbar, als ob Bretter von einer Wand gerissen würden und die Nägel kreischten. Alle Musiker starrten peinlich berührt auf ihre Noten.

Mrs. Johnson erhob sich und trat auf Daddy zu, so als wolle sie ihm im nächsten Augenblick eine ihrer Einkaufstaschen um die Ohren schlagen. »Es ist empörend«, sagte sie. »Vom ersten Moment an haben Sie nicht die geringste Rücksicht auf meinen Sohn genommen. Ich glaube, Sie haben keinerlei Erfahrung im Umgang mit Nachwuchstalenten, Mr. Green. Sie haben ihn pausenlos angetrieben und eine sehr herablassende Haltung meinem Sohn und mir gegenüber an den Tag gelegt. Wir lassen uns das nicht mehr bieten.« Sie beugte sich über Drew, der noch immer schluchzte. »Komm, mein Lämmchen«, sagte sie, »es tut deiner Mami so Leid. Mami bringt dich jetzt nach Hause.« Sie zog ihn am Arm, hielt ihn dicht an sich gedrückt, hob die Einkaufstaschen hoch und schaffte es noch irgendwie, sich zu bücken, um nach Michelles Leine zu greifen. Sie schnappte sich ihren grünen Regenmantel und inszenierte einen großen Abgang. Sie starrte Daddy an, zerrte an der Leine ihres Pudels, der Daddy ebenfalls anstarrte und dazu knurrte, und half Drew, der sich an ihr festklammerte und sein Gesicht in ihrer gelben Jacke verbarg.

In diesem Moment konnte einer der Hornisten, der sich das Lachen bisher verkniffen hatte, nicht länger an sich halten und prustete los.

Mrs. Johnson blieb stehen und funkelte ihn an. »Ich hoffe inständig, dass Sie eines Tages im Höllenfeuer schmoren!«, sagte sie. Nach diesen Worten führte sie Drew durch den schwarzen Vorhang. Man hörte, wie die Tür zuknallte. Dann wurde sie noch einmal geöffnet und eine gellende Stimme ertönte: »Uns sehen Sie hier nicht wieder!« Noch einmal schlug die Tür donnernd ins Schloss.

Nun war es um das Orchester geschehen. Die Hornisten schrien vor Lachen, die Blechbläser fielen einander in die Arme, Mr. Klonowski lachte so sehr, dass er sich vornüberbeugte und den Kopf auf die Knie legte, Emile lief rot an und selbst Mr. Vogelkäfig kicherte. Daddy schaute sie ernst an, dann lächelte er ein wenig und schließlich musste auch er lachen.

»Was ist der Unterschied zwischen einer Bühnenmutter und einem Rottweiler?«, schrie David. »Die Klunker.«

Daddy klopfte auf sein Notenpult. »Es tut mir sehr Leid. Ich weiß nicht, was ich sagen soll, außer dass ich nach wie vor entschlossen bin das Klavierkonzert am Montag aufzuführen.« Sofort setzte ein allgemeines Stimmengewirr ein. »Sie haben richtig gehört. Bringen Sie also bitte *alle* Noten mit. Gut? Dann sehen wir uns am Montag pünktlich um sieben Uhr. Die Kleiderordnung ist Schwarz und Weiß. Vergessen Sie auch nicht, vom Tisch hinter der Bühne die Parkgenehmigungen mitzunehmen. Damit können Sie Ihr Fahrzeug auf den Parkplatz gleich hinter dem Pavillon stellen. Um sechs wird für alle das Abendessen serviert – Brathähnchen, Salat, Getränke und so weiter. Falls Vegetarier unter Ihnen sind, melden Sie sich bitte bei mir, Sie bekommen dann eine Gemüseplatte. Okay? Es wird ein großartiges Konzert, es werden sehr viele Leute kommen. Und denken Sie daran: Für viele der Zuhörer wird es die erste Erfahrung mit klassischer Musik sein und gerade deswegen wünsche ich mir, dass es wirklich gut wird. Und ich bin überzeugt, dass es das wird. Übrigens, nur damit Sie Bescheid wissen, wir beginnen mit dem *Star-Spangled Banner.* Die Hymne wird von einem Solotenor gesungen. Wir brauchen sie vorher nicht zu proben. Ich danke Ihnen allen, Sie haben ganze Arbeit geleistet.«

»Wir danken *Ihnen*«, rief Evelyn.

Mr. Klonowski sprang auf. »Entschuldigen Sie, Maestro, aber wie können wir den Mozart ohne Probe aufführen?«

Daddy sah ihn lächelnd an. »Weil Sie ihn bereits so oft aufgeführt haben und weil Sie gute Musiker sind.«

»Aber was ist mit dem Pianisten?«, fragte Mr. Klonowski.

Daddy winkte lachend ab. »Die Pianistin spielt dieses Stück im Schlaf«, sagte er. »Ich weiß das, weil ich neben ihr schlafe.«

Die neue Solistin

Auf dem Heimweg wartete Rachel darauf, dass Daddy etwas sagen würde, aber er summte nur eine Melodie aus der Mendelssohnsinfonie und trommelte mit den Fingern aufs Lenkrad. Sie fuhren langsam die Hauptstraße hinunter, bis sie an einer roten Ampel anhalten mussten. Daddy zeigte auf das grüne Neonschild COCKTAILS über der Bar The Tip Top Tap, vor der vier Motorräder geparkt waren, und lachte. »Deine Mutter und ich waren einmal abends dort, in der ersten Woche, nachdem wir hierher gezogen waren. Vorgestellt hatten wir uns ein elegantes Ambiente, ein Glas Weißwein, einen Pianisten, der Cole Porter spielte, und gefunden haben wir stattdessen eine Szene aus Dostojewski: große, breitschultrige Typen in langen Mänteln, die in ihr Bier starrten. Hinter der Bar stand eine Frau mit einer Stimme, die Tapeten von der Wand lösen könnte. Wie diese Mrs. Johnson. Eine eindrucksvolle Frau.« Er bog nach links in die Seitenstraße neben der Molkerei und parkte im Hof. »Ich will noch schnell den Mozart für deine Mutter kopieren, für den Fall, dass sie die Noten nicht hat«, sagte er.

Rachel stieg hinter ihm die Treppen hoch zu seinem Büro. Sie hoffte, dass er wusste, was er tat. Sie konnte sich nicht vorstellen, dass Mutter zusagen würde. Die Situation war zu verwirrend. Rachel setzte sich neben dem Kopiergerät auf den Fußboden. »Erzähl mir noch mal, wie es kam, dass Mutter und du nach Sandy Bottom gezogen seid«, sagte sie.

Daddy schaltete den Kopierer an, der zu brummen begann. Eine rote Leuchtschrift flammte auf: BITTE WARTEN.

»Ich hatte ein Angebot von einem Mann erhalten, der an mich glaubte, Mr. Sorenson. Dies hier war sein Büro. Er saß hinter dem Schreibtisch, ich in dem Sessel da vorn.« Daddy wies auf einen schweren Sessel aus Eichenholz, der vor der Wand stand. »Ich hatte gerade meinen Abschluss an der Universität in Englisch und Musikgeschichte gemacht. Deine Mutter und ich waren seit einem Jahr verheiratet, lebten in einem winzigen Apartment mit einem riesigen Flügel darin und erwarteten täglich deine Ankunft. Dein Großvater hatte mir eine Stelle angeboten, aber das passte mir nicht. Ich wollte etwas Eigenes machen. Die Leute von der Stellenvermittlung im College sagten mir, dass eine High School oben im Norden jemanden zur Betreuung der audiovisuellen Lernprogramme suche. Ich kannte mich damit überhaupt nicht aus, aber als ich den Leuten das sagte, meinten sie nur, das sei kein Problem, alles, was man dafür wissen müsse, könne man in einer Woche lernen. Eigentlich wollte ich keinen Job, bei dem man nach einer Woche schon alles wusste, aber ich war haarscharf daran, zu akzeptieren. Da erzählte mir eine frühere Freundin, dass eine Molkerei in Sandy Bottom einen Manager suche. Normalerweise misstraut man Ratschlägen einer Exfreundin ja eher, aber ihre Tante war von hier und sagte, es sei ein netter Ort mit netten Bewohnern, und so bin ich hergefahren, um mit Mr. Sorenson zu sprechen. Ich habe keinerlei Kenntnisse über das Molkereiwesen. Ich weiß absolut nichts über Milch oder die Herstellung von Butter und dergleichen, habe ich ihm gesagt und Mr. Sorenson hat mir geantwortet, dass ihn das nicht interessiere. Dafür habe ich Leute in der Firma, die alles darüber wissen, was es gibt, die ihr Leben lang nichts anderes gemacht haben. Was ich brauche, ist jemand für die Geschäftsführung. Jemand, der erkennt, wo die Zukunft des Geschäfts liegt, und uns dorthin führt. Jemand, der ein guter Geschäftsmann ist, der aber gleichzeitig auch einen guten Draht zu Menschen hat. Wir haben gute Leute hier. Wenn einer sich mokiert über die Menschen in einer Kleinstadt, dann ist das schlichtweg dummes Zeug, wenn Sie mich fragen. Nur brauchen die Leute halt Führung, wie alle anderen auch. Er war etwas schroff, aber er war ein guter Mann. Ein interessanter Mann. Er hatte nie geheiratet. Er beobachtete Vögel und sammelte alte Bücher. Er war schon ein komischer Kauz, aber weißt du, solange man seine Arbeit macht und etwas für die Gesellschaft tut, kann man auch ein komischer Kauz sein. Das habe ich von ihm gelernt. Tja, so sind wir hierher gekommen. Und nun sind wir immer noch hier und jetzt sollte ich wirklich den Mozart kopieren.«

Er drehte sich um, öffnete die Klappe des Kopierers und legte ein Notenblatt auf die Glasscheibe. Rachel ging zu ihm hin und umarmte ihn von hinten. »Ich hab dich lieb«, sagte sie.

»Ich dich auch, meine Hübsche«, sagte er. »Übrigens hörst du dich wirklich gut an bei den Geigen. Du machst das ganz großartig.«

»Spiele ich zu laut?«, fragte sie.

»Nein. Es klingt wunderbar. Du spielst wirklich toll. Evelyn und David finden das auch. David hat gesagt, es sei ein Vergnügen, neben dir zu sitzen.«

Rachel fühlte, wie ihr Gesicht ganz warm wurde und die Haut zu prickeln begann. Es war eine Sache, ein Kompliment von Angie oder Carol zu bekommen, aber zu wissen, dass andere Musiker gesagt hatten, dass ihnen gefiel, wie man spielte, das bedeutete wirklich etwas.

»Welches Stück gefällt dir eigentlich besser, der Mendelssohn oder der Tschaikowsky?«, fragte Rachel.

»Die beiden Werke sind völlig unterschiedlich.«

»Ich weiß, deswegen frage ich ja.«

»Hm. Dann müsste ich sagen – der Mendelssohn.«

»Gut«, sagte Rachel, »so geht es mir auch. Wenn man die Sinfonie von Mendelssohn spielt, dann stellt man sich vor, dass er ein freundlicher Mensch gewesen sein muss, mit dem man gern zusammen gewesen wäre, stimmt's? Das Stück von Tschaikowsky ist so laut und gewaltig. All diese mächtigen Crescendi, und jedes Mal denkt man, jetzt ist wirklich Schluss, aber es geht immer noch weiter.«

Daddy lachte. »Schön, dass wir denselben musikalischen Geschmack haben.«

Daddy kopierte jede Seite des Klavierkonzerts auf festes, weißes Papier und klebte dann die Blätter zu einem Buch zusammen.

»Wieso bist du dir eigentlich so sicher, dass Mutter spielen wird?«, fragte Rachel.

»Sie wird spielen«, antwortete Daddy, »überlass das nur mir. Ich bin seit fünfzehn Jahren mit ihr verheiratet. Ich kenne sie in- und auswendig.«

Als sie heimkamen, war es ganz still im Haus. Auf dem Küchentisch lag eine Nachricht. »Bin in einer Versammlung. Anschließend mache ich noch Besorgungen. Sandwichzutaten sind im Kühlschrank. Tausend Küsse.«

Rachel sagte Daddy, dass sie keinen Hunger habe. Hatte sie auch wirklich nicht. Langsam machte sie sich doch Sorgen. Es war ja schön und gut, dass Daddy so aus dem Häuschen geriet beim Gedanken an den vierten Juli, schließlich war er der Dirigent und es war seine Aufgabe, Zuversicht zu verbreiten. Aber sie selbst hatte das ungute Gefühl, dass sich das Konzert vor ihren Augen in nichts auflöste. Wie hatte Daddy nur so naiv sein können eine Null wie Drew Johnson zu engagieren, um ein Klavierkonzert von Mozart zu spielen? Wenn das möglich gewesen war, was mochte sonst noch schief gehen?

Sie hatte sich vorgestellt, in einem Orchester zu spielen wäre eine ernsthafte und ruhige Angelegenheit unter würdevollen Menschen, die ihre Kunst ausübten. Doch in Wirklichkeit erinnerte es sie mehr an ein Rodeo, bei dem einige Dutzend Kühe und Pferde muhend und wiehernd herumsprangen, während Daddy sich bemühte sie innerhalb der Umzäunung zu halten. Die Geiger, die so gern über die Bogenführung der anderen herzogen, oder die Bläser, die während der Probe laut schwätzten und Daddy ganz blöd fragten, welchen Ton sie in Takt achtundneunzig spielen sollten, obwohl sie genau wussten, dass sie in Takt achtundneunzig überhaupt nicht an der Reihe waren. Und nun erwartete Daddy von Mutter, dass sie so mir nichts, dir nichts ohne eine einzige Probe das Klavierkonzert von Mozart spielte und so seine Haut rettete.

Als Mutter nach Hause kam, war Rachel in ihrem Zimmer. Sie hörte das Gemurmel einer Unterhaltung, das Öffnen und Schließen der Kühlschranktür, dann wieder Gebrummel. Rachel erkannte an dem gleichmäßigen Tonfall, dass Daddy redete und Mutter zuhörte. Er sprach mit leiser Stimme, machte eine Pause, sprach wieder, während Rachel unbeweglich dasaß. Und dann hörte sie Mutters Stimme: »*Wie bitte?!*«

Neues Gemurmel.

»Soll das ein Scherz sein?«

Eine ganze Weile war wieder nichts als dieses Gemurmel zu hören.

»O Norman, was um alles in der Welt mach ich nur mit dir?!«

Es schien Rachel kein günstiger Zeitpunkt zu sein, um hinunterzugehen, diese Diskussion mussten die Eltern allein führen, ohne sie. Aber wenigstens öffnete sie ihre Zimmertür, um besser hören zu können.

Mutter sagte gerade, sie *hoffe,* dass es Daddy klar sei, wie absolut *unmöglich* es sei, was er da von ihr verlange – sich *in nur zwei Tagen* auf ein Konzert von Mozart vorzubereiten –, ob ihm *bewusst* sei, wie viel *Arbeit* das bedeute, denn *wenn* sie es machte, dann würde sie es *richtig* machen und alle drei Sätze spielen, und *natürlich* würde sie nicht vom Blatt, sondern auswendig spielen. (Rachel erkannte Mutters Art und Weise, so lange gegen etwas zu protestieren, bis sie schließlich bekam, was sie wollte.) Auf gar keinen Fall könne sie das Konzert einstudieren und gleichzeitig die Dinge erledigen, die im Haus anfielen – das hieße, sie würde keine Anrufe mehr für ihn annehmen und er und Rachel müssten kochen und sauber machen und waschen, weil man nicht von ihr erwarten könne, gleichzeitig den Haushalt zu führen und Mozart gerecht zu werden. Und als Mutter fertig war mit ihren Protesten, hörte Rachel, wie Daddy sich mit sanfter Stimme bei Mutter bedankte. Dann folgte ein zärtliches Schweigen. Rachel hoffte, dass er Mutter jetzt küsste. Mutter würde das Konzert spielen, weil es Daddy so wichtig war, weil Daddy sie darum gebeten hatte und weil sie ihn liebte.

Eine Weile waren wieder leise Stimmen von unten zu hören. Dann schob Mutter ihren Stuhl zurück und klapperte mit dem Geschirr. Daddy ging durch den Flur und verschwand im kleinen Wohnzimmer. Mutter ging ins Esszimmer. Man hörte kurz, wie der Klavierschemel zurechtgerückt wurde, dann war es still. Und dann spielte Mutter den ersten Satz des Klavierkonzerts von Mozart.

Sie spielte ihn lebhaft und kraftvoll und so natürlich, als wäre es einfach eine Unterhaltung, bei der die Töne die Worte ersetzten. Nach einer kurzen Pause spielte sie den Satz noch ein zweites Mal. Rachel hörte Daddy die Treppe heraufkommen. In ihrer offenen Tür blieb er stehen.

»Du hast es geschafft«, sagte sie.

»Deine Mutter hat eben ein gutes Herz«, antwortete Daddy.

»Und was hast du gesagt, um sie herumzukriegen?«

»Ich brauchte sie gar nicht herumzukriegen.«

»Na schön, also wie hat sie herausgefunden, dass sie es wollte?«

Daddy kam ins Zimmer. »Die Sache ist so«, sagte er. »Deine Mutter tut immer nur so, als wäre sie aus Milwaukee. In Wirklichkeit gehört sie mit ganzem Herzen nach Sandy Bottom. Und eine Einwohnerin aus Sandy Bottom würde niemals aus eigenem Antrieb in einem Konzert auftreten – das sähe ja nach Angeberei aus –, aber sie würde es mit Freude tun, wenn jemand sie wirklich bräuchte. Also musste ich nicht mehr tun als ihr zu zeigen, in was für einer furchtbaren Klemme ich sitze, damit sie mir zu Hilfe eilen konnte. Verstehst du jetzt?«

»Musstest du sehr betteln?«, fragte Rachel.

»Gar nicht«, antwortete Daddy, der inzwischen auf Rachels Bett saß. »Verhandelt habe ich und ich bin ganz gut dabei weggekommen. Ich habe ihr gesagt, dass sie meine letzte Hoffnung sei und dass ich, wenn sie den Mozart nicht spielte, gezwungen sein würde das Klavierkonzert durch ein Medley aus Melodien von Stephen Sondheim zu ersetzen. Deine Mutter ist nun nicht gerade ein Fan von Stephen Sondheim. Außerdem habe ich ihr gesagt, wenn sie spielt, stelle ich mich voll und ganz hinter das Kunstzentrum. Zu guter Letzt habe ich noch erwähnt, dass wir im Herbst entweder nach Italien fahren oder ein neues Haus kaufen können. Sie hat sich für das Haus entschieden. Also, ich muss sagen, es war ein ganz gutes Geschäft.«

Rachel holte tief Luft. »Ich habe mir überlegt, also – ich würde schon noch gern im Orchester mitspielen und alles, aber wenn Mutter mich braucht, um die Seiten umzublättern, würde ich das gern für sie tun.«

Daddy strich ihr über die Wange. »Das ist ganz lieb von dir«, sagte er. »Aber deine Mutter wird ohne Noten spielen.«

Rachel schüttelte den Kopf. »Sie will ein ganzes Konzert von jetzt bis Montagabend auswendig lernen? Bist du verrückt? Es geht über mindestens eine halbe Stunde!«

»Sie ist absolut professionell, nicht wahr? Übrigens, jetzt eben spielt sie auch auswendig.« Rachel lauschte; gerade wiederholte Mutter den ersten Satz.

»Sie hat das Werk vor fünfzehn Jahren bei einem Jugendkonzert des Sinfonieorchesters von Milwaukee gespielt. Damals war sie im fünften Monat mit dir schwanger. Ein paar Monate später, und sie wäre nicht mehr an die Tasten gekommen. Vermutlich ist dieses Konzert also die erste Musik, die du im Leben gehört hast, Süße. Du lagst da in deinem kleinen dunklen Wassertank und dachtest, du würdest für immer ein Fisch sein, als auf einmal diese Musik durch die Bauchdecke zu dir drang und zu dir sagte: He, du, hier draußen gibt es noch eine Welt, die ganz anders ist als deine und viel schöner. Mutter sagte, während des Konzerts habest du so gestrampelt, dass sie beinahe deinem Tempo gefolgt sei und nicht dem des Dirigenten.«

Rachel und Daddy aßen am Glastisch im Garten zu

Abend, während Mutter ohne Pause arbeitete. Nach dem Essen ging Daddy zu ihr hinein. Er legte seine Partitur auf den Flügel, gab mit dem Taktstock den Takt an und sang die Orchesterpassagen laut: »Di-di-di-di da-da«, damit Mutter ihre Einsätze proben konnte. Rachel nahm ihre Geige aus dem Kasten, gesellte sich zu ihren Eltern und spielte den Part der zweiten Geige. Mutter blickte auf. »Danke, mein Liebes«, sagte sie. Dreimal spielten sie das ganze Konzert durch, dann sagte Mutter: »Genug für heute. Ich geh ins Bett. Vielen Dank euch beiden.« Sie ging gleich nach oben und legte sich noch ein Weilchen in die heiße Badewanne, bevor sie schlafen ging.

»Ich finde, das muss gefeiert werden. Wie wäre es mit einer Portion Eis?«, fragte Daddy. Rachel nahm Eis aus dem Gefrierschrank und machte für sie beide einen Schokolade-Minze-Becher. Sie traten vor die Gartentür. Es war beinahe Vollmond; groß und golden hing der Mond in den Bäumen. Sie stellten die Stühle am Glastisch um, so dass sie den Mond sehen konnten, setzten sich und blickten zum Himmel empor.

»Wirklich nicht schlecht, euer Eis«, sagte Rachel und schleckte ihren Löffel ab.

»Was hieltest du davon, wenn wir morgen Abend zusammen essen gingen?«, fragte Daddy. »Ich kenne da ein nettes Restaurant, das Farmhouse, wo wir ein Steak essen könnten. Wir könnten auch die Klaviersolistin mitnehmen, wenn sie Lust dazu hat.«

»Ich kann nicht«, sagte Rachel. »Ich gehe morgen Abend ins Kino. Mit Scott.«

»Oh«, sagte Daddy. Rachel merkte, dass er ein bisschen gekränkt war.

»Meinst du den, der im Orchester Cello spielt? Den aus Oshkosh?«

Rachel nickte.

»Und was für einen Film wollt ihr euch ansehen?«, fragte Daddy weiter.

»Einen Horrorfilm«, antwortete Rachel. »Er holt mich um acht ab und dann fahren wir in ein Autokino.«

Daddy schwieg. Es war dieses angespannte Schweigen eines Menschen, der denkt, eigentlich müsse er etwas sagen, und der angestrengt versucht sich etwas einfallen zu lassen. Rachel aß weiter ihr Eis; ihre nackten Beine hatte sie auf die kühle Glasplatte des Tisches gelegt. Der Mond war jetzt so hell, dass die Eiche einen Schatten warf. Und da der Garten der Nachbarn auf der anderen Straßenseite erleuchtet war, konnte Rachel die langen Streifen Grasschnitt sehen, wo sie den Rasen gemäht hatten. Sie konnte sich nicht mehr erinnern, wie die Leute von gegenüber hießen, sie wusste nur noch, dass Mutter gesagt hatte, es seien nette Leute, die auch zur Zionsgemeinde gehörten. Seltsam, dass man so nah beieinander wohnen konnte und sich doch nur flüchtig kannte und über die Straße hinweg grüßte. Es war ein junges Paar mit zwei Babys. Die Kinder lagen manchmal im Garten in ihren Kinderwagen, während die Mutter auf einer Liege lag und Zeitschriften las. Sie sah hübsch aus mit ihrem leuchtend roten Haar. Der Mann mochte Automechaniker sein, er hatte immer einen grünen Overall an, wenn er von der Arbeit kam.

Vielleicht sollte man einfach mal zu diesen Leuten hinübergehen, sich zu ihnen setzen, falls man dazu aufgefordert wurde, und versuchen etwas über sie zu erfahren – wer sie waren, woher sie kamen, wie ihre Kinder hießen, wo er arbeitete, was sie gern las. Aber andererseits – ging einen das wirklich etwas an? Emily Dickinson hätte das bestritten. Amherst war voll von Menschen, die sie nicht im Entferntesten kannte. Nein, man sollte nur sein eigenes Leben leben, einigen wenigen Menschen nahe stehen und sich um die anderen keine Gedanken machen. Es sei denn, sie kämen schreiend in einem brennenden Hemd angelaufen; dann natürlich, dann würde man sie in einen Teppich rollen, die Flammen löschen und den Notarzt rufen. Aber ansonsten war es ganz in Ordnung, wenn jeder für sich blieb.

»Woran denkst du?«, fragte Daddy.

Rachel sagte: »Ich dachte gerade, dass ich vielleicht Lust hätte, nach Interlochen zu gehen.«

»Ah ja«, sagte Daddy. Wieder schien er ein bisschen gekränkt zu sein. Zum zweiten Mal innerhalb von zwei Minuten.

»Bestimmt wäre es eine wunderbare Chance für dich«, sagte er traurig.

Am Samstagmorgen wachte Rachel zu den Klängen von Klaviermusik auf. Mutter übte bereits. Es war der dritte Satz des Konzerts und sie spielte ihn extrem schnell, sie jagte durch die Koloraturen, zwang ihre Finger die Noten zu spielen, bevor noch ihr Gehirn den Befehl dazu erteilen konnte.

Daddy war im Bad und rasierte sich. Die Tür stand offen. Rachel sah ihm zu, wie er das Rasiermesser über seinen Hals zog und ein Streifen Haut inmitten des weißen Schaums sichtbar wurde. Er verzog das Gesicht zu einer Grimasse, um sich die Oberlippe rasieren zu können. Als er damit fertig war, entfernte er noch ein paar Haare zwischen den Augenbrauen und legte dann das Rasiermesser weg. Er beugte sich übers Waschbecken, füllte die gewölbten Hände mit Wasser, legte das Gesicht hinein und prustete wie ein Wal. Rachel reichte ihm ein Handtuch.

Als sie sich in der Küche eine Schüssel Vollkornflocken mit Heidelbeeren zum Frühstück machte, sah sie auf einmal, dass neben dem Telefon auf der Küchentheke ein Anrufbeantworter stand. Sie hatten nie einen gehabt – Daddy fand Anrufbeantworter unhöflich. Er sagte immer, alle Welt wisse, dass man den Anrufbeantworter nur deswegen einschaltete, um die Anrufe sieben zu können und nicht mit Leuten sprechen zu müssen, mit denen man nicht reden wollte. Aber nun stand so ein Gerät da und war bereits angeschlossen, ein rotes Lämpchen leuchtete. Neben dem Telefon lag eine Nachricht von Mutter.

> Rachel, ich werde heute den ganzen Tag zu tun haben. Würdest du uns etwas zum Abendessen machen? Und könntest du dich um Großmutter und Großvater kümmern, wenn sie Sonntagabend kommen? Vielen Dank. Ich hab dich sehr lieb. Mutter

Rachel übte den Vormittag über und auch noch ein Weilchen am Nachmittag. Als sie anfing das Abendessen vorzubereiten, klebte Mutter noch immer am Klavierschemel und übte, während Daddy telefonierte. Nein, sagte er gerade zum Bürgermeister, ihm seien keine Gerüchte zu Ohren gekommen, wonach jemand vorhabe während des Konzerts die amerikanische Fahne zu verbrennen, er solle sich nur keine Sorgen machen. Dann redete eine ganze Weile nur der Bürgermeister. Die Stimme aus dem Hörer erinnerte Rachel an eine sprechende Maus. »Nein«, sagte nun Daddy wieder, »wir haben beschlossen, dass die Unabhängigkeitserklärung nicht vorgetragen wird. Wir hören eine Stunde lang die schönste Musik und ich denke, das ist genug für die Leute. Man kann kaum von ihnen erwarten, dass sie länger als eine Stunde still sitzen und zuhören.«

Während er telefonierte, malte Daddy mit einem schwarzen Filzstift Schleifen und Dreiecke und Schachbrettmuster auf ein Blatt Papier. »Sie haben vollkommen Recht, ich bin völlig Ihrer Meinung«, sagte er jetzt. »Unsere jungen Leute, ich weiß nicht recht. Irgendwie sind ihnen die Dinge, die Sie und ich noch gelernt haben – harte Arbeit, Verantwortungsbewusstsein –, fremd geworden. Das ist das Schöne an der Musik; sie motiviert dazu, sich für etwas anzustrengen. In der Musik, anders als in der Politik, lässt sich Faulheit nicht verbergen. Deswegen spielen die Künste eine so große Rolle für unser Gemeinwesen und deswegen halte ich auch dieses Kunstzentrum für eine großartige Idee.«

Daddy zwinkerte Rachel zu. »Eben. Wenn Sie mich fragen, Parkplätze sind das große Übel unserer Zeit. Man baut einen Parkplatz und schafft einen Sündenpfuhl. Die jungen Leute fahren auf die Parkplätze, und ehe wir uns versehen, müssen wir uns über Teenagerschwangerschaften, ledige Mütter und Kinder, die der Sozialfürsorge zur Last fallen, unterhalten. Schauen Sie sich nur mal die Statistiken an, dann werden Sie sehen, wie Recht ich habe. Jahr für Jahr kommt auf jeden Parkplatz in Amerika ein uneheliches Kind. Ungelogen!« Er legte den Hörer auf. »Das war zu viel für ihn«, sagte er. »Als ich auf die unehelichen Kinder kam, hat er aufgelegt. Ich nehme mal an, auf dem Gebiet ist er empfindlich.«

Daddy rief seinen Freund, den Meteorologen, an, der ihm sagte, dass sich das Sturmtief mittlerweile in Norddakota befand und Montag im Laufe des Nachmittags oder am frühen Abend das Zentrum von Wisconsin erreichen dürfte. »Das war nicht unbedingt das, was ich hören wollte«, sagte Daddy zu Rachel. »Aber egal, selbst wenn uns das Wasser bis zu den Knien reicht, wird sich der Aufwand lohnen, nur um zu hören, wie deine Mutter dieses Konzert spielt.«

Durch die geschlossene Türe des Esszimmers hörten sie, wie Mutter das Andante des Konzerts spielte, das so schön war, dass es direkt wehtat. Mutter war dann am besten, dachte Rachel, wenn sie sich einer großen Herausforderung gegenübersah, wenn etwas ihre völlige Aufmerksamkeit erforderte. Jetzt, da ihr eine unmögliche Frist gesetzt war, um ein Werk von Mozart in einem Orchesterpavillon zu spielen, in einer Stadt, in der die meisten Leute sich nichts aus Mozart machten und viele Leute sich auch aus Mutter nichts machten, da ließ sie Mozarts Musik erklingen wie Musik von Engeln, die am Himmel schwebten, um die Gärten und Hinterhöfe, die Schlafzimmer und die Küchen der Welt zu segnen. Daddy hatte Recht: Musik konnte Berge versetzen.

Riesenkürbisse

Das Auto von Scotts Mutter war ein weißes Cabrio mit leuchtend rotem Verdeck. Kurz vor acht, etwa eine halbe Stunde nachdem Rachel angefangen hatte nach ihm Ausschau zu halten, bog es in die Einfahrt der Greens ein. Um sechs hatte Rachel ein gemütliches, langes Bad genommen, während Mutter und Daddy unten probten. Daddys *Di-di-di da-da* klang langsam etwas matt und Mutter ermahnte ihn: »Bitte, Norman, du wirst zu langsam! Tempo!« Rachel lag in der Badewanne und machte sich zum ersten Mal Gedanken über den Rest des Sommers, den Teil des Sommers, der nach dem vierten Juli kam, wenn sie mit dem Orchester in Menomonie und Eau Claire spielen würde. Ob Daddy dann auch dirigieren würde? Hoffentlich nicht. Einerseits war es schlimm, dass sie so dachte, aber andererseits wollte sie gern allein fahren. Scott würde auch dort sein. Sie würden auch in Oshkosh spielen, wo er wohnte. Vielleicht würde er sie einladen nach dem Konzert im Haus seiner Eltern zu übernachten. Natürlich würde sie die Einladung annehmen. Und vielleicht könnte sie ihn im August nach Milwaukee einladen; sie könnten bei Großvater und Großmutter wohnen und ins Kino gehen und Konzerte besuchen.

Daddy klopfte an die Tür. »Wie lange hast du vor heute

Abend wegzubleiben?«, fragte er durch die Tür. »Die Rolle des besorgten Vaters behagt mir zwar überhaupt nicht, aber trotzdem, wann kommst du nach Hause?«

»Im frühen Morgenrot«, antwortete Rachel.

Daddy stöhnte. »Mach jetzt bitte keine Witze. Ich bin nicht in der Stimmung dazu.«

Als sie dabei war, sich anzuziehen, fragte er noch einmal. Sie hatte bereits BH und Slip, einen khakifarbenen Baumwollrock und einen kurzärmeligen, dunkelgrünen Pulli angezogen. Jetzt saß sie auf dem Bett, betrachtete nachdenklich ihre Schuhe, die sie in einer Reihe vor dem Bett aufgestellt hatte, und versuchte sich zwischen Sandalen und Segeltuchschuhen zu entscheiden, als es wieder klopfte.

»Ich hätte die Frage gern geklärt«, sagte Daddy. »Wann kommst du nach Hause?«

»Ich werde Scott fragen.«

»Ich habe aber *dich* gefragt«, sagte Daddy.

»Wann möchtest du denn, dass ich nach Haus komme?«

»Wie wäre es um Mitternacht?«, fragte Daddy. »Immerhin bist du erst vierzehn.«

»Ist in Ordnung«, sagte sie.

»Aber wirklich, Punkt zwölf. Halb eins reicht nicht. Und um eins bin ich ernsthaft böse. Ich meine es ganz ernst.«

Armer Daddy. Er polterte die Treppe hinunter und brummelte dabei vor sich hin. Als Rachel nach unten kam, öffnete er gerade die Tür zum Esszimmer, steckte den Kopf hinein und fragte: »Meinst du nicht, dass vierzehn ein bisschen früh ist für eine Verabredung?«, worauf Mutter brüllte: »Norman, würdest du das bitte selbst klären! Sie ist auch deine Tochter! Und jetzt geh! Raus!« und Daddy sich in die Küche zurückzog. Er sah sorgenvoll aus, als Rachel – mit (wie sie fand) hübsch zerzaustem Haar (sie hatte sich von Carol ein Gel ausgeliehen) und mit glänzend rosa geschminkten Lippen und Nägeln – die Küche betrat. Nach dem Bad hatte sie sich mit einem Körperpuder eingepudert und einen Hauch von Mutters Parfum, *Eve,* aufgesprüht, das sie aus Mutters Kosmetiktäschchen entliehen hatte.

»Ich wünschte wenigstens, man könnte diesen Kerl mal kennen lernen, bevor er kommt und meine Tochter in die Nacht schleppt«, nörgelte Daddy. »Ist das etwa zu viel verlangt?«

»Du hast ihn doch schon gesehen. Mehrmals. Es ist Scott. Der Cellist. Dämmert es dir jetzt?«

Daddy rang die Hände. »Das habe ich nicht gemeint, einmal die Hand geben und Hallo sagen. Ich habe gesagt, ich würde ihn gern kennen lernen, etwas über ihn erfahren, herausfinden, wie er ist.«

»Er ist wirklich nett«, sagte Rachel.

»Fährt er vernünftig Auto?«, fragte Daddy. »Oder ist er einer von denen, die mit achtzig Meilen die Stunde und ohne Licht über die Landstraße rasen? Das wüsste ich schon ganz gern.«

»Wenn man Mutters Fahrstil gewohnt ist, was sind da schon achtzig Meilen die Stunde?«, fragte Rachel zurück.

Wieder warf Daddy die Arme in die Luft. »Ich mache keine Witze«, sagte er. »Trinkt der Junge?«

»Trinkt???«

»Ja, trinkt. Alkohol – Spirituosen, Fusel, wenn du verstehst, was ich meine. Ich will wissen, ob er vorhat dich zu irgendeinem Drive-in-Restaurant zu schleppen und mit Gin abzufüllen, um dann mit achtzig Meilen die Stunde zurückzufahren und an einem Baum zu landen.«

Rachel sah, wie ein Auto von der Prairie Avenue kommend in ihre Straße einbog und langsamer wurde, als es näher kam, doch es bog nicht in ihre Einfahrt ein.

»Mach dich nicht lächerlich, Daddy. Natürlich trinkt er nicht.«

»Ich wünschte, ich hätte dein Vertrauen«, sagte Daddy. Er stand auf und ging zum Kühlschank. Er öffnete ihn. Schloss ihn wieder. Ging zurück zum Tisch und setzte sich. »Ich hätte nie gedacht, dass es so schwer sein würde«, sagte er. »Wenn ich es geahnt hätte, ich hätte meinen Eltern einiges erspart. Du hast ja keine Ahnung! Eltern zu sein bedeutet sich vierundzwanzig Stunden am Tag Sorgen zu machen. Ein Leben angefüllt mit Stoßgebeten. Nichts für ängstliche Gemüter, das kannst du mir glauben.«

In diesem Moment fuhr das weiße Cabrio vor. Rachel fragte sich, warum das Verdeck an einem so warmen, sonnigen Sommerabend wohl geschlossen war. Scott stieg aus. Er trug ein dunkelblaues Hemd mit angeknöpften Kragenspitzen und hochgekrempelten Ärmeln, sandfarbene Baumwollhosen und Mokassins. Typischer Preppy-Look, dachte Rachel. So sehen die Schüler der höheren Privatschulen aus – schlicht, aber edel. Genau das Richtige, um besorgte Eltern zu beruhigen. Ein Blick und man weiß, der Junge strebt die gehobene Banklaufbahn an.

Rachel machte auf. »Hallo«, sagte sie. »Auf die Minute. Ein richtiger Berufsmusiker.« Er trat ein und beugte sich vor, um sie freundschaftlich auf die Wange zu küssen, tat aber gleich einen Schritt zurück, als er aus dem Augenwinkel Rachels Vater sah. »Guten Abend, Maestro«, sagte er und streckte die Hand aus.

Daddy erhob sich. »Hallo, Scott«, sagte er.

»Sir«, sagte Scott, »ich habe schon kürzlich zu Rachel gesagt, dass mir Ihre Tempi gut gefallen.«

Daddy blickte zu Rachel hinüber.

»Ich kann es gar nicht glauben, Sir, dass Sie noch nie zuvor dirigiert haben.«

Rachel fasste Scott am Ellbogen. Er drehte sich um. »Es ist ein Vergnügen, in einem Orchester wie diesem mitspielen zu dürfen, Sir. Und es scheint fast, als würde Ihre Frau den Solopart übernehmen.« Von nebenan war das Andante aus dem Klavierkonzert zu hören und Scott lauschte einen Moment. »Ich freue mich darauf«, sagte er ernst.

Rachel kniff ihn leicht in den Ellbogen. »Komm, lass uns gehen«, sagte sie. Dann gab sie Daddy einen Kuss. Die vielen Komplimente hatten ihm anscheinend die Sprache verschlagen.

»Mitternacht«, sagte er noch.

»Sie können sich darauf verlassen!«, erwiderte Scott.

»Was sollte das denn?«, fragte Rachel, als sie ins Auto stieg. Es war neu und hatte schwarze Ledersitze und tiefschwarze Teppiche. »Du brauchst meinem Vater nicht um den Bart zu streichen.«

»Entschuldige«, sagte Scott. »Ich wollte ihn nur beruhigen.«

Als sie in die Prairie Avenue einbogen, fragte Rachel, ob sie nicht anhalten und das Verdeck öffnen sollten. Sie war noch nie in einem offenen Cabrio gefahren und hätte gern gewusst, wie es war, den Wind zu spüren, den Himmel über sich zu sehen. Scott antwortete, es sei weniger sicher, mit geöffnetem Verdeck zu fahren. »Wenn der Wagen sich überschlägt, ist es aus mit dir.«

Es leuchtete Rachel nicht ein, dass ein Stoffverdeck und ein paar dünne Stahlstangen im Falle eines Zusammenstoßes viel Schutz bieten sollten, aber das sagte sie nicht laut. Sie ahnte, weswegen er das Verdeck geschlossen haben wollte: Er wollte vermeiden, dass seine Frisur durcheinander geriet. Er hatte wirklich vollkommenes Haar, so wie sie es noch nie an einem Jungen gesehen hatte. Ein perfekter Schnitt, jede Locke saß an ihrem Platz, die Koteletten kurz geschoren, die Nackenlinie exakt. Sie fragte sich, wie lange er wohl brauchte, bis er mit seiner Frisur fertig war, und welches Gel er benutzte.

»Du siehst übrigens toll aus heute Abend«, sagte er.

»Du auch«, antwortete Rachel.

»Hast du eigentlich immer hier gelebt oder seid ihr irgendwann hierher gezogen?«, fragte er.

»Meine Eltern sind hierher gekommen, als ich etwa zwei Monate alt war«, sagte Rachel.

Die Unterhaltung stockte kurze Zeit. Scott beschleunigte das Tempo, als sie die Stadt verließen und am Fluss entlangfuhren, an der Gemüsegärtnerei vorbei. Aber verglichen mit Mutters üblicher Geschwindigkeit schlich er geradezu.

»Und, wie hast du die Ferien bisher verbracht?«, fragte er.

»Ach, ganz gut, wenn man bedenkt, dass man hier in der Gegend nicht viel machen kann. Ich bin froh, dass ich im Orchester mitspiele.«

Sie redeten über die anderen Musiker. »Ist der Typ mit der Vogelkäfigfrisur nicht irre?«, fragte Rachel.

»Ich finde ihn absolut stark. Deine Partnerin ist übrigens auch nicht übel. Sie macht die verrücktesten Gesichter beim Spielen. Sie legt das Gesicht in Falten wie ein Waschbär.«

»Tatsächlich? Ich sehe sie ja nie von vorn. Hoffentlich mache ich das nicht auch!«

»Nein, du nicht. Du siehst hübsch aus, wenn du spielst.«

»Die Leute, die um mich herumsitzen, sind total komisch. Ich bemühe mich immer, nicht zu lachen, aber manchmal kann ich nicht anders. Findest du es nicht auch verrückt, wie der Konzertmeister und Emile sich bei der Probe immer angiften und hinterher die dicksten Freunde sind?«

»Wahnsinn, echt«, sagte Scott.

»Die Celli am Anfang der Tschaikowsky-Ouvertüre klingen unheimlich schön. Ist die Passage schwer zu spielen?«

»Nein, nicht besonders«, sagte er. »Es wäre nur ganz hilfreich, wenn alle Leute ab und zu zum Dirigenten schauten, anstatt dass jeder sein eigenes Tempo spielt. Hast du übrigens gewusst, dass Tschaikowsky ein richtiger Angsthase war? Er hatte Todesangst, wenn es donnerte, und bei jedem heftigeren Gewitter verkroch er sich heulend unters Bett.«

»Ich habe mal in einem Buch gelesen, dass er sehr oft geweint haben soll.«

Scott schwieg. Er schien über etwas nachzudenken, vielleicht übers Weinen, vielleicht auch über Tschaikowsky oder über Celli.

»Gehst du oft ins Kino?«, fragte er schließlich.

»Nein. In Sandy Bottom gibt es nur eins und da zeigen sie fast nur diese Actionfilme, du weißt schon, lauter Dynamit und Maschinenpistolen. Arnold Schwarzenegger, diese Richtung.« Oje, dachte sie, jetzt wird es langsam etwas schwierig mit der Unterhaltung.

Das Autokino befand sich auf einem Hügel. Man kam durch ein Tor, bei dem ein Häuschen für den Kartenverkauf stand. Dann ging es auf einer Zufahrt weiter, die von lauter kleinen Lampen gesäumt war. Scott parkte mitten auf dem Platz. Die Vorderräder des Autos standen auf einer leichten Erhöhung, so dass die Windschutzscheibe sich in Höhe der Leinwand befand. Als Scott den Motor abstellte, begann schon der Film, gerade war der Titel auf der Leinwand zu sehen. Scott löste zwei Hebel oberhalb der Windschutzscheibe, betätigte einen Schalter, ein Motor begann zu brummen, das Verdeck hob sich und faltete sich selbsttätig zusammen. »Schau«, sagte Scott, »nun hast du den ganzen Himmel.« Neben jedem Stellplatz war an Stahlmasten ein kleiner Lautsprecher angebracht, den man abnehmen und auf das Armaturenbrett stellen konnte. Scott drehte die Lautstärke hoch und eine alte Frau sagte mit krächzender Stimme: »Ich weiß, ihr findet mich wunderlich. Aber es gab einmal eine Zeit, da war ich so wie ihr. Gerade so wie ihr.«

Der Film hieß *Die Riesenkürbisse* und handelte von einer alten Dame namens Eloise, die in einer kleinen Stadt in einem großen, gespenstischen Haus lebte. Vor vielen Jahren war ihr Verlobter, Norman (Rachel lief es kalt den Rücken hinunter, als sie Daddys Vornamen hörte), durch einen schrecklichen Unfall ums Leben gekommen. Freunde hatten ihn dazu angestiftet, mit dem Kanu einen Wasserfall hinunterzufahren, und dabei war er ertrunken. Die Szene wurde in einem Rückblick gezeigt. Seit damals hasste Eloise junge Männer. Sie hasste überhaupt alle jungen Leute. Sie starrte durch die Jalousien ihres Hauses und verwünschte alle jungen Leute, die vorbeikamen. Jeden Sommer, wenn sie den großen Garten hinter ihrem Haus anlegte, bot sich ihr die Gelegenheit zur Rache. Der Garten sah aus wie ein südamerikanischer Regenwald. Die Spezialität der Alten waren Kürbisse, und zwar eine außergewöhnliche Kürbisart, die sich bei Nacht in eine aggressive Fleisch fressende Pflanze verwandelte. Im Garten gab es eine Laube mit einer Hollywoodschaukel, und wenn sich spätabends Liebespaare hineinschlichen, um in der Laube zu knutschen, dann hörte man schon das Laub rascheln, wenn die Kürbisse außer Rand und Band gerieten.

Stachelige Ranken schlängelten sich durch die Stäbe der Schaukel und packten den Jungen und das Mädchen, dazu erklangen schrille Geigen. Der Junge schrie gellend auf und sofort bohrte sich eine Ranke in seinen Hals (an dieser Stelle griff Rachel nach Scotts Arm). Schon im nächsten Augenblick waren die beiden in der Laube von Ranken umschlungen, man hörte nur noch ein Schmatzen und Tropfen und Schlürfen, und Rachel wandte den Blick ab und drehte sich zu Scott und er küsste sie.

Er küsste sie sanft auf die Lippen und legte ihr dabei eine Hand auf die Wange. Rachel schloss die Augen. Scott streichelte ihren Nacken, drückte seine Nase in ihr Haar und seufzte leise.

»So lange schon habe ich mir gewünscht dich zu küssen«, sagte er. »Immer wieder habe ich mich gefragt, wie es wohl sein würde.«

Rachel küsste Scott. Sie legte die Hände auf seine Schultern und berührte vorsichtig seine Lippen mit ihren Lippen.

Inzwischen war die Polizei im Haus der alten Dame erschienen und befragte sie nach einigen Schuhen und Kleidungsstücken, die in der Laube gefunden worden waren, und die Alte kicherte nur: »Ach, diese jungen Leute, Sie wissen doch, hi, hi, hi ...«, und der Polizist grinste viel sagend. In der nächsten Szene war es wieder Nacht, ein anderes junges Paar schlich sich in den Garten und schon wurden die Kürbisse wieder rastlos.

»Ich finde es schön, dich zu küssen«, sagte Rachel und Scott küsste sie wieder. Sie machte ein Auge auf und sah, wie auf der Leinwand der Junge das Mädchen küsste. Sie musste lachen.

»Was ist los?«, fragte Scott.

»Nichts«, sagte sie. »Aber für den Fall, dass wir bei lebendigem Leibe von Riesenpflanzen verschlungen werden, möchte ich mich schnell noch bei dir für den schönen Abend bedanken.«

Der vierte Juli

Sonnenlicht flutete durch die Vorhänge, als Rachel am Sonntag aufwachte. Sie blieb noch eine Weile liegen und dachte an Scott, ihren süßen Scott. Ein Junge hat mich auf den Mund geküsst, dachte sie, einer, der es ehrlich meint und nicht nur herumspielen wollte. Sie stand auf, putzte sich die Zähne und sah sich ihr Gesicht im Badezimmerspiegel an. Dieses Gesicht, dachte sie, ist von einem Jungen geküsst worden, nicht nur einmal, sondern immer wieder.

Mutter hatte für diesen Sonntag jemanden aufgetrieben, der sie an der Orgel vertrat, und als Rachel um elf hinunterkam, stand Mutter am Herd und briet Rühreier mit Speck. Daddy saß am Tisch. Aus dem Anrufbeantworter tönte eine Stimme: »Ich wäre Ihnen dankbar, wenn Sie mich vor heute Abend zurückrufen könnten.« Dann klickte es in der Leitung.

»Na, wie war der Film?«, fragte Daddy.

»Gut. Es ging um Leute, die von Riesenkürbissen verschlungen wurden.«

Rachel stand hinter Mutter, legte ihr die Hände auf Schultern und Nacken und strich die Muskeln nach oben hin aus.

»Entspann sie nicht zu sehr«, sagte Daddy. »Wenn sie angespannt ist, spielt sie besser.«

Mutter verteilte das Rührei auf drei Teller und den Speck auf zwei. Sie stellte die Teller auf den Tisch und goss sich frischen Kaffee ein. Dann ging sie zur Terrassentür und schaute zu den Wymans hinüber. Nach einer Weile drehte sie sich um und sagte: »Ich liebe dieses Konzert. Wie sehr, ist mir bis gestern nicht klar gewesen. Ich habe es immer zu den seichteren Stücken gezählt, weil es so beliebt ist, aber das war ein Irrtum. Es ist wundervolle Musik, wirklich.«

Es war ein friedlicher Tag. Mutter spielte Klavier, Rachel ging zu den Wymans hinüber und spielte Scrabble mit ihnen (Carol war nicht da; sie hatte ein Spiel). Als sie nach Hause kam, hatte Mutter sich hingelegt, um ein bisschen zu schlafen, und Vater war dabei, das Abendessen zu machen. Nie zuvor hatte Rachel ihn kochen sehen. Er machte Fleischbällchen und Tomatensoße für Spaghetti.

»Ich gehe mal davon aus, dass du um Mitternacht zu Hause warst«, sagte er. »Um elf bin ich eingeschlafen.«

»Auf die Minute um zwölf«, antwortete Rachel. »Ich stieg aus dem Auto und plötzlich verwandelte es sich in einen Kürbis. Eine Maus kam heraus und rannte davon. Ich glaube, du musst dir einen anderen Cellisten suchen.«

»Tut mir Leid, wenn ich gestern ein bisschen grob zu dir war. Es ist das Konzert. So aufgeregt bin ich nicht mehr gewesen, seit Segovia im Lyceum gespielt hat. Habe ich dir die Geschichte überhaupt mal erzählt?«

»Nein«, sagte Rachel.

»Es war in meinem ersten Jahr an der Uni. Damals habe ich stundenweise als Bühnenarbeiter im Lyceum gearbeitet. Das war eine prächtige Halle mit Goldverzierungen und nackten Göttinnen und Nymphen, die auf großen Deckengemälden über einem schwebten. Dort traten alle bedeutenden Künstler auf und in jenem Jahr sollte Andrés Segovia, der große Gitarrist, mit unserem Sinfonieorchester spielen. Er war der Erste, der Bachs Cembalowerke für die Gitarre bearbeitet hatte. Er war einfach genial.

Segovia kam also in die Stadt. Er war ein ernster Mann mit grauem Haar, das ihm in langen Strähnen auf die Schultern fiel. Es war alles für das Konzert vorbereitet, das Orchester hatte bereits die Plätze eingenommen, der Dirigent und Segovia warteten hinter der Bühne. Die Lichter erloschen langsam. Abe, der Bühnendirektor, sah Segovia an, Segovia nickte und Abe sagte, was er zu jedem Solisten sagte, nämlich: Toi, toi, toi, was, glaube ich, rumänisch ist und so viel wie ›Tritt sie in den Hintern‹ heißt. Er hielt die Tür auf und Segovia betrat die Bühne, gefolgt vom Dirigenten. Das Publikum klatschte und dann war es ganz still. Lange. Auf einmal hörten wir Schritte. Es war Segovia, der die Bühne verließ. Abe öffnete ihm die Tür und Segovia wies nach oben und sagte nur: ›Ventilator.‹ Abe dachte einen Moment nach und sah dann zu mir herüber. Norm, sagte er, spring die Leiter hoch zur Beleuchterbrücke und stell den Ventilator ab. Der Wind stört den Maestro. Ich sause also los. Die Leiter ist senkrecht an der Wand angebracht, etwa fünfundzwanzig Meter hoch und hat kein Geländer. Ich steige hoch und versuche nicht hinunter zu blicken. Oben laufe ich auf einem Laufgitter von etwa einem halben Meter Breite über dem Orchester bis zur

Mitte der Decke, wo der Ventilator angebracht ist. Ich ziehe an der Kette und der Ventilator hört auf sich zu drehen. Im selben Moment bricht der Applaus los. Ich schaue hinab und sehe fünfundzwanzig Meter unter mir Segovia mit seiner Gitarre die Bühne betreten. Er setzt sich und stimmt sein Instrument nach. Und ich wage es nicht, noch einen Schritt zu tun aus lauter Angst, ein Geräusch zu machen.

Ich liege also bäuchlings auf dem Laufsteg, die Arme darumgewickelt, und schaue durch das Gitter nach unten. So verfolge ich das ganze Konzert aus fünfundzwanzig Meter Höhe. Ein langsames Stück von Bach war so schön, dass mir die Tränen in die Augen traten – du kennst mich ja –, und plötzlich tropfte eine Träne hinunter. Ich konnte sehen, wie sie die fünfundzwanzig Meter nach unten fiel, und unter mir war Segovia, der eine große kahle Stelle am Kopf hatte, auf die die Träne direkt zuzusteuern schien. Aber die Zuhörer müssen alle im selben Moment ausgeatmet haben, die Träne verpasste Segovia um wenige Zentimeter.«

Rachel sah Daddy in die Augen. »Bist du gar nicht nervös?«, fragte sie.

Er grinste. »Sollte ich es sein?«

»*Ich* bin ja schon nervös und dabei gehöre ich nur zu den Geigern.«

Um sechs fuhr der Lincoln der Großeltern vor dem Haus vor und Daddy und Rachel rannten hinaus, um sie in Empfang zu nehmen, ihr Gepäck nach oben zu bringen und einen bequemen Platz für sie zu finden. Das war immer ein langer und komplizierter Vorgang, obwohl Großmutter sich heute von ihrer besten Seite zeigte. Mutter hatte sie gebeten ihr bis zum Konzert möglichst aus dem Weg zu gehen, und wenn Großmutter sich ermahnt fühlte, dann übertrieb sie völlig, damit man ein schlechtes Gewissen bekam. Bat man sie leise zu sein, konnte sie stundenlang schweigen, bis man es nicht mehr ertrug und sie anflehte etwas zu sagen. Als sie also gebeten wurde sich ein wenig zurückzuhalten, reagierte sie darauf, indem sie sich schnurstracks in das kleine Gästezimmer zurückzog, die Tür schloss und nicht mehr herauskam.

Auch beim Abendessen blieb ihr Platz leer und sie aßen zu viert, was Daddy gekocht hatte. Großvater fragte Daddy nach dem großen Konzert.

»Es wird bestimmt sehr schön«, sagte Daddy. »Ich schätze, dass ein paar Tausend Leute kommen.« Er wandte sich an Mutter. »Wusstest du, dass Florence ihre ganze Familie eingeladen hat? Sie kommen alle von Port Wing herunter.«

Dann wandte er sich wieder an Großvater: »Am Freitag haben die Angestellten in der Mittagspause eine kleine Feier für mich gemacht. Es war sehr nett. Sie haben mir eine Flasche Sekt geschenkt und eine große Gipsbüste von Beethoven mit einer weißen Papiermütze der Sandy Bottom Dairy auf dem Kopf. Wenn solche Leute uns die Daumen halten, was soll da noch schief gehen? Sag mir das.«

Großvater antwortete: »Da hast du wohl Recht, Norman. Es freut mich für dich.« Und zu Mutter gewandt fuhr er fort: »Was ich dir noch sagen wollte, Ingrid, vielen Dank für das Klavierkonzert von Mozart. Es bedeutet mir sehr viel.«

»Noch habe ich es nicht gespielt«, sagte Mutter.

»Trotzdem, ich bin dir sehr dankbar.«

Großvater fing an von seiner Mutter zu erzählen, die Klavierlehrerin in einem kleinen Ort im südlichen Illinois war. Urgroßvater hatte sich in sie verliebt, war aber zu schüchtern, um sie zu fragen, ob sie mit ihm tanzen oder auch nur spazieren gehen würde. Er war Metzger, erst kurz zuvor mit dem Schiff aus Deutschland gekommen und er schämte sich, weil er noch so wenig Englisch sprach. Aber er konnte sie nicht vergessen und also – Rachel hatte diese Geschichte schon viele Male gehört, aber sie hörte sie gern, besonders den folgenden Teil – »und also«, fuhr Großvater fort, »fragte er sie, ob sie ihm Klavierstunden geben würde. Jeden Samstagnachmittag nach der Arbeit nahm er Unterricht bei ihr. Wenn er die Metzgerei ausgefegt hatte, ging er zum Haus der Familie Davis und spielte seine Lektion vor. Und wie er immer übte! Wirklich! Er wollte sie unbedingt beeindrucken. Irgendwann schaffte er es. Vier Jahre musste er Stunden nehmen, aber eines Tages war es so weit, dass er sie bitten konnte seine Frau zu werden. Ich glaube, mittlerweile war auch sein Englisch besser.«

»Wenn ich schlau gewesen wäre«, sagte Daddy, »hätte ich bei Ingrid Klavierstunden genommen.«

Rachel wurde auf einmal müde. Sie kuschelte sich an Großvaters Schulter und schloss die Augen, während er die Geschichte von dem Bösendorfer erzählte und wie es gekommen war, dass er ihn damals kaufte. Rachel schlief darüber ein. Als sie wieder aufwachte, erzählte Großvater gerade, wie der Flügel mit einem Kran in den dritten Stock geschafft wurde. Daddy nahm sie bei der Hand und brachte sie nach oben.

Als sie die Augen wieder aufschlug, stand Daddy strahlend in ihrem Zimmer, eine Tasse Kaffee in der einen Hand und seinen Taktstock in der anderen, während er die Lippen aufeinander presste und zum Wecken trompetete. Seine Haare waren noch nass von der Dusche und am Kinn blutete eine Wunde, wo er sich beim Rasieren geschnitten hatte. »Heute ist unser großer Tag«, sagte er. »Unser Debüt. Oder auch unser Debakel. Was meinst du? Sollen wir es wagen?«

Rachel sprang unter die Dusche, putzte sich die Zähne, zog sich an und ging zum Frühstück hinunter. Großvater saß bereits am Tisch, am selben Platz, wo er am Abend zuvor gesessen hatte, und las ein Buch. Er sah auf, als Rachel erschien, seine blauen Augen strahlten und er streckte die Hand nach ihr aus. »Morgen, Großvater«, sagte Rachel. Er legte ihr die Hand in den Nacken, zog sie zu sich hinunter und gab ihr einen Kuss auf die Wange.

»Wie geht es meiner Lieblingsgeigerin heute?«, fragte er.

Er trug ein weißes Hemd mit gepunkteter Fliege, blaue Hosen aus Seersucker und rote Hosenträger. Sein schütteres weißes Haar war mit Wasser straff zurückgekämmt. Mitten auf dem Tisch, neben dem Serviettenständer, lag eine ungeöffnete Schachtel Zigaretten.

»Wo ist Mutter?«, fragte Rachel.

»Sie ist spazieren gegangen.«

»Und Großmutter?«

»Deine Großmutter macht sich schön. Und ich sitze hier und warte darauf, dass ich sie bewundern darf.«

Als Mutter zurückkam, sah sie erhitzt und glücklich aus. Sie trank ein Glas Wasser, wischte sich über die Stirn und sagte: »Es sieht so aus, als würde es ein schöner, heißer Tag heute. Deswegen habe ich der Spedition gesagt, dass die Männer, die den Flügel transportieren, jetzt gleich kommen sollen.«

»Den Flügel transportieren???«

»Natürlich. Oder was dachtest du, auf welchem Flügel ich spielen soll?«

»Aber – brauchst du ihn nicht, um zu üben?«

»Warum sollte ich heute noch üben?«

In diesem Moment kam ein Möbelwagen rückwärts in die Einfahrt der Greens gefahren. Er hielt an und zwei stämmige Männer mit Ledergurten um den Hals kamen an die Terrassentür. Mutter führte sie ins Esszimmer. Einer der beiden pfiff anerkennend. »Ein Bösendorfer«, sagte er. »Wow. So etwas bekommt man hier nicht alle Tage zu sehen.« Sie breiteten eine Decke über den Flügel, befestigten die Gurte an den Enden und schafften es, den Flügel seitlich zur Haustür hinaus, den Weg hinunter und in den LKW zu befördern. Gleich darauf waren sie auch schon um die Ecke gebogen. »Er muss ein paar Stunden draußen stehen und sich akklimatisieren, bevor man ihn stimmen kann«, sagte Mutter.

»Passt denn jemand darauf auf?«, fragte Rachel.

»Es sind fünfzig Leute im Park bei der Arbeit«, antwortete Mutter. »Es dürfte schwierig sein, sich mit einem Flügel davonzumachen, ohne dass jemand etwas merkt. Da sind die Leute, die die Fähnchen in die Bäume hängen, andere schließen Gartenschläuche für Trinkwasserfontänen an und ein paar sind allen Ernstes dabei, Bohnen zu kochen in riesigen Töpfen – ausgerechnet Bohnen! Bänke werden aufgestellt und Ballons aufgeblasen, die an den Bänken festgebunden werden. Das muss man deinem Vater lassen – er versteht es, die Leute für sich arbeiten zu lassen.«

Kurz vor zwölf kamen die ersten Anrufe. Daddys Wetterfrosch berichtete, dass die Sturmfront nach Norden abziehe und Sandy Bottom verschonen werde. Der Bratwurstlieferant fragte an, ob es okay sei, wenn er einen Teil der Bratwürste durch Frankfurter ersetzte. Der Trommler wollte wissen, ob er sechs Eintrittskarten für seine Familie haben könne. »Der Eintritt ist frei«, sagte Rachel. »Sie können so viele Leute mitbringen, wie Sie wollen.«

»Sicher«, sagte der Trommler, »aber gibt es denn keine reservierten Sitzreihen, ich meine, Sie wissen schon, Reihen, die durch ein Seil von den übrigen abgetrennt sind?«

»Nicht dass ich wüsste«, sagte Rachel. »Wer zuerst kommt, mahlt zuerst.«

Daddy sagte ihr, dass übrigens tatsächlich eine Reihe für Bürgermeister Broadbent, seine Familie und die Mitglieder des Gemeinderates reserviert sei. All diese alten Knacker, die nicht bereit gewesen waren auch nur einen müden Dollar für das Konzert lockerzumachen und Mutters geliebte Ramseyvilla lieber heute als morgen abreißen wollten – sie würden heute in der zweiten Reihe sitzen und zuhören, wie Mutter Mozart spielte.

»So ist das mit den Politikern«, meinte Daddy, »wenn sie hören, dass man etwas plant, versuchen sie einen mit Zähnen und Klauen daran zu hindern. Aber wenn man es dann trotzdem macht, sind sie sofort zur Stelle, um die Lorbeeren zu ernten.«

Das Telefon läutete unablässig. Großmutter kam rosig und mit einer dicken Schicht Puder hinunter und Großvater sprang auf und machte ihr Komplimente. Sie setzte sich ans Kopfende des Tisches und begann sofort alle herumzukommandieren. »Norman, mein Lieber, sei so gut und suche meine Handtasche. Rachel, komm her und lass dir einen Kuss geben. Glaubst du, dass im Kühlschrank vielleicht noch so ein Erdbeerjoghurt ist? Ach, sei doch so nett, mein Kind, und tu mir ein bisschen in eine Schüssel – mit etwas Müsli, ja? Danke, mein Kind. Ingrid? Wo ist Ingrid?«

Mutter war entschwunden, und als Rachel Joghurt und Müsli in eine Schüssel getan hatte, schlüpfte sie unauffällig durch die Terrassentür in den Garten.

Großmutters Stimme war nicht ganz leicht zu ertragen. Sie war laut und herrisch, sie ging ständig hoch und runter, und wenn Großmutter über einen Besuch beim Internisten sprach, konnte man denken, es ginge um ein Treffen mit dem Präsidenten. Großmutter beobachtete ihre Eingeweide höchst aufmerksam und beschrieb gern und ausführlich, welch schlimme Dinge ihr eines Tages zustoßen mochten.

Mutter saß im Garten. Als Rachel sich neben sie setzte, sah sie auf und sagte: »So bin ich nicht, oder? Sag mir, dass ich nicht so bin!«

»Davon bist du noch meilenweit entfernt«, sagte Rachel.

Sie drehte den Wasserhahn auf und der kleine Springbrunnen neben den roten Begonien im Terrakottakübel begann zu sprudeln und zu plätschern. Die Gänseblümchen prangten inzwischen groß und leuchtend weiß im Steingarten und die Geißblattranken an der Garagenwand hatten zu blühen begonnen. Rachel saß auf einem der gusseisernen Stühle und tat so, als ob sie ein Buch läse, bis die Sonne sie schläfrig machte. Da breitete sie eine Decke im Schatten aus, legte sich darauf und schlief ein.

Als sie aufwachte, saß Carol neben ihr. »Hi«, sagte sie. Sie sah traurig aus und erzählte, dass Valerie und sie Krach gehabt hätten. Sie wollte aber nicht darüber sprechen. Der Grund, weswegen sie sich gestritten hätten, sei total albern gewesen, zu albern, um darüber zu reden.

»Wir waren bei ihr zu Hause und haben mit Schminkzeug rumgemacht und so und irgendwann sagte sie, ich sollte mir doch die Haare ganz kurz schneiden. So ’ne Art Meckischnitt. Ich sagte, ich fände das nicht gut, und auf einmal verstieg sie sich immer mehr in diese Idee. Ich bräuchte unbedingt eine neue Frisur, sagte sie und ging gleich los und holte Haarclips. ›Was hast du schon zu verlieren?‹, hat sie mich gefragt. ›Es wächst doch wieder nach. Du schneidest mir die Haare und ich dir.‹ Es war ihr ganz ernst. Die spinnt doch, oder? Sie hat absolut nicht verstanden, dass ich mir die Haare nicht komplett abschneiden lassen wollte.«

»Du würdest trotzdem noch toll aussehen, egal wie kurz deine Haare wären«, sagte Rachel. »Du hast einfach einen schönen Kopf.«

Rachel legte sich wieder auf den Rücken und sah hoch in die Bäume. Sie versuchte sich nicht darüber zu freuen, dass Carol und Valerie Krach hatten. Sie wünschte einfach, dass es jetzt Abend wäre und sie losgehen und endlich spielen könnte.

Daddy brach um halb sechs auf, um sich noch einmal zu vergewissern, dass die Bestuhlung fürs Orchester auch richtig war. Er trug einen Smoking und eine schwarze Krawatte und Mutter hatte ihm das Haar mit Gel nach hinten gekämmt, ihm die Augenbrauen gestutzt und die Schuhe poliert. Die Großeltern machten ein Schläfchen. Angie Wyman würde sie um Viertel vor sieben abholen und zum Park bringen, wo Daddy ihnen neben dem Bürgermeister Plätze reserviert hatte – auf einer gepolsterten Bank, damit Großmutter nicht zu steif würde vom Sitzen. Während Rachel ihre schwarzen Hosen und eine schwarze Bluse anzog, saß Mutter bei ihr im Zimmer. Sie trug ein wunderschönes blaues Abendkleid aus schimmernder Seide und ihr Haar war zu einem Zopf geflochten und im Nacken zusammengesteckt. Sie hatte sich die Wimpern getuscht, einen Lidstrich gezogen und einen blassrosa Lippenstift aufgetragen. Seit der Italienreise, als sie einmal in einem besonders feinen Restaurant zu Abend gegessen hatten, hatte Rachel ihre Mutter nicht mehr geschminkt gesehen. Normalerweise trug sie kein Make-up. Aber heute Abend sah sie sehr schön und elegant aus. Rachel starrte sie im Spiegel an, während Mutter sich die Lippen abtupfte und Parfum hinter die Ohrläppchen sprühte. »Ich hoffe nur inständig, dass er den Mozart nicht zu langsam dirigiert«, sagte Mutter. »Ich kann ihn noch schneller spielen, aber wenn er will, dass ich hindurchschleiche, das schaffe ich nicht.«

Mutter steckte ihre Schuhe mit den hohen Absätzen in einen Beutel und zog ein Paar Mokassins an. Rachel nahm ihre Geige und dann machten sich die beiden zu Fuß auf den Weg zum Park. Die Division Street, die Zufahrtsstraße von Osten, war verstopft. Die Anwohner der Division Street und der Maple Street ließen Besucher in ihren Einfahrten und Vorgärten parken und kassierten dafür einen Dollar pro Auto. Jungen mit roten Fähnchen standen halb auf der Straße, um die Autos hineinzuwinken. Auf der Kreuzung von Division Street und Main Street stand der Polizeichef höchstpersönlich und regelte den Verkehr – mit hochrotem Gesicht, einer silbernen Trillerpfeife im Mund, einer leuchtend orangefarbenen Weste und weißen, reflektierenden Handschuhen.

»Einmal im Jahr darf er auch mal den Verkehr regeln und heute ist sein großer Tag«, sagte Mutter. »Er sieht doch wirklich wie Napoleon aus, oder? Bis auf die Weste.«

Auf den Bürgersteigen der Main Street drängten sich

Menschen mit amerikanischen Fähnchen, Familien in Shorts und T-Shirts, die mit Liegestühlen, Kühltaschen und Picknickkörben beladen waren. Wenn die Leute Rachel mit ihrem Geigenkasten sahen, lächelten sie und grüßten. Einmal hörte Rachel, wie jemand ihren Namen rief, und als sie sich umdrehte, sah sie Mrs. Erickson in Shorts und T-Shirt, Hand in Hand mit ihrem Mann, der groß und kahl war und eine Sonnenbrille trug. Es war immer ein bisschen schockierend, Lehrer außerhalb der Schule zu treffen, wenn sie sozusagen ganz normale Menschen waren. »Was werden wir denn heute Abend zu hören bekommen?«, fragte Mrs. Erickson.

»Mozart, Mendelssohn und die *Ouvertüre 1812* von Tschaikowsky«, antwortete Rachel.

»Und wann wurde die *Ouvertüre 1812* geschrieben?«, fragte Mr. Erickson. Rachel musste lächeln über diesen etwas bemühten Scherz.

Sie sagte: »Die Ouvertüre sollte an den russischen Sieg über Napoleon im Jahre 1812 erinnern. Tschaikowsky hat sie, glaube ich, um 1880 herum geschrieben. Passen Sie nur auf, sie ist furchtbar laut. Aber es gibt auch eine längere Passage, die ganz schön ist.«

Als sie ankamen, war der Park schon voller Menschen. Es gab schier endlose Reihen von Bänken und hinter und neben den Bänken saßen Menschen dicht an dicht auf Klappstühlen und Decken. Mutter wies mit dem Finger auf etwas, und als Rachel hinschaute, sah sie eine Menschenmenge, die um einen großen, blauen, überlaufenden Wassertank herumstand. Auf einer Art Stuhl über dem

Tank saß Pastor Sykes mit nassen Kleidern und tropfenden Haaren. Er winkte ihnen lächelnd, aber dieses Lächeln wirkte ziemlich gequält. Er sah aus, als hätte er die Idee zu diesem Spiel mal ganz lustig gefunden, sei sie jetzt aber reichlich leid. Während er noch winkte, warf ein Junge einen Softball und traf genau ins Schwarze. Die Sitzfläche des Stuhls kippte, der arme Pastor fiel in den Tank und der Tank lief über.

Rauch zog herüber vom Grill am Bratwurststand, wo die Lutherische Männervereinigung Würstchen briet und Zwiebelringe in Pfannen mit heißem Fett röstete. Der Geruch von Schweinefleisch, Maisöl und Holzkohle vermischte sich mit dem süßlichen Duft, der von der Zuckerwattenbude herüberdrang, und dem Geruch von Sonnencreme, frisch gemähtem Gras, Abgasen, Bier und Zigarrenrauch. Auf der anderen Seite des Parks, mitten auf der River Street, drehte sich langsam ein Riesenrad. Bänke mit Menschen darauf stiegen aus den Bäumen empor und entschwanden wieder. Die Bäume und der Orchesterpavillon waren mit roten, weißen und blauen Bändern und Fähnchen geschmückt und eine große Fahne der USA wehte über der Bühne. Mutter und Rachel gingen durch die Menge hindurch auf den Pavillon zu, als Rachel hörte, wie Lonnie ihren Namen rief. Sie winkte ihm zu. Dann sah sie Fred Wyman allein mit drei Liegestühlen, die er ganz vorn aufgeschlagen hatte. Carol bediene bereits am Eisstand, erzählte er. »Du siehst kein bisschen nervös aus«, bemerkte er.

»Bin ich auch nicht«, antwortete Rachel. »Es wird schön werden.«

Noch war keiner der Musiker auf der Bühne. Sie drängten sich alle hinter dem Pavillon um einen langen Tisch, auf dem ein paar Frauen aus der Molkerei ein großes Buffet für sie gerichtet hatten, mit gegrillten Hähnchen, Nudelsalat, Kirschwackelpudding und Rhabarberkuchen.

Mutter ging zu Daddy, der im Auto saß und in der Partitur las, und Rachel tat sich Hühnchen und Nudelsalat auf einen Pappteller. Evelyn kam auf sie zu, in einem knöchellangen schwarzen Chiffonrock, einer schwarzen Bluse und hohen Stöckelschuhen, und umarmte Rachel stürmisch. »Ich weiß wirklich nicht, ob ich spielen kann«, sagte sie. »Ich habe drei Portionen Zwiebelringe verdrückt und musste fünfzehn Bälle werfen, bis ich den Kerl endlich versenkt hatte!« Mr. Vogelkäfig aß eine Bratwurst und Rachel bemerkte, dass sein weißes Haar heute stellenweise rot und blau glitzerte. Die Streicher schienen alle in festlicher Stimmung, selbst Mr. Klonowski, der Rachel auf die Wange küsste und sagte: »Ist es nicht großartig?«

Nur die Holzbläser standen unter einem Baum und sahen besorgt aus. Helen, die Oboistin, blies ein paar Töne, schüttelte den Kopf und sagte zu einer Flötistin: »Für dich ist es nicht so schlimm, aber für eine Oboe ist dieses Wetter absolut tödlich.«

»Ich kann mich schlecht konzentrieren, wenn es so heiß ist«, antwortete die Flötistin. »Die Hitze macht einen so dösig.«

Auch Larry stand unter einem Baum, das Fagott unter den Arm geklemmt. Er wischte sich die Stirn mit einem

Taschentuch. »Heute will es überhaupt nicht kühler werden«, sagte er mit jammernder Stimme.

Einer der Trompeter hatte beim Essen gekleckert und rieb sich mit einer nassen Serviette übers Hemd, während die anderen ihn auslachten.

Mutter und Daddy kamen vorbei, Hand in Hand, als Rachel noch essend beim Pavillon stand. Sie bemerkten sie gar nicht. Neben dem Bühnenaufgang blieben sie stehen und redeten leise miteinander. Mutter sah Daddy mit strahlendem Lächeln an und küsste ihn auf die Wange. Er legte ihr den Arm um die Taille. Der Bürgermeister und seine Frau kamen gerade an und die vier blieben ein Weilchen beieinander stehen. Der Sohn des Bürgermeisters schoss ein Foto von allen zusammen, und dann noch eines, auf dem Daddy dem Bürgermeister die Hand schüttelte. Mr. Broadbent trug ein leuchtend grünes Sportjackett zu einer gelben Hose und auf seinem schwarzen Toupet saß ein weißer Strohhut. Als er Rachel sah, kam er zu ihr herüber und schüttelte ihr die Hand. »Wir alle können stolz sein heute«, sagte er, »sehr stolz.«

Rachel entdeckte Scott. Er saß auf dem Kühler eines Lieferwagens, der auf dem Rasen geparkt war, und spielte Koloraturen und Tonleitern auf dem Cello. Sie ging zu ihm hinüber. »Na, wie fühlst du dich?«, fragte er.

»Mein Vater gibt in zwanzig Minuten sein Debüt als Dirigent und meine Mutter ist die Solistin. Ich hätte wohl allen Grund, nervös zu sein.«

Scott blickte auf die Menschenmenge. »Glaubst du, dass diese Leute so viel Mendelssohn und Mozart ertragen können? Ich meine, das Konzert wird wenigstens eine Stunde dauern. Wahrscheinlich erwarten sie, dass wir das Thema aus *Star Wars* spielen und anschließend ein Potpourri aus *Cats*.«

»Wer weiß, vielleicht halten sie den Mendelssohn für eine Filmmusik und den Mozart für ein Stück von Andrew Lloyd Webber.«

Rachel nahm ihre Geige aus dem Kasten und spielte ein paar Tonleitern, bis Mr. Robbins vorbeikam und sagte: »Noch fünf Minuten. Fünf Minuten nur noch. Alle Musiker auf die Bühne, bitte.«

Rachel stieg die Stufen zur Bühne hinauf und suchte ihren Platz. Sie begrüßte David, der links neben Evelyn saß. Es war ziemlich eng auf der Bühne und überall wurden Stühle und Notenpulte hin und her gerückt.

»He! Könntest du vielleicht dieses Ding aus meinem Nacken nehmen?«, brüllte Emile und das Mädchen, das hinter ihm saß, zog den Notenständer näher zu sich.

Einer der Cellisten stand auf und sagte zu den Bassisten: »Ich kann unmöglich spielen, wenn ihr mir die ganze Zeit in den Nacken pustet. Rückt gefälligst ein Stück nach hinten!«

Die Bassisten pfiffen gleich zurück. »Wo sollen wir denn noch hin? Nach Hause vielleicht? Wir sind doch schon so weit hinten, wie es überhaupt nur geht!« Also rückten alle Cellisten ein Stück weiter vor zum Podest hin. Der Flügel stand vorn in der Mitte, mit geschlossenem Deckel, das Podest des Dirigenten hatte man etwas weiter nach hinten geschoben. Am Bühnenrand blieb gerade noch ein schmaler Gang, auf dem Mutter zu ihrem Flügel gelangen konnte.

Der erste Trompeter sagte: »Ich kann meine Noten für die *1812* nicht finden! Seht bitte alle eure Mappen durch!«

Einer der Streicher drehte sich um und lachte: »Was sollten wir mit dem Trompetenpart anfangen? Wir sind doch Musiker!«

»Ach, schon gut, hier sind sie ja.« Der Trompeter zog die Noten hinter seiner Mappe hervor.

Schließlich hatte jeder einen akzeptablen Platz gefunden und es kehrte Ruhe im Orchester ein. Mr. Klonowski stand auf und beugte sich vor, um am Flügel ein ›A‹ anzuschlagen, und die Musiker begannen ihre Instrumente zu stimmen. Evelyn flüsterte Rachel zu: »Deine Mutter sieht absolut hinreißend aus!« Rachel blickte auf und sah ihre Mutter in ihrem blauen Kleid am Rand der Menschenmenge stehen. Sie rauchte nicht. Sie lächelte.

Und dann wurde es ganz still. Das Riesenrad hatte aufgehört sich zu drehen, der Pastor wurde nicht mehr versenkt, niemand hupte und das Meer aus Gesichtern wogte nicht mehr. »Ganz schön viele Leute für so einen kleinen Ort, nicht wahr?«, meinte Evelyn. Rachel nickte. Einige Leute hatten ihre Autos am anderen Eingang des Parks rückwärts geparkt und saßen auf den Autodächern. Auf dem Dach des Drugstores auf der gegenüberliegenden Straßenseite saßen Leute und auch auf dem Dew Drop Inn Café. Rachel schützte ihre Augen mit der Hand und hielt Ausschau nach ihren Großeltern. Da vorn saßen sie, gleich neben dem Bürgermeister in seinem grün-gelben Outfit.

Großmutter trug ein weißes Sommerkleid und einen großen weißen Hut. Die Leute hinter ihr verrenkten sich die Hälse, um an ihr vorbeisehen zu können. Großvater schien zu schlafen.

Und dann begannen sie in den vorderen Reihen zu klatschen und der Applaus setzte sich durch den ganzen Park fort. Daddy betrat die Bühne, gefolgt von einem dicken Mann im blauen Anzug. »Wer ist das denn?«, fragte Rachel und Evelyn antwortete: »Der Tenor.«

Rachel blickte auf ihre Noten und sah zuoberst, gleich über dem Mendelssohn, eine Seite, auf der geschrieben stand: *Nationalhymne.* »Ich weiß gar nicht mehr, wie die geht«, flüsterte sie. In diesem Moment gab Daddy dem Orchester das Zeichen, sich zu erheben, und der Applaus schwoll noch an.

»Es ist ganz einfach«, sagte Evelyn. »Halt dich nur an mich.«

Rachel fühlte, wie sich ein kleiner Panikklumpen in ihrem Bauch bildete. Junge, Junge, das musste man sich mal vorstellen – man kommt zu seinem ersten öffentlichen Auftritt mit einem Orchester und ausgerechnet beim *Star-Spangled Banner* baut man Mist. Die Musiker setzten sich wieder, Daddy sah sie alle an, lächelte und hob seinen Taktstock. Der Tenor pumpte den Brustkorb auf und dann setzte das Orchester mit der Nationalhymne ein. Die Menge erhob sich. Rachels Bogen fühlte sich etwas zittrig an und so spielte sie lauter, ein Trick, den Mr. Amidore ihr verraten hatte für den Fall, dass sie einmal nervös wäre. »Dann zittert der Bogen nicht mehr«, hatte er gesagt und so war es auch. Der Dicke sang über Mikrofon und das Echo seiner Stimme hallte zurück von den Hauswänden in der Nachbarschaft. Er sang etwas zu tief und hinkte immer ein bisschen hinter dem Orchester her, und als er an die hohe Note kam bei der Stelle »the land of the free«, zog er die Stimme hinauf bis zum Wort »free«, traf den Ton dann doch noch, hielt ihn aber etwas zu lang. Die Stimme vibrierte leicht und es klang, als ob Tarzan seine Dschungelfreunde rief. Evelyn lachte laut. Als er fast zu Ende war, brach die Menge in Jubel aus. Überall schrien und pfiffen und klatschten Leute und der Dicke verbeugte sich und verließ winkend die Bühne. Und dann kam der Bürgermeister.

Daddy hatte versucht ihm gegenüber hart zu bleiben, obwohl der Bürgermeister unbedingt den Treueeid vorsprechen und einen Teil der Unabhängigkeitserklärung lesen und dazu noch über die Bedeutung der Kommunen für die Verteidigung der bürgerlichen Freiheiten sprechen wollte. Daddy hatte Nein gesagt, dies sei ein Konzert und der Bürgermeister solle nichts weiter tun als auf die Bühne zu kommen und den vielen Freiwilligen zu danken, deren besonderem Einsatz dieses Ereignis zu verdanken sei. Der Bürgermeister erklomm also die Bühne, Daddy schüttelte ihm die Hand und lächelte, während Broadbent alle Besucher in Sandy Bottom willkommen hieß und betonte, welche Ehre und Freude es sei und was für ein Privileg und so weiter und so fort. Aber dann gefror Daddys Lächeln, als er sah, wie der Bürgermeister in die Tasche griff und ein Blatt Papier herauszog. Es sah ziemlich voll geschrieben aus.

»Der vierte Juli ist ein Tag«, begann er salbungsvoll, »an dem es uns allen gut ansteht, einen Moment innezuhalten und nachzudenken über die Grundlagen unserer Freiheit, die mit so großem Geschick von den Gründervätern im Jahre 1776 gelegt wurden.« Diese Freiheiten, fuhr er fort, dürfe man nicht selbstverständlich in Anspruch nehmen und alle hätten eine große Dankesschuld denen gegenüber, die ihr Leben bei der Verteidigung der Freiheit geopfert hätten, und auch gegenüber denjenigen, die ihre Zeit in Regierungsämtern opferten. In diesem Augenblick sah Daddy hinüber zur Tür des Pavillons und nickte, Lester bückte sich und zog an etwas und im selben Moment ging die Stimme des Bürgermeisters nicht mehr über den Verstärker und war nur noch ganz schwach zu hören. Daddy begann zu klatschen, das Publikum applaudierte ebenfalls, wenn auch nicht ganz so heftig wie zuvor, und der Bürgermeister verneigte sich. Er drehte sich zu Daddy um und sagte noch etwas, dann winkte er der Menge zu und verließ die Bühne.

Und dann war es Zeit für die *Italienische Sinfonie.* Daddy grinste und hob die Arme. »Auf geht es«, flüsterte Evelyn und schon ging es los. Noch nie hatte das Orchester besser geklungen, fand Rachel. Jeder strengte sich doppelt so sehr an wie sonst und anders als bei den Proben alberte niemand herum. Rachels Finger flogen nur so über das Griffbrett und nicht ein einziges Mal kam sie aus dem Takt. Daddy sah kaum einmal auf seine Partitur, er schien die Sinfonie auswendig zu kennen und er dirigierte sicher und präzise. Nach dem ersten Satz applaudierte das Publikum und Daddy drehte sich kurz um und lächelte, bevor er den Einsatz zum zweiten Satz gab. Die Leute hörten tatsächlich zu, die in den zahlreichen Sitzreihen wie auch diejenigen, die sich auf Decken ausgestreckt hatten und in den blauen Himmel schauten, der so friedlich und idyllisch war und über den nur ein paar Wölkchen hinwegzogen. Niemand rief, niemand hupte, alle ließen sich einfach von der Musik einhüllen. Es war wie ein Wunder, dachte Rachel, wie konzentriert alle waren, selbst Mr. Vogelkäfig; jeder Exzentriker, jeder Spinner und Komiker – alle rissen sich zusammen und hatten nichts anderes im Sinn als die gemeinsame Aufgabe. Es macht mir solchen Spaß, dachte Rachel, als sie den dritten Satz spielten, der so leicht und so fein war; das wäre etwas, das mich auf Dauer glücklich machen könnte. Schon stürzten sie sich in den schnellen letzten Satz und jetzt konnte sie nicht mehr denken, nur noch spielen.

Am Ende gab es donnernden Applaus. Daddy verbeugte sich, verließ die Bühne und kam zurück. Er ließ das Orchester sich erheben und verbeugte sich wieder und Rachel sah Carol und Angie und Fred, die stehend applaudierten und ihnen zujubelten, und dann hielt es auch die anderen Zuhörer nicht mehr auf ihren Sitzen. Der Jubel wollte nicht enden und Daddy kam zu seiner dritten Verbeugung auf die Bühne. Er schwitzte und das Haargel hatte Flecken auf seinem Kragen hinterlassen, aber er sah aus, als sei dies einer der schönsten Tage seines Lebens.

Dann kehrte wieder Ruhe ein. Lester kam auf die Bühne und öffnete den Deckel des Flügels. »Hat deine Mutter heute auch ihr Debüt?«, flüsterte Evelyn. »Quasi«, sagte Rachel. Ihr Blick fiel auf Großmutter und Großvater, die ängstlich zur Bühne blickten. Dann hörte sie den Beifall, als Mutter und Daddy auf die Bühne kamen. Unter den hellen Lampen sah Mutters blaues Seidenkleid noch spektakulärer aus. Mutter legte eine Hand auf den Flügel, verneigte sich vor dem Publikum und nahm Platz. Sie stellte sich den Schemel richtig ein und nickte Daddy zu, der die Arme hob, leise zählte und den Einsatz gab. Die Musiker begannen zu spielen. Mutter saß mit gesenktem Kopf am Flügel, ihr Körper bewegte sich leicht im Takt mit der Musik und dann senkte sie die Hände über die Tasten und begann zu spielen.

Rachel vermochte kaum zu atmen, so vollkommen war das Spiel. Jede Phrase funkelte. Man hörte einfach zu und machte sich keinen Moment lang Sorgen um die Pianistin. Man lauschte nur einfach der Musik, die so warm und natürlich und strahlend war. Und als sie zur Kadenz kamen, legten die Musiker ihre Instrumente in den Schoß und keiner rührte sich, während Mutters Finger über die Tastatur rasten ohne eine einzige Note auszulassen. Das Publikum lauschte konzentriert und am Ende des ersten Satzes gab es niemanden, der klatschte, nur ein paar Leute, die sich auf ihren Stühlen zurechtsetzten. Dann gab Daddy den Einsatz zum zweiten Satz.

Gestern Abend hatte Mutter gesagt: »*Wenn* mein Gedächtnis mich im Stich lässt, dann im Andante.« Einen Moment lang fürchtete Rachel, Mutter könne einen Blackout haben und müsse von vorn beginnen, und es waren natürlich immer die Fehler, woran sich alle erinnerten, nicht das, was großartig lief. Aber Mutter verspielte sich nicht. Nicht die kleinste Unsicherheit, keine einzige falsche Note. Sie spielte wie ein Engel. Die Musik trieb dahin, so süß und traurig, wie eine schöne Geschichte, die Mutter erzählte, eine Geschichte ohne Worte, eine Geschichte über eine tiefe Sehnsucht und die Liebe zur Schönheit, bis sie in den letzten Satz hineinsprangen, der nach so viel Poesie wie ein leichtherziger Tanz schien. Dann war es vorbei. Ganz still war es. Das Publikum war wie hypnotisiert und auch die Musiker rührten sich nicht. Dann sah Mutter zu Daddy auf, er lächelte sie an, streckte einen Arm aus und nahm ihre Hand. Er zog sie hoch und in diesem Moment brach der Applaus los. Die Leute klatschten wie wahnsinnig. Alle waren aufgestanden und jubelten ihnen zu. Die Musiker stampften mit den Füßen auf den Boden des Pavillons. Mutter legte eine Hand auf den Flügel und verbeugte sich ganz leicht und dann küsste Daddy sie. Rachel war überrascht Tränen in Mutters Augen glitzern zu sehen. Noch einmal verneigte sie sich. Ob sie sie überhaupt alle wahrnahm – die Wymans, die Sykes', die Ericksons, selbst die Broadbents, wie sie alle dastanden und Beifall klatschten? Elegant verließ sie die Bühne an Daddys Hand.

»Das war so unglaublich schön!«, flüsterte Evelyn. Rachel fand das auch. Noch einmal kamen Mutter und Daddy auf die Bühne und verbeugten sich. Daddys Gesicht glühte. Er war so stolz auf Mutter; Rachel erkannte es an der Art, wie er Mutter bei der Hand hielt, wie er sie küsste und sie dem Publikum präsentierte, das klatschte, klatschte, klatschte. Fast kamen Rachel die Tränen.

Es folgte eine Pause, in der Lester mit ein paar Helfern den Flügel von der Bühne schaffte und die Vorbereitungen für die *1812* traf. Die Musiker verließen die Bühne und sammelten sich noch einmal um das Buffet, wo die Damen der Kirchengemeinde mittlerweile Gebäck und Kännchen mit Kaffee bereitgestellt hatten. Rachel sah Mutter und Daddy zusammen unter einem Baum stehen. Sie rannte zu ihnen und umarmte Mutter und dann umarmte Daddy sie beide. »Es war unglaublich! Ihr wart beide so unglaublich gut!«, rief Rachel.

Mutter zitterte und in ihren Augen standen Tränen. »Ich bin völlig fertig«, sagte sie. »Ich fühle mich wie ein ausgewrungener Lappen. Ich sage euch, als ich mit dem zweiten Satz begann, konnte ich mich nicht an eine einzige Note erinnern. Ich hatte solche Angst, dass ich dachte, ich würde im nächsten Moment in Ohnmacht fallen. Aber das Orchester hörte sich gut an, wirklich gut.«

Ein kleiner Junge zupfte Mutter am Kleid. »Entschuldigung, könnte ich bitte ein Autogramm haben?«, fragte er.

Großmutter und Großvater kamen zu ihnen und Großvater sah alt und gebrechlich aus und hatte einen völlig abwesenden Gesichtsausdruck. Die Musik habe ihn so sehr ergriffen, sagte er. Er wischte sich über die Augen und seine Lippen zitterten. Rachel legte ihm einen Arm um seine Taille. »Ich kann dir gar nicht sagen, wie viel mir dies bedeutet hat«, flüsterte er. »Mehr kann ich wirklich nicht sagen.«

Großmutter hingegen hatte noch sehr viel mehr zu sagen. Sie wusste zu berichten, dass der Bürgermeister schon während der Sinfonie von Mendelssohn eingeschlafen sei und zu schnarchen begonnen habe. Zweimal habe sie ihn in die Rippen gestoßen, aber er sei nicht aufgewacht. Im Übrigen seien ihr Insekten ins Haar gekrabbelt und Mutter solle sie doch bitte entfernen. Zu Rachel sagte sie, sie habe so dünn ausgesehen auf der Bühne, dass man hätte glauben können, ein kräftiger Windstoß würde sie umpusten. »Du musst unbedingt fünf Kilo zunehmen«, sagte sie. »Ich weiß wirklich nicht, was sie dir zu essen geben. Was hast du heute zu dir genommen? Vermutlich gar nichts. Die Enkelin einer Freundin von mir ist magersüchtig. Ich hoffe, du bist es nicht. Aber ich werde dich nicht danach fragen, es heißt ja, dass Magersüchtige nicht die Wahrheit sagen.«

Jemand tippte Rachel auf die Schulter, es war Scott. »Wie wäre es mit einem Eis?«, fragte er. Und nachdem er Mutter und Daddy gratuliert hatte, schlenderten Rachel und er zum Eisstand hinüber.

»Wunderbare Musik«, riefen ihnen Leute zu, während sich die beiden durch die Menge drängten. »Ihr wart ganz toll!«

Scott blickte an sich hinunter auf sein gestärktes weißes Hemd, die schwarzen Hosen mit den steifen Bügelfalten, die eleganten schwarzen Schuhe. »Woher die bloß alle wissen, dass wir zum Orchester gehören?«, meinte er.

Carol und Valerie standen hinter dem Eisstand und füllten Eis in Hörnchen, und als Carol Rachel sah, rannte sie um den Stand herum, umarmte Rachel und schrie: »Rachel! Es war fantastisch! Ich fand es ganz super!«

Valerie sah auf und lächelte. »Ich auch«, sagte sie. Rachel ließ sich ein Krokanteis geben und Scott nahm ein großes Mokkaeis mit Mandeln, bevor sie langsam zurück zum Pavillon gingen.

»Spielst du nächstes Jahr wieder im Streicherensemble mit?«, fragte Scott.

»Nein«, sagte Rachel. »Ich gehe nach Interlochen.« Sie war selbst überrascht, als sie sich das sagen hörte, aber nun war es heraus. »Wenn sie mich nehmen, heißt das.«

»Natürlich nehmen sie dich«, sagte Scott traurig. Er legte einen Arm um sie. »Ich werde dich vermissen«, sagte er.

Sie ließen sich durch die Menge treiben. Mutter war der Star des Abends, Daddy war selig und sie selbst ging Hand in Hand mit einem hinreißenden Jungen. Rachel dachte, dass sie noch nie im Leben so vollkommen glücklich gewesen sei.

Die Ehrengarde der Kriegsveteranen stand bereits mit geschulterten Gewehren auf der Bühne, dort, wo zuvor der Flügel gestanden hatte. Der Polizeichef stand beim Podest und sprach über sein Walkie-Talkie mit den Leuten von der freiwilligen Feuerwehr, die auf dem Parkplatz der Junior High School auf der anderen Straßenseite warteten, wo die Kanonen aufgebaut worden waren. »Noch zehn Minuten, dann ist es so weit«, sagte er und eine völlig verzerrte Stimme antwortete. Dann rief er Daddy zu: »Okay, es kann losgehen!«

»Alles auf die Bühne!«, rief Mr. Robbins. »Auf die Bühne, bitte! Alles auf die Bühne zur *1812*!«

Die Musiker stellten sich hintereinander auf, um die Stufen zur Bühne hinaufzugehen. »Ich habe noch ein Paar Ohropax übrig, wenn jemand welche braucht«, sagte Mr. Klonowski. Er gab Rachel ein Paar. »Nimm sie. Du wirst noch froh sein, dass du sie hast«, sagte er.

Rachel setzte sich und versuchte die kleinen Stöpsel in ihre Ohren zu schieben, aber das war gar nicht so einfach. Den einen bekam sie hinein, aber der zweite fiel ständig heraus. Nun war es auch schon fast Zeit, zu spielen.

»Wie kann man eigentlich irgendetwas hören, wenn man die Dinger drinhat?«, fragte sie Evelyn.

»Was ist?«, fragte Evelyn zurück.

»So hören wir doch gar nichts«, brüllte Rachel.

»Macht nichts. Du wirst es auch nicht hören wollen.«

Die Menge war jetzt sehr laut, alles war aufgeregt wegen des bevorstehenden Feuerwerks, und als Daddy wieder auf die Bühne kam, brüllten und hupten Leute und ließen Luftballons platzen. Daddy stand da und sah die Musiker grinsend an, dann winkte er, die Musik setzte ein und die Menge jubelte. Alle standen jetzt und viele schauten hinüber zum Parkplatz mit den Kanonen.

Rachel fragte sich, wie laut der Kanonendonner wohl sein würde. Es musste ja wohl ganz schön schlimm sein, wenn sich die Leute die Ohren zustopften. Jetzt kamen die schnellen Passagen, die sich wie galoppierende Pferde anhörten, und Daddy hielt den Polizeichef fest im Blick und schüttelte den Kopf, was bedeuten sollte: Nein, noch nicht, noch nicht. Man merkte, dass die Feuerwehrleute darauf brannten, die Kanonen zu zünden, aber noch hielt Daddy sie zurück, immer noch. Aber schließlich nickte er dem Polizeichef heftig zu, der in sein Sprechfunkgerät brüllte, die Ehrengarde richtete die Gewehre nach oben und dann war es so weit: Bum! Peng! Bum! Es war so laut, dass es Rachel glatte zehn Zentimeter von ihrem Sitz zog und ihr Bogen von den Saiten sprang und auf der anderen Seite des Stegs landete.

Jeder Kanonenschlag ging ihr durch Mark und Bein. David rief lachend Mr. Klonowski etwas zu, dem die Brille von der Nase gefallen war. Einige der Bratschisten saßen vornübergebeugt da und hielten sich mit den Händen die Ohren zu. Die Gesichter der Trompeter waren rot angelaufen, weil sie so heftig geblasen hatten, und auch die Posaunisten und Tubaspieler waren rot im Gesicht. Larry hatte sein Fagott in den Schoß gelegt und zitterte wie Espenlaub. Die Menge schrie und jubelte, als die letzte Kanone dröhnte und die Ehrengarde ein letztes Mal feuerte. Dann begann das Feuerwerk. Der Himmel erstrahlte in farbigem Licht und riesige rote, blaue und grüne Muster wie Spinnennetze erschienen über der Stadt. Bei jeder neuen Explosion brach die Menge in ›Ahs‹ und ›Ohs‹ aus. Niemand bemerkte, wie die Musiker ihre Instrumente zusammenpackten und die Bühne verließen. Auch Daddy nahm Mutter beim Arm und brachte sie zum Auto, Großmutter und Großvater im Schlepptau, um nach Hause zu fahren. Rachel verabschiedete sich von Scott. »Wir sehen uns nächste Woche in Menomonie«, sagte sie. Er küsste sie.

»Das war schön«, sagte sie und er küsste sie gleich noch einmal. Sie warf sich den Tragegurt ihres Geigenkastens über die Schulter und umarmte Scott. Eine Rakete schoss in den Himmel und explodierte und die Menge schrie auf. Rachel drehte sich um und lief schnell, um ihre Familie noch einzuholen.